PATRWM RHOSOD

K. M. Peynton

trosiad

Carys Richards

GWASG GEE

ISBN 0 7074 0270 0

Argraffwyr a Chyhoeddwyr:
GWASG GEE, DINBYCH

Cyhoeddwyd y nofel hon yn wreiddiol ym 1972 dan y teitl *A Pattern of Roses* gan Wasg Prifysgol Rhydychen

This translation of A Pattern of Roses *originally published in English in 1972 is published by arrangement with Oxford University Press.*

Cyhoeddwyd y trosiad Cymraeg hwn o waith Carys Richards ym 1995 gan Wasg Gee, Dinbych, dan nawdd Cynllun Llyfrau Darllen Cyd-bwyllgor Addysg Cymru.

PENNOD 1

'Mi allen ni ddod o hyd i drysor cudd. Ma' popeth yn bosib!'

Estynnodd y labrwr ei fraich hir i fyny'r simdde oedd ar fin cael ei dymchwel. Disodlodd afalans o lwch, huddygl, a thalpiau o forter. Pesychodd yn hapus drwy'r holl lanast.

'Ma'r hen adeilade 'ma fel prynu tocyn raffl. Wyddoch chi ddim pryd fyddwch chi'n lwcus.'

Cododd Tim y blancedi dros ei ben gan riddfan. Os oedd hwn am geisio tynnu sgwrs ag o drwy'r bore, mi fyddai'n well pe bai wedi codi o'i wely a mynd allan! Doedd o ddim yn teimlo mor sâl ag yr honnodd ei fod o wrth ei fam. Roedd wedi cael mwy o lond bol na dim byd arall, ond roedd yn talu i beri i honno gredu'n wahanol. Doedd dim rheswm dros godi mewn gwirionedd yn y lle diwetha 'ma greodd Duw, er bod ei rieni wedi gwirioni ar y fan.

Eto, cystal iddo wneud yn fawr o'i gyfle. Ar ôl iddo gael ei ollwng hanner can milltir o gartrefi cyfarwydd ei ffrindiau, teimlai'n gwbl ddiangor a'i fod yn cael ei gario gan y llif. Roedd y gwely'n gystal lle â dim.

'Tipyn o newid i ti, lle fel hyn,' meddai'r labrwr. 'Dod o Lunden, 'lly. Siŵr o fod yn ddistaw.'

'Mmmm.'

Pe bai o'n gwrando'n astud am bum munud neu ddeg, hwyrach y clywai fuwch yn brefu yn y pellter, neu ehedydd neu ddau.

'Ro'dd y Ficer yn ca'l y lle'n rhyfedd ar y dechra. O Lunden o'dd o'n dod, hefyd, wst ti. Tua blwyddyn yn ôl mi rois i lawr newydd yn y Rheithordy. Yr holl le'n llawn o dylla pryfed. Mi a'th 'i ddesg drw'r cyfan! Ond doedd dim ots ganddo fo. Dyn od, y Ficer.'

'Nefoedd y caneris,' meddyliodd Tim. Ceisiodd anadlu'n ddwfn i smalio'i fod yn cysgu. Ond welodd y labrwr mo hynny.

'Rwyt ti'n ca'l trwbwl efo dy frest, on'd wyt ti? Mi glywis i dy fod ti'n wael pan symudest ti.'

'Twymyn, dyna i gyd.'

Roedd wedi cael gwybod y buasai'r dwymyn yn peri iddo deimlo fod y byd i gyd yn pwyso arno fo. Ond roedd wedi teimlo pwysau'r byd ymhell cyn hynny, pe bai pawb yn gwybod. Gwnâi'r lle yma bethau'n waeth, trwy roi'r felan iddo fo. Doedd hyd yn oed yr un ar ddeg lefel O a gafodd ar ôl chwysu'i berfedd i'w hennill y flwyddyn gynt ddim wedi gwneud dim i godi'i galon. Yr holl addysg yma, ac yntau heb wybod beth i'w wneud ag o. Doedd dim synnwyr yn y drefn.

'Mi gewch chi dabledi gen i,' oedd sylw'r doctor. 'Mi wnân nhw fyd o les i chi.'

Taflodd Tim nhw i lawr y tŷ bach. Roedd ei dad wedi addo y câi fynd i mewn i'r busnes ato fo. Hysbysebu. Roedd hwnnw wedi gadael yr ysgol yn bedair ar ddeg a dringo i fod yn brif reolwr. A gwneud hyn trwy ddefnyddio synnwyr cyffredin. Roedd Tim yn llawn dop o addysg, ond teimlai ei fod yn lled brin o synnwyr cyffredin.

'Rwyt ti 'di gneud yn dda,' oedd sylw'i dad. 'Mi bryna

i gar iti at dy ben blwydd yn un ar bymtheg. Wedyn mi gei basio dy lefel A, mynd i Rydychen, a cha'l amser da yno.'

Credai Tim y dylai deimlo'n hapus. Ond ni ddymunai wneud dim ond marw. 'Mae'n salwch sy'n eich tynnu chi i lawr yn arw,' oedd eglurhad y meddyg.

Cytunai'n ddigalon.

'Dyna fo, be ddeudis i,' meddai'r dyn. Roedd hanner y ffordd i fyny'r simdde, yn crafu fel daeargi. 'Tun ne' rwbath — ma' silff yma — ych!'

Daeth o hyd iddo fo mewn cawod arall o forter sych, a'i estyn i'w ddangos i Tim. Tun hirsgwar oedd o, fel tun bisgedi, efo patrwm tebyg i flodau wedi'u plethu drwy'i gilydd drosto, yn grafiadau ac wedi colli ei liw.

'Ddim yn rhyw drwm iawn,' meddai'r dyn. 'Does dim sofrenni melyn ynddo fo.' Cafodd dipyn o drafferth i'w agor. 'Papur,' meddai, 'hen anialwch.' Aeth ei lais yn fflat mewn siom. 'Rhywun wedi bod yn sgriblan arno fo. Mae'n ddrwg gin i, frawd. Dim lwc y tro 'ma.'

'Gadewch i mi weld,' meddai Tim.

Taflodd y dyn y bocs ar y gwely.

'Dal i gredu. Mae gin i bum *premium bond,* a ches i ddim dime ar 'u cownt nhw. Dwy i byth yn lwcus efo petha fel 'na. Mi wn i am rai, ond nid fi.'

Cododd Tim i fyny ar ei benelin i syllu ar y dargan-fyddiad. Doedd o ddim yn disgwyl fawr o ddim, a dyna a gafodd o. Fawr o ddim.

'Hen lunia, am wn i. Dim o bwys.'

'Dim y ma' Americanwyr yn 'i brynu? Ma' nhw'n prynu llawar o'n hen 'nialwch ni — *Queen Mary,* Pont Llunden, deudwch chi be fynnoch chi . . .'

Dechreuodd y labrwr forthwylio a churo rhai o'r hen

frics allan i wneud lle i rai newydd. Fyddai neb angen y lle tân ar ôl cael y gwres canolog yno, ond roedd y stafell fach siâp od yma efo'r to yn goleddfu i lawr wedi cael ei hanghofio yn ystod y moderneiddio. Teimlai mam Tim y buasai'n ystafell dda at gadw sbwriel, a synnodd pan fynnodd Tim ei chael fel llofft iddo, yn lle'r un ugain troedfedd wrth bymtheg a gynlluniwyd ar ei gyfer.

'Mae'n well gen i'r petha henffasiwn.' Ond i'w rieni, tamaid o fwthyn pren oedd y 'petha henffasiwn'; bwthyn bychan, dwy i fyny, dwy i lawr, ond yn werth ei brynu i gael hawl cynllunio at godi eu syniad nhw o dŷ yn y wlad, gan impio wrth y gwreiddiol adain ddrud a dymunol a fu'n destun siarad i bobl y pentref drwy'r flwyddyn. Mynnodd Tim gael cysgu yn y 'twll sbwriel'. Mynnodd i'r muriau a'r nenfwd gael eu peintio'n wyn, yn hytrach na gwyrdd tywyll, neu fricyll ysgafn neu fagnolia. Roedd ei fam o'i cho.'

'Rwyt ti'n llabwst penstiff, anodd dy drin. Rwyt ti'n union 'run fath â'r holl bobol ifanc y dyddie 'ma. Rych chi'n gneud sbort am ben safona'ch rhieni — yn gwawdio popeth y buon ni'n slafio amdano . . .'

'Yr hen a ŵyr a'r ifanc a dybia, fydde rhai'n ddweud,' oedd ateb Tim gan wenu arni.

'Pe baen ni'n dlawd; pe bai'n rhaid iti fyw mewn twlc, a gwisgo jîns yn glytia i gyd, a hen ddaps, am nad oes dim byd arall gen ti, mi fyddet ti'n teimlo'n wahanol. Fydde'r cyfan ddim mor ddigri wedyn.'

Roedd Tim wedi cytuno â hi, er iddo weld ei gamgymeriad yn nes ymlaen. Ar y pryd roedd yn well ganddo blygu i dymer ddrwg ei fam yn hytrach na'i chynhyrfu i dymer waeth. Roedd fel pe bai, yn gwbl ddiarwybod iddo'i hun, yn croesi'i rieni'n reit aml y dyddiau hyn.

Ond ni ddymunai ddim gwell na bywyd tawel. Doedd dim yn ymwthiol yn ei gyfansoddiad, a doedd o ddim mor egnïol â hynny chwaith. Doedd o'n fawr o ddim byd, yn ei farn o'i hun, dim ond llestr roedd llawer o arian wedi cael ei dywallt iddo i'w addysgu, i'w wneud yn weddus, fel y buasai'n adlewyrchu cyraeddiadau ei rieni. Doedd o ddim yn hoff o'r fath syniad, ond ni fynnai wrthryfela yn ei erbyn. Buasai wedi'i edmygu ei hun yn well pe bai wedi gwrthryfela mwy. Roedd rhai o'i gyfeillion ysgol wedi bod yn wrthryfelwyr cyson; wedi bod yng nghanol pob math o strach; efo'u rhieni, efo'r heddlu, ac efo genethod. Doedd *o* byth yn boen i neb.

Gwelodd fod y papurau wedi eu rhowlio i fyny ac yn melynu. Agorodd hwy, a syllodd arnyn nhw. Lluniau wedi eu gwneud â phensiliau cwyr du oedden nhw; tirluniau, tŷ mawr hen wedi ei osod mewn coed, eglwys, llyn efo ychydig o wartheg, geneth. Roedd ychydig eiriau wedi eu sgriblan ar rai ohonyn nhw. Roedd y gair 'Nel' wedi'i lunio'n gain mewn llythrennau Gothig wedi eu fframio mewn calon â phatrymau arni, fel hen gerdyn Ffolant, ar y llun o'r eneth. Ac ar waelod y llun mwyaf mentrus, yr hyn a edrychai fel hen blasty mawr, roedd llythrennau cyntaf rhyw eiriau, a'r dyddiad, 'T.R.I. 17 Chwefror, 1910'.

Llygadrythodd Tim mewn syndod arnyn nhw. Dyna lythrennau cyntaf ei enw o: Timothy Reed Ingram. Doedd y fath gyfuniad o lythrennau ddim yn gyfarwydd i fawr neb ond iddo fo, ac roedd yn od eu gweld ar y papur brau yma a aroglai o lwydni. Roedden nhw'n dipyn o sioc iddo. Ac am iddo sylwi arnyn nhw, dechreuodd fagu mwy o ddiddordeb yn y lluniau. Gwasgarodd hwy ar y gwely, gan eu rhowlio tu chwith i beri iddyn nhw orwedd yn fflat. Daeth y labrwr ato, ei chwilfrydedd wedi lladd ei awydd i weithio.

'Hm.' Roedd ymhell o fod yn feirniad ar gelfyddyd. 'Wyt ti'n tynnu llunia? Wyddost ti rwbath amdanyn nhw?'

'Fawr o ddim.' Cawsai Tim ei lefel O gorau mewn celf, ond tueddai i feddwl i'r arholwyr gymysgu'r papurau.

'Ydyn nhw o unrhyw werth yn dy farn di?'

Nid atebodd Tim. Roedd y lluniau'n amrwd, yn blentynnaidd braidd, ond roedd ganddyn nhw, a chwiliodd Tim am y gair iawn i fynegi'r hyn a deimlai . . . 'Argyhoeddiad.' Er eu bod yn anaeddfed, doedden nhw ddim yn anniddorol. Edrychent fel pe baent wedi golygu llawer i'w harlunydd. Roedd hyd yn oed 'Nel', y salaf ohonyn nhw i gyd o safbwynt arlunio, yn hynod hudolus yn ei ffrog 1910 efo'r gwregys yn hongian, a'i llygaid powld yn syllu'n syth o'i blaen. Teimlai Tim ei fod yn well llun na'r portread a wnaeth o'i hun o Hebblethwaite fel llun 'byw' ar gyfer ei arholiad. Gwisgai hwnnw'i git rygbi ond roedd wedi cael ei orfodi i bosio a dangosai ei holl ymarweddiad ei fod yn casáu pob munud, a'i fod wedi cael cramp wrth sefyll yn llonydd.

'Tybed beth oedden nhw'n wneud i fyny'r simdde,' meddai.

'Lle da i'w cuddio nhw,' meddai'r labrwr.

'Ond pwy oedd pia nhw? Pwy oedd T.R.I. yn 1910?'

'Y brawd oedd yn byw 'ma, debyg.'

'Lle od i roi llunia.'

'Ddim am i neb 'u gweld nhw, debyg.'

'Doedd yna fawr o le i guddio petha yn y tŷ fel ag roedd o,' sylwodd Tim, gan gofio am y ddwy lofft i'r teulu i gyd. Ac roedd y teuluoedd yn fwy'r adeg honno, hefyd. Gallai pedwar neu bump o blant fod yn rhannu'r llofft yma. Gwerthfawrogai Tim breifatrwydd gymaint â neb a dechreuodd gydymdeimlo â'r T.R.I. yma, pwy bynnag oedd o; yr un oedd yn tynnu lluniau ac yn cuddio'i dalent yn y simdde.

'Oes gennych chi syniad beth oedd 'i enw fo? Rych chi wedi byw yma ar hyd eich oes,' meddai wrth y labrwr.

'Down i ddim wedi ca'l 'y ngeni yn 1910, frawd. Ara deg, rŵan! Tŷ'r Ingrams fydden ni'n galw'r lle. 'Sdim yn od yn hynny. Dw i'n meddwl mai dyna oedd cyfenw'r wraig oedd yn byw yma ers talwm. Ella y basa 'Nhad yn gwbod rhwbath.'

'Falle ma' hogan oedd hi,' tybiodd Tim. Ond teimlai mai llun a wnaed gan berson gwryw oedd o, rywsut. Doedd dim sôn am flodau a thynerwch geneth yma. Roedd iddo ryw erwinder, rhyw nerth iachus; dyna pam y teimlai ei fod yn wrywaidd ei naws.

'Piti nad arian papur ydyn nhw,' meddai'r labrwr. Heliodd ei rwbel at ei gilydd yn bentwr wrth yr aelwyd. 'Mi wna i'r tamad bricio 'na ar ôl cinio. Mi gei di lonydd gen i am sbel.'

Aeth allan, a gorweddodd Tim unwaith yn rhagor. Clywodd sŵn yr *hoover* i lawr y grisiau, a'r forwyn yn canu ar ôl iddi ddiffodd y peiriant. Roedd ei fam wedi mynd i'r siop trin gwallt, tua deng milltir i ffwrdd.

'Mi gaf i damaid bach neis o gig, golwyth cig eidion i ti i ginio,' meddai.

Ochneidiodd. Rhoes lun 'Nel' ar lawr wrth ochr y gwely a throi i edrych i lawr arno. Roedd y gwaith ymhell o fod yn gymesur; y pen wedi ei osod ar yr ysgwyddau mewn ffordd amhosibl, ond roedd Nel yn llawn bywyd er gwaethaf hynny. Syllai arno'n hyf a balch dros fwlch o drigain mlynedd. Gallai weld golwg ddrygionus, hyd yn oed, yn ei hedrychiad. Tua thair neu bedair ar ddeg oed. Ei ffrog yn fyr a'i gwallt yn hir. Oedd hi wedi posio, tybed, fel y bu raid i Hebblethwaite bosio iddo fo, neu oedd y llun wedi cael ei wneud ar y slei, yn y stafell fechan hon, ei chrëwr ar ei hyd ar lawr, yn anadlu'n ddwfn wrth ganolbwyntio, yn llunio delwau yn ei ddychymyg ac yn brwydro i roi bywyd iddi efo'i bensil cwyr budr. Mwya yn y byd yr edrychai Tim ar y llun, mwya yn y byd y gallai ddychmygu'r bachgen â'r cyfenw, Ingram. Caeodd ei lygaid. Roedd y bachgen tua'r un oed ag o, ond yn llai o lawer, bachgen tenau yn edrych fel pe bai arno eisiau bwyd, wedi ei wisgo mewn trywsus melfaréd oedd yn fwd i gyd, sgidiau mawr a siwmper wedi ei thrwsio. Roedd golwg dawedog ar ei wyneb, golwg ochelgar, fel pe bai am guddio'r deallusrwydd cudd a roes fywyd i'r llun. Pan fuasai rhywun yn tynnu gair ag o, buasai'i lygaid yn edrych i lawr, rhag iddo ddatgelu dim; ni fuasai'n siarad llawer, ond pan fuasai allan yn yr awyr agored, ac ar ei ben ei hun, buasai'n gweld pob peth ac yn siarad efo lindysyn fyddai'n torheulo ar lwybr cynnes, neu efo robin ar goes rhaw.

Gwelodd Tim ef mor eglur â'r dydd, fel y gwêl rhywun berson mewn breuddwyd. Gallai hyd yn oed weld y llwch a godai wrth ddyrnu ŷd yn gorwedd fel llen dros ei wallt, yn llochesu yng nghafnau ei glustiau, ac yn ewinedd brau, priddlyd y llaw a ddefnyddiai i arlunio; llaw oedd yn wydn gan galedwaith yn y caeau. Gwelodd y gwefusau yn symud, a chlywodd o'n dweud,

'Nel, Nel, Nel!
Rwyt ti'n ddel, ddel, ddel.'

Roedd cael 'del' i odli efo 'Nel' yn ei blesio, o achos

dechreuodd llanc ei ddychymyg wenu, gan ddangos dant blaen oedd wedi ei dorri. Roedd wedi ei daro wrth olwyn trol ddwy flynedd yn ôl tra'n chwarae mig. Roedd Tim yn siŵr o hynny, er na wyddai sut. Roedd y bachgen yno, yn llunio'i bortread, heb gymryd unrhyw sylw ohono fo ar ei wely, yn mwmian iddo fo'i hun o bryd i'w gilydd,

'Nel, Nel, Nel,

Dyw'r gwddw *ddim* yn ddel.'

Defnyddiodd ei ddilëydd i ddileu'r gwddw sawl gwaith, ond ni allai ei gael yn iawn. Wedyn daeth sŵn traed y tu allan i'w stafell a llamodd y bachgen ar ei draed fel ffesant a ddychrynwyd. Gwthiodd y lluniau i'r tun agored oedd ar y llawr yn ei ymyl. Tun lliwgar oedd o, yn sbloet o liwiau blodau wedi eu peintio arno a *Mariner's Biscuits* wedi ei sgrifennu ar yr ochr.

Agorodd Tim ei lygaid.

'Ma' gen i stecan hyfryd iti, cariad, a salad tomato. Gest ti saib bach neis? O ble daeth yr holl bapur 'ma? Wel, am lanast! Dw i'n gobeithio y bydd y gweithiwr yna'n gorffen heddiw.'

Rhoddodd ei fam yr hambwrdd ar y bwrdd bach wrth ei wely a dechrau casglu'r lluniau'n ddiamynedd. Fedrai hi ddim goddef dim byd allan o'i le.

'Byddwch yn ofalus!' Tynnodd Tim ei hun i fyny ar ei benelin.

'Ma'n nhw'n . . . Ma'n nhw'n . . .' Yn beth? Teimlodd ei ben yn troi. 'Ma' 'na dun . . .'

Roedd ei ben bron â hollti. Edrychodd ei fam arno'n llawn consarn. Ond teimlai Tim fel sgrechian.

'Hwn ydi'r tun? Mae o'n sobor o fudur. O ble daeth yr holl lanast 'ma?'

'O'r simdde.'

'Mi dafla i o i gyd i ffwrdd. Eistedd i fyny, cariad. Dyma iti glustog arall.'

'Na, dw i ddim isio clustog arall. Gadewch o.'

Ochneidiodd ei fam. Gwelodd Tim yr olwg y gwyddai amdani'n dda yn ei llygaid, golwg un wedi'i chythruddo, er ei bod yn ceisio cuddio hynny. Teimlai'r un fath ei hun. Ni fedrai ddioddef ei maldod hi.

'Mi goda i,' meddai. 'Rwy'n iawn, rŵan. Dim ond diogi sydd arna i.'

'Bwyta hwn gynta. Mi gei di godi wedyn.'

Rhoddodd yr hambwrdd ar ei liniau a mynd allan. Estynnodd Tim am y tun a'i astudio'n fanwl, heb falio dim am y darnau o we-pry-cop a syrthiodd i mewn i'w salad. Sychodd y llwch i ffwrdd efo'i gas gobennydd a daeth o hyd i lythrennau cyrliog aneglur ar un o'i ochrau. Dywedent, *Mariner's Biscuits*. Parodd hyn iddo deimlo'n rhyfedd. Roedd yn siŵr nad oedd wedi gweld y fath beth o'r blaen, dim ond yn ei freuddwyd. Os mai breuddwyd oedd o . . . Doedd Tim ddim yn credu mewn ysbrydion. Gallai breuddwydion rŵan ac yn y man fod mor real â bywyd go iawn, yn fannau a phobl.

Doedd yr hogyn y buasai'n breuddwydio amdano ddim yn honni ei fod yn real. Roedd Nel yn fwy real. Pwy oedd hi? Pe bai hi'n dal yn fyw, buasai yn ei saithdegau. Dyna anniddorol. Ni fedrai Tim gysylltu hen bobol â'u gorffennol. Ni fedrai ddychmygu i'r hen ddynion cwynfanllyd a welai'n codi eu pensiwn yn swyddfa'r post fod unwaith yn filwyr dewr a golygus yn llamu o'r ffosydd yn y Rhyfel Mawr. Bu hyd yn oed ei dad, oedd yn foldew erbyn hyn ac wedi colli ei wallt, yn hedfan *Spitfires*. Prin y gallai gredu'r peth. Meddyliai Tim dipyn llai am hedfan *Spitfires* ar ôl sylweddoli hyn.

Aeth trwy ei ginio heb fawr o awydd a haliodd ei hun allan o'r gwely. Roedd y bachgen y bu'n breuddwydio amdano yn glir yn ei feddwl o hyd. Nid oedd wedi pylu o gwbl, fel y rhan fwyaf o gymeriadau breuddwydion. T.R.I. Yr Ingram ifanc? Amheuai a oedd y 'T' yn sefyll am Timothy, am mai go brin y buasai plant yn cael y fath enw pan oedd o'n ifanc. Tom, efallai. Buasai'n well gan Tim fod yn Tom. Roedd yn gas ganddo'i enw. Yn ei farn o, roedd yn ferchetaidd ac yn snobyddlyd, buasai allan o'i fyd mewn pentre fel hwn.

Tynnodd bâr o jîns a siwmper polo ag iddi goler ddu amdano. Daeth ei fam i fyny i nôl yr hambwrdd, a dywedodd yn siriol, 'Mae'n ddiwrnod braf! Mi fuasa llygedyn o'r haul 'ma'n gneud byd o les iti, Tim. Ella medri di gerddad i lawr i'r Rheithordy y pnawn 'ma i nôl y papur plwy. Mi addawodd y Ficer un i mi — mi ddylen ni gymryd diddordeb yn y gymdeithas leol, dw i'n credu. Ma'r Ficer yn ddyn anghyffredin, yn 'y marn i. Ella yr hoffi di o. Mae o'n reit fodern, o Berson gwlad. Mi synnis i.'

Crebachodd tu mewn Tim. Ni fedrai feddwl am ddim gwaeth na gwario prynhawn efo Ficer 'modern'. Roedd ei fam yn sicr wedi synhwyro hyn, o achos ychwanegodd yn fwy miniog, 'Mi ddeudis i wrtho y basat ti'n galw.' Rhoddodd Tim ochenaid. Efo amynedd Job, ni ddywedodd ei fam ddim, dim ond mynd o'r ystafell efo'r hambwrdd.

Ers iddyn nhw symud, ryw bythefnos yn ôl, doedd Tim ddim wedi gweld llawer o'i ardal newydd. Er nad oedd ond diwedd Medi, roedd y tywydd wedi bod yn oer a gwlyb, ddim yn ffit i gleifion. Yn ôl y meddyg, ni châi fynd i'r ysgol am sbelan go lew, ac roedd rhyw broblem ynghylch yr ysgol hefyd; buasai'n rhaid iddo ddychwelyd fel byrddwr, ac yn swyddogol, doedd dim lle iddo tan ar ôl y Nadolig. Yn answyddogol, roedd Tim yn sicr y buasai'r prifathro, cyn gynted ag y buasai'r meddyg yn dweud ei fod yn iach, yn ei gael yn ôl ac yn rhoi ei drwyn ar y ma'n cyn pen chwinciad. Roedd gan yr ysgol enw da am gael ei disgyblion i mewn i'r prifysgolion gorau, a gwyddai Tim, fel un o'i sêr presennol, y buasai'n cael sylw arbennig pan ddychwelai. Doedd *o* a llond gwlad o waith ddim yn gyfeillion pennaf. Felly, er ei fod am ddychwelyd at ei ffrindiau, doedd o ddim ar frys. Mi wnâi ar ôl y Nadolig yn iawn, os na fuasai wedi marw o ddiflastod cyn hynny. Fyddai pnawn yng nghwmni'r Ficer ddim yn debyg o ladd unrhyw ddiflastod.

'Cofia wisgo dy gôt,' meddai ei fam.

Estynnodd honno'i gôt laes glas tywyll iddo'i gwisgo cyn iddo gamu allan i'r lôn. Doedd dim ar ben y lôn ond eu tŷ nhw, yn wasgaredig ac yn boenus o newydd — i lygaid Tim roedd yn hagr, bron yn haerllug, yno rhwng y gwrychoedd gwyrdd a'r coed llwyf. Daethai ei rieni o hyd i'r safle delfrydol hwn a mynd ati i ddifetha'i harddwch wrth godi eu tŷ yno.

'Dydi hynna ddim yn deg,' meddai Tim wrtho'i hun. 'Pe buasen *nhw* heb wneud, mi fuasai rhywun arall 'di gneud hynny.' Cawsai bwthyn bychan yr Inskips, a choedwaith ei dalcen wedi pydru yma ac acw, ei roi ar y farchnad yn ddigon teg. Efallai y buasai rhywun arall wedi gwneud mwy o lanast o'r cyfan. Cofiodd Tim am yr olwg gyntaf a gafodd ar y lle. Roedd hanner o'r golwg dan chwyn ac eiddew, a'r gwrychoedd yn cau amdano; fel pe bai wedi crwydro i'r fan hon o ganrif arall, heb na phiben ddŵr na gwifren drydan yn agos ato. Roedd popeth wedi newid erbyn hyn. Gorymdeithiai'r peilonau a gariai'r trydan yn solet gyda ffin y weirglodd, a rhai o'r coed wedi cael eu cwympo i wneud lle i'r gwifrau. Wrth i Tim fynd linc-di-lonc i lawr y lôn, gwelodd Tom Inskip yn dod i'w gyfarfod, ei biser te gwag yn un llaw, a dyrnaid o fwyar duon yn y llall. Edrychai'n flinedig ond yn hollol fodlon ar ei fyd.

Caeodd Tim ei lygaid am eiliad. Doedd neb yno. Roedd wedi bod yn breuddwydio'r dydd eto. Roedd y dydd yn gynhesach nag y disgwyliai, a theimlai'n dipyn o ffŵl yn y gôt dyn-dinas anaddas. Diosgodd hi a'i chrogi o'r golwg ar gangen llwyfen, i'w chasglu ar ei ffordd yn ôl. Od am Tom Inskip. Roedd bywyd yn wahanol iawn yr adeg honno. Daliai bachgen y freuddwyd yn fyw yn ei gof. Teimlai Tim iddo'i basio o ddifrif ar y lôn; roedd ei wyneb mor glir yn ei gof. 'Mae Tim yn llawn dychymyg,' fuasai geiriau ei fam byth a hefyd. 'Wedi dechrau mynd yn ga-ga,' oedd barn Tim amdano'i hun.

Dim ond y ffermwr a'r Ficer a ddefnyddiai'r lôn arbennig hon gan nad âi i unlle ond i'r fferm a'r Rheithordy. Roedd hyd yn oed y briffordd yn ddistaw, am ei bod yn dod i ben wrth yr afon, filltir y tu draw i'r pentref. Doedd yr un ffordd arall drwodd. Rŵan, wrth i Tim gerdded ymlaen, nid fedrai glywed sŵn unrhyw draffig, ar wahân i grwndi tractor yn aredig cae yn y pellter. Ar ei law dde wrth gerdded, ni welai ddim ond y sofl yn y caeau, ac ar ei law chwith, dir pori. Dirwynai ffordd drol at y fferm, a dirwynai lôn draw at y pentref. Gwelai Tim simneiau brics coch y Rheithordy o'i flaen, a thŵr eglwys tu ôl iddynt. Roedd coed a gwrychoedd llawryf o gwmpas y Rheithordy, ynghyd â gerddi aflêr. Craffodd Tim drwy'r bylchau yn y gwrych wrth iddo fynd at y llidiart. Ond aeth meddwl am wynebu'r Ficer yn drech nag o, a cherddodd yn ei flaen.

'Mi af i weld yr eglwys gynta, a galw ar fy ffordd yn ôl,' meddai wrtho'i hun. Mynnai ei reddf iddo aros yn yr haul, yn hytrach na mynd i ganol cysgodion y llwyni. Mi wnâi'r haul fwy o les iddo na'r cylchgrawn plwyf.

Roedd golwg hynafol ar yr eglwys seml. Doedd dim yn anghyffredin yn ei chylch yng nghanol coed llwyf uchel oedd yn llawn nythod brain. Trawodd Tim ei drwyn i mewn iddi ac arogli oerni tamp, hen; hen feini, yn gymysg efo cwyr sgleinio pres a llwydni. Dychwelodd i lygad yr haul.

'Mi gaf i olwg iawn arni hi rywbryd eto,' meddai wrtho'i hun. Roedd sôn bod platiau pres da yn y gangell. Ond am rŵan, y fynwent a dynnodd ei sylw, y cerrig beddau cain a hynafol, yn torheulo yn haul clir Medi, yn dawel iawn; yn llonydd iawn. Doedd o ddim wedi gweld dim byd mor dawel ers blynyddoedd. Dim ond y brain ar gangau'r coed, a mwyalchen rywle yng ngerddi'r Rheithordy. Parodd iddo feddwl am y gerdd honno gan Tennyson, 'Come into the garden, Maud' — rhyw le fel 'na oedd o, heb newid dim ers dyddiau Tennyson, ffenestri uchaf y Rheithordy yn y golwg rhwng y coed, yn dywyll ac yn ddirgelaidd lle y byddai Maud wedi oedi yn y cyfnos. Fe'i gwelodd fel darlun yn ei ddychymyg. Parodd iddo feddwl am Tom Inskip. Mi fuasai o'n ei weld yr un fath. Doedd dim wedi newid mewn can mlynedd. Roedd cyn lleied o fannau fel hyn ar ôl mwyach. Tonnodd teimlad rhyfedd drosto.

Cerddodd ar draws y fynwent, drwy'r gwellt hir, melyn. Âi'r llwybr yn gulach ac yn gulach wrth ddirwyn at y domen sbwriel, a'r coed yn cau amdano. Gwelodd bren rhosyn yn tyfu, ei flodau'n rhyfeddod, rhai o liw fioled myglyd. Gollyngai rhai eu petalau gwyw i'r glaswellt. Mudlosgai'r lliwiau o'i flaen; y rhosynnau, y mawn yn pydru o gwmpas tomen gompost y garddwr, a dryswch o farf hen ŵr fel nudden wen dros ysgwydd y gwrych llwyf. Gwelodd Tim hyn efo'i lygad artist lefel O. Synhwyrodd hen hafau'r blynyddoedd a fu'n nyddu eu lledrith yng nghornel ddadfeiliedig y fynwent oedd wedi mynd o gof pawb.

Disgynnai popeth yn briodol i'w le. Roedd yntau mewn cytgord â nhw, yn sefyll yng nghanol y drysni, yn amsugno'r cyfan. Gwyliodd wenynen yn hedfan yn drwm ymhlith briger y rhosynnau.

Roedd yn werth galw i weld y Ficer er mwyn hyn, y syniad o esmwythyd a bodlonrwydd. Ni chofiai iddo erioed o'r blaen weld y fath liw ar rosynnau. Doedd rhai ei fam ddim yn debyg iddyn nhw. Rhosynnau te croesryw fydden nhw bob amser, yn cael eu cymryd o'u bagiau plastig i'w plannu mewn pridd diffrwyth. Pan flodeuent, buasai'r petalau coch, llachar yn sgrechian eu hacrwch yn erbyn lliw'r briciau newydd. Roedd iddyn nhw enwau Saesneg crand fel 'Radar' ac 'Orange Sensation' ac 'Oh La La'. Welodd Tim erioed harddwch ynddyn nhw, ond roedd y rhain yn wahanol. Plygodd i gwpanu un o'r blodau rhwng ei fysedd, a gwelodd y garreg fedd y tu ôl iddo, yn gorwedd ar slent yn llygad yr haul, yr arysgrif wedi ei ymylu efo cen cerrig. T.R.I. O'r holl gerrig bedd, roedd hon yn berffaith ddarllenadwy, fel petai wedi bod yn aros amdano drwy'r amser, yn fwriadol i godi braw arno. A llwyddodd i wneud hynny. Fe'i teimlodd ei hun yn dal ei anadl, a daeth yn ymwybodol o boen sydyn o gwmpas ei galon wrth weld ei feddargraff ei hun ar y garreg; neu feddargraff un y teimlai, rywsut, ei fod yn ei adnabod.

T.R.I. Amlinellodd y llythrennau efo'i fys. Oddi tanynt roedd dyddiad oedd yn fwy anodd ei ddarllen. Defnyddiodd Tim ei fys eto i durio i mewn i'r mwsogl a'r baw. Rhywbeth . . . Mawrth, 1894 . . . dyna oedd y dyddiad geni. Penliniodd Tim, gan grychu ei dalcen wrth ganolbwyntio. Gwelodd linell fechan yn nodi am faint y bu byw, ac yna ddyddiad arall, 18 Chwefror, 1910. Credai Tim ei fod wedi cymysgu yn rhywle. Craffodd arni, a phlygu drosodd gan mai un fechan oedd y garreg. Ond doedd dim amheuaeth ynghylch y rhifau. Ni pharodd oes T.R.I. yn hwy nag un flwyddyn ar bymtheg brin. 'Na,' meddyliodd Tim, 'nid hyd yn oed gymaint â hynny.' Roedd mis arall i fynd cyn y câi ben ei flwydd yn un ar bymtheg.

Caeodd Tim ei lygaid a gweld eto'r darlun o'r hen dŷ, ac ar ei waelod mewn pensel, y llythrennau a'r dyddiad wedi'u llunio'n ofalus, 17 Chwefror 1910. Roedd yn ei gofio'n dda. Edrychodd eto ar y garreg. Y diwrnod cynt. Y diwrnod cyn y dyddiad ar y garreg fedd. 'All hynny ddim bod,' meddai Tim mewn anobaith. Roedd fel pe bai'r haul wedi mynd o dan gwmwl. Aeth ar ei liniau, ei ddwylo o boptu'r garreg fedd, yn gweld Tom yn gwenu ac yn llafarganu'i bwt o rigwm gwirion fel y bu iddo'i weld yn ei freuddwyd. Ond roedd yn danbaid o real. A Tom yn cerdded ar hyd y ffordd, yn bwyta mwyar duon. Teimlai Tim yn sâl a phenysgafn. Daeth arogl y rhosynnau, oedd mor borffor â llechen do, i'w ffroenau'n drwm a phersawrus.

'Os wyt ti am weddïo, ma'r eglwys ar agor, wst ti,'

meddai llais tawel y tu ôl iddo. 'Fyddwn ni byth yn 'i chloi hi.'

'O'r nefoedd!' Llamodd Tim i fyny'n ddryslyd, ei fochau'n gwrido. Daeth gwendid dychrynllyd ei salwch i'w oddiweddyd, ac ni fedrai gymryd cam; dim ond sefyll fel hurtyn, a phopeth yn chwildroi o'i gwmpas. Trawai'r haul ef trwy'r bylchau yn y coed llwyf, a daliai llanc ei freuddwyd i wenu, efo llwch yr ŷd ar ei fochau. Teimlodd Tim am eiliad ei fod yn colli gafael ar bethau, yn feddyliol yn ogystal ag yn gorfforol. Roedd y teimlad o golled ac anobaith mor anferth, a hynny am ddim byd. Teimlai fel pe bai wedi cael ei daro oddi ar ei echel.

'Hei, wyt ti'n iawn?' Hogan oedd yno, tua'r un oed ag o. Buasai Tim yn falch pe gallai ddisgyn i fedd agored cyfleus fel y gallai'r rhosynnau porffor dyfu drosto.

'Ydw,' meddai'n sarrug. 'Mi dw i'n iawn. Mi dw i . . .'

O Dduw, sut y gallai esbonio? Ni allai ddechrau, hyd yn oed. Dw i 'di dod i nôl y papur plwy,' atebodd.

Gwenodd y ferch, ond ni welai garedigrwydd yn y wên honno. Gwên ddirmygus fuasai disgrifiad Tim ohoni. Bu Tim yn meddwl bod ganddo smotiau o flaen ei lygaid, ond gwelodd mai brychau haul oedden nhw. Roedd ganddi frychau ffantastig. Teimlai Tim yn well. Ymsythodd yn betrusgar.

'Ti'n mynd o gwmpas i gofleidio cerrig beddi'n amal?'

'Na.'

'Ti'n siŵr dy fod ti'n iawn?'

'Dw i ddim yn dechra mynd yn ga-ga, os mai dyna sy'n dy feddwl di.'

'Ma' golwg symol arnat ti. Llwyd.'

Allai neb ddweud hynny amdani hi, tybiodd Tim. Meddai ar groen golau'r genod pengoch, ond roedd wedi cael ei orchuddio mor afradlon â brychni haul mawr (fel pe bai rhywun yn edrych ar beintiad pwyntil gan Seurat), fel ei fod yn euraid dwfn. Roedd ganddi wallt ffantastig, yn sinsir disglair, wedi'i rannu yn y canol, ac yn byrlymu bob ochr i'w phen yn gymylau mawr, crych, gan dyfu i lawr at ei hysgwyddau. Pe bai'n gorwedd yn wastad, mae'n bur debyg y buasai'n cyrraedd at ei gwasg.

Derbyniodd Tim ei fod yn tyfu felly'n naturiol. Ni allai ddychmygu unrhyw eneth yn dymuno'i gael felly o fwriad. Daeth ag arlunydd arall i'w gof — Rosetti. Roedd fel pe bai wedi camu allan o fyd y Cyn-Raffaeliaid, hi a'i brychni haul. Teimlai Tim unwaith eto fod popeth yn syrthio i'w le, fel ag a wnaeth pan feddyliodd am 'Come into the garden, Maud'. Efallai mai Maud oedd hi. Ond roedd yn gwisgo jîns. Dechreuodd deimlo'n well a chamu oddi ar y bedd. Mae'n wir ei bod wedi cipio tipyn o'i urddas oddi arno, ond buasai'n gofalu na fuasai'n ei ddal heb droed i sefyll arni am yr eildro.

'Treio darllen y garreg fedd o'wn i. Y dyddiad. Oes fer gafodd o.'

'Fel sawl un yr adeg honno.' Gallai weld ei bod hi'n sâl eisiau gwybod mwy amdano ac roedd wrth ei fodd. Teimlai'n well, er yn flinedig. Mi godai'r papur plwy, ond fuasai o ddim yn dweud dim wrthi.

'I bwy mae'r papur plwy?'

A dyna hi wedi ei gornelu'n syth. Pylodd ei bleser.

'Mrs Ingram.'

'O. Y bobol newydd yn nhŷ Inskip.' Edrychodd arno yn fyfyriol. Roedd ei llygaid yn frown dwfn, di-frych. Fel bisgedi sinsir, tybiodd Tim. Nid ymdrechai i fod yn ddeniadol, ac roedd digon o le i wella arni.

'Os doi di i'r Rheithordy, mi gaf un iti,' meddai.

Rhaid mai hon oedd merch y Ficer 'modern' a ddaeth o Lundain ddwy flynedd yn ôl a syrthio drwy'r llawr llawn tyllau pryfed. Beth oedd ei barn hi am y symud, tybed? Roedd yn benuchel iawn. Fel cath sinsir, meddyliodd. Yn cadw popeth iddi'i hun. Teimlai ychydig yn nerfus yn ei chwmni. Roedd fel cath a'i hewinedd yn barod i grafu.

'Wyt ti'n cofleidio cerrig beddi'n amal?' — doniol iawn. Gwgodd Tim. Dilynodd hi drwy giât yn y wal i dywyllwch y llawryf a'r yw. Nadreddai llwybr mawnoglyd at ddrws-ochr y tŷ. Gan ei wthio'n agored, meddai, 'Ty'd i mewn.'

Crogai rhes o glychau uwchben y drws tu mewn, un ar gyfer pob ystafell yn y tŷ; a'r ystafelloedd wedi eu rhifo mewn llythrennau Gothig cyrliog.

'Ma'n nhw'n dal i ganu,' meddai'r hogan, 'ond rŵan does yma ddim morynion i'w hatab nhw. Fel y gweli di.' Estynnodd ei braich i ddangos y gegin fawr, aflêr efo olion pawennau ci ar y leino, a llond sinc o lestri heb eu golchi. 'Ty'd drwodd. Paid baglu dros yr *hoover*.'

Ac yntau'n gyfarwydd â byw mewn tŷ oedd fel pin mewn papur, synnwyd Tim gan aflerwch llawen, braf y Rheithordy. Roedd pentyrrau o hen ddillad yn y cyntedd, yn aros am ffair sborion, efallai. Yn eu hymyl safai dau bram oedd wedi gweld dyddiau gwell. Roedd y grisiau o'r golwg dan lyfrau, efo llwybr cul wedi ei adael drwy'u canol. Taflodd gipolwg i mewn i'r ystafell oedd, efallai, yn stydi; desg dan ei sang efo llythyrau a llenyddiaeth, rhagor o bentyrrau o lyfrau ar y llawr ac Alsesian yn cysgu ar soffa ledr, ei thu blaen wedi'i rwygo a'r stwffin yn chwydu ohoni. Ar y wal uwchben y lle tân, crogai darlun modern a ymddangosai fel noethlun o ferch, er na allai fod yn siŵr. Ceisiodd beidio â bradychu unrhyw syndod, er nad oedd wedi dychmygu lle tebyg i hwn.

'Dwi'n meddwl 'u bod nhw yn ymyl y ffôn,' meddai'r eneth, a dechreuodd chwilio'n ddiobaith trwy bentwr arall o bapurau. Wrth iddi wneud hynny, canodd cloch y ffôn, a chododd hithau'r derbynnydd.

'Ma' Mam allan. 'Di mynd i ryw bwyllgor. Gwnaf, mi ddeuda i wrthi hi . . . heno. Y Swyddog Prawf.' Ysgrifennodd rywbeth ar amlen a'i gwthio i grac yn ffrâm y ffenestr uwch y ffôn. Yr un eiliad, daeth slebog o ddynes ifanc oedd yn amlwg yn feichiog i lawr y grisiau. Gwisgai sliperi carped a smociai sigarét.

'Beth am banad?' gofynnodd. 'Dw i bron llwgu am un.' Edrychodd yn fyfyriol ar Tim. 'Be amdanat ti?'

Trawodd yr eneth y derbynnydd yn ôl yn ei le'n swnllyd a dywedodd, 'Dos i neud un, ta, a gad lonydd i hwn. Mi gei olchi'r llestri tra wyt ti wrthi.'

Roedd ei llais yn finiog. Trodd ei chefn yn bwrpasol ar yr hogan a dywedodd wrth Tim, 'Dyma'r papur plwy iti. Mae'n ddrwg gin i 'i fod 'di 'i hambygio. Mi gei di fynd allan drw'r ffrynt. Mae'n gynt.'

Estynnodd y copi iddo. Roedd golwg ddigroeso, bron yn ddig, ar ei hwyneb, fel pe bai am iddo fynd yn fuan, ond synhwyrai Tim nad fo oedd y rheswm dros ei dicter. Roedd ei thymer ddrwg yn gweddu iddi i'r dim. Buasai'r ansoddair 'tanllyd' yn gweddu iddi i'r dim hefyd, pe bai'n rhoi mwy o raff i'w theimladau, meddyliodd. Ni wyddai'n iawn beth oedd achos y dicter. Doedd dim golwg geneth lawn bywyd arni, rywsut. Tebyg i fi, meddyliodd.

Aeth hi i'w hebrwng at y drws, a cherddodd Tim adref yn araf, gan deimlo na fu'r siwrne'n hollol ofer. Roedd yn llawn chwilfrydedd ynghylch y sefyllfa yn y Rheithordy ac yn awyddus i fynd i edrych eto ar y dyddiad ar y llun, i weld a oedd wedi'i gael yn iawn. Os mai T.R.I. y lluniau a orweddai o dan y rhosynnau porffor, roedd wedi peintio'r llun cymhleth o'r hen dŷ y diwrnod cyn iddo farw.

Go brin ei fod yn achwyn ar y pryd, meddyliodd Tim, neu ni fuasai wedi gwneud y llun. Rhaid mai damwain oedd y cyfan. Rhywbeth a ddigwyddodd yn sydyn. Ond pam 'dw i'n meddwl 'y mod i'n 'i nabod o?' Roedd yn ymwybodol o deimlad o bendantrwydd; teimlad oedd wedi'i lwyr feddiannu.

Ar ôl cyrraedd adref, daeth ar draws ei fam yn y gegin yn paratoi paned i'r labrwr. Trawodd y papur plwy ar y bwrdd. Roedd arno eisiau cael tipyn o hanes y Ficer gan y labrwr ond ni fynnai ei holi o flaen ei fam. Sut bynnag, gofynnodd ei fam yr union gwestiwn ar ei ran.

'Sut bobol ydyn nhw yn y Rheithordy, Jim? Mi glywis i mai pobol braidd yn od ydyn nhw. Mae'n debyg ma' nhw 'di'r cymdogion agosa, ac rown i'n gobeithio y buasen ni'n gneud yn iawn efo nhw . . . faint o siwgwr?'

'Dwy, os gwelwch chi'n dda. Dyna fo.' Cymerodd y gwpan, ac estynnodd Mrs Ingram gadair iddo wrth y bwrdd. Yna trodd ei chefn i dywallt dwy baned arall.

'Ydyn, ma'n nhw'n rhai od,' cytunodd Jim. 'Ddim fel yr hen Ficer. Roedd o'n un o'r hen ysgol, wyddoch chi, rêl gŵr bonheddig math o beth.' Sipiodd Jim ei de gan godi ei fys bach. 'Ond hwn; mae'n trio denu'r bobol ifinc. Mae'n rhedeg disgos, ac ma' ganddo fo grŵp gwerin. Ma'n nhw 'di whara yn 'reglwys unwaith ne' ddwy. Dydy'r hen bobol ddim yn lecio hyn, wrth gwrs. Dyma pam ma'n nhw'n hel clecs amdano fo o hyd. Fedrwch chi ddim disgwl dod i le fel hyn efo lot o syniada newydd a disgwl i'r hen wragedd 'u lecio nhw. A pheth arall, mae o'n cymryd pobol i mewn, caridyms a sipsiwn a hipis ac mae o'n mynd i'r dafarn. Dyna ichi beth arall sy ddim yn 'u plesio nhw. Ro'dd y Ficer o'r bla'n yn yfad gartra, a do'dd dim ots gan neb am hynny, ond ma' peint o gwrw mewn tafarn yn wahanol. Fedra i'm deud 'i fod yn 'y mhoeni fi, ond dyna fo.'

'Sut ddynas 'di 'i wraig o?'

'Ma' hi'n gwisgo sandala a ruban yn 'i gwallt, ac yn gweitho'i bysadd i'r asgwrn. Clwb Henoed, *Women's Institute,* rheina i gyd.'

Gwenodd Tim. Nid teip ei fam o gwbl. Dyna a âi trwy ei meddwl hithau, mae'n amlwg. Holodd hi ddim rhagor amdani; dim ond troi i ofyn am y plant.

'O, ma'n nhw i gyd wedi tyfu a mynd dros y nyth, ar wahân i'r hogan. Y gochan — Rebecca di'i henw hi. Dal yn 'rysgol. Y lleill — dw i'n meddwl bod un yn nyrs, yn edrach ar ôl gwahangleifion yn Affrica ne' rwla, ac ma' un yn rhedag cartra i blant, ac ma'na hogyn. Mae o'n gneud rhwbath efo Oxfam ne' ryw sefydliad fel 'na. Welwch chi mo'nyn nhw'n amal.'

'Gwaith teilwng iawn,' awgrymodd Mrs Ingram.

'O, ia. Heb ddim dowt.'

Gwelai Tim bod ei fam wedi penderfynu'n barod nad oedd y teulu ar ei thonfedd hi. Doedd ei gael i alw am y papur plwy yn ddim byd ond esgus i gael troed dros stepan y drws, dod i wybod.

Trodd y tudalennau tra siaradai Jim am y lle tân, a chafodd hyd i stori ddiddorol ar y dudalen gefn. 'Peidiwch â dweud nad oes dim yn digwydd!' oedd y pennawd. Roedd yr hyn a'i dilynai'n fyr a phwrpasol.

'Bydd y ddawns cyn y Nadolig yn cael ei chynnal yn y

Rheithordy eleni. Peidiwch â dychryn! Dim ond am na fedrwn drwsio llawr Neuadd yr Eglwys cyn y Flwyddyn Newydd. Mae Jo Morgan wedi addo gwneud y disgo, felly gwyddoch y bydd yn un da. Gallwch chi gyfrannu at ei lwyddiant hefyd. Unrhyw syniadau i'r Ficer, unrhyw bryd. Plantos yn unig — fe gaiff y rhai mewn oed eu tro yn nes ymlaen. Nodwch y dyddiad rŵan, y Sadwrn cyn y Nadolig, Ticedi 40c — yr elw i Oxfam.'

'Druan o wraig y Ficer,' meddyliodd Tim, 'Bydd yn rhaid iddi glirio tipyn o'r llanast cyn hynny.'

'Be wnest ti efo dy gôt?' holodd ei fam.

'O, damia.' Cofiodd Tim iddo'i hongian ar y goeden. Aeth yn ôl i lawr y lôn, a dod adre'n ara deg gan gicio dail crin cyntaf yr hydref oedd wedi disgyn.

'Gan bwy gest ti'r papur plwy?' gofynnodd ei fam. 'Gwrddest ti â'r Ficer?'

Roedd hi wedi hen ddiflasu'n barod; neb i'w weld, neb y gallai ei wahodd i ginio, neb i chwarae sboncen efo hi. Pam ar y ddaear y symudon nhw i'r lle anghysbell yma? Rŵan bod codi'r tŷ ar ben, doedd yma ddim i'w wneud; dim ond mynd am dro a gwneud jam. Doedd ei fam ddim wedi gwneud jam erioed yn ei bywyd.

'Na, merch y Ficer.'

'Rebecca?'

'Ia, mae'n debyg.'

'Sut un ydi hi?'

'Braidd yn erchyll. Brycha haul a thymer ddrwg.'

Chwarddodd ei fam. Roedd tinc dymunol, cerddorol i'w chwerthin, ac fe'i defnyddiai'n aml mewn cwmni. Weithiau byddai'n peri i du mewn Tim grebachu . . . pan fyddai'n gwneud hynny hefo'i gyfeillion. Roedd hi'n ddeniadol iawn, ac yn edrych yn ifanc. Hoffai fod ar delerau da hefo'i ffrindiau o ac roedden nhw o'r farn ei bod hi'n wych, ac yn dweud pethau fel, 'Ddim fel yr hen sguthan 'na sy gen i'n fam'; ond rŵan ac yn y man, mi fuasai'n well gan Tim gael hen sguthan. Hen sguthan gartrefol na fagai uchelgais yn ei gylch o. Medrai ddweud wrth un felly, 'Dw i'n meddwl y gadawa i'r ysgol, a mynd i weithio ar y pympie petrol,' ac mi fuasai hithau'n nodio'i phen ac yn gwenu ac yn dweud, 'Pam lai? Syniad da iawn.'

Ceisiodd ddyfalu sut ddynes oedd mam Rebecca, efo'i phwyllgorau a'i sandalau — nefoedd, rhaid ei bod yr un mor erchyll â'i merch yn ei ffordd ei hun. Oedd o'n anodd ei blesio? Mewn gwirionedd, roedd yn reit hoff o rieni nifer o'i ffrindiau. Dywedodd ei fam wrtho un tro, 'Dwyt ti'm yn sylweddoli 'i bod hi'r un mor anodd i ni fyw hefo ti ag ydi hi i ti fyw hefo ni.' Medrai fod yn reit swta efo fo pan ddymunai.

Aeth i fyny i'w lofft i nôl y lluniau. Roedd Jim yn cario brics i lenwi'r lle tân. Eisteddodd Tim ar ei wely ac edrych ar 'Nel' eto. Wedyn ar yr hen dŷ. Roedd y dyddiadau'n iawn ganddo. Y diwrnod cynt oedd o. Mae'n rhaid mai'r un person oedd y ddau T.R.I. Doedd y fath gyfuniad o lythrennau ddim yn gyffredin mewn pentref bychan, a doedd cael y llythyren I yn gychwyn cyfenw ddim yn gyffredin, chwaith. Adroddodd yr hanes wrth Jim ac roedd yn falch iddo wneud argraff ar y labrwr.

'Wel rŵan 'ta, dyna rwbath rhyfadd iawn.' Edrychodd dros ysgwydd Tim, ac edrychodd Nel yn ôl arnyn nhw efo'i llygaid powld. 'Fe fuasa hi'n gwbod be ddigwyddodd, dw i'n siŵr. Pwy bynnag oedd hi.'

Pwy oedd hi? Roedd Tim yn sâl eisiau gwybod. Oedd y galon a'r addurniadau serch yn arwydd bod Tom

Inskip mewn cariad â Nel? Roedd yn hawdd bod mewn cariad yn un ar bymtheg oed, er ei bod yn hawdd bychanu'r cariad hwnnw a'i alw'n gariad swci. Ond gallai'r poen a'r pleser fod yn ddigon arteithiol.

'Ddaru chi ofyn i'ch tad am yr Inskips?' gofynnodd.

'Na, doedd o ddim i mewn.'

'Mi faswn wrth 'y modd yn ca'l gwbod be ddigwyddodd.'

'Wel, mae 'na gofnodion am betha.' Dechreuodd Jim gymysgu sment efo throwel, gan ei daflu i lawr a'i sgubo i fyny gan wneud synau boddhaus. 'Genedigaethe a marwolaethe. Fe fydda'r hanas yn yr eglwys, siŵr.'

'Dyna bwynt.'

Yn ôl i'r Rheithordy eto. Doedd y syniad o ofyn i Rebecca ddim yn ei ddigalonni. Roedd ei chwilfrydedd yn drech na'i bryder. Smwddiodd y llun yn wastad ar ei lin a chraffu arno. Mwya yn y byd yr edrychai arno, mwya yn y byd y câi ei ddenu ganddo. Mwya yn y byd y tyfai'r direidi a'r pryfocio yng ngoleuni'r llygaid. Beth os nad oedd hi heddiw'n ddim ond hen wraig dew yn byw mewn tŷ cyngor? Gallai fod yn y pentre ar hyn o bryd, yn hulio te, yn rhoi'r tegell ar y tân. Ond roedd Tom Inskip wedi marw. Tybed a wyddai Nel sut? Gwyddai Tim fod yr ateb i'w gwestiwn yn ei meddiant hi. Edrychodd Nel ar Tim, a meddiannwyd ef gan ddelw'r artist unwaith yn rhagor; gwelodd y llanc yn sefyll ger y lle tân.

Dylai fod yn gweld Jim yn gosod y briciau, ond y llanc a welai, ei wyneb yn llwyd a'i lygaid yn llawn cyfrinachau. Roedd yn edrych ar Tim ac yn gwenu. 'Chwilia am yr atab,' meddai wrtho.

'Iawn, mi wna i,' atebodd Tim.

'Ond gwylia na fydd yr un peth yn digwydd i ti.'

'Be wyt ti'n feddwl?'

'Wyt ti'n iawn, frawd?'

Rhwbiodd Tim ei lygaid. Jim oedd y ffigur a safai wrth y lle tân erbyn hyn, ei drywel yn ei law, ei lygaid yn llawn cydymdeimlad.

'Ydw,' sibrydodd Tim. Trodd ymaith. Nid oedd yn hollol siŵr.

PENNOD 2

'Dw i'm yn credu mewn sbrydion,' meddai Rebecca.

'Ddeudis i ddim 'y mod i, chwaith. Dw i ddim ond yn deud wrthyt ti be ddigwyddodd.'

'Gormod o ddychymyg.'

'Digon posib — ond dw i isio mynd at wraidd petha.'

'Mi fedret ddechra efo Holy Moses. Mae o'n clymu'r delias tu allan i'r ffenestri ffrengig. Fo sy'n dod i drin yr ardd 'ma. Wnaethon ni ddim gofyn iddo fo, ond mae o'n lecio'r gwaith, ac mae'n 'i gadw fo'n hapus. Camp iti ga'l hyd i neb hŷn na fo. Mi gyflwyna i chdi.'

Roedden nhw'n gwybod bod Tom Inskip wedi bodoli am ei fod yng nghofrestr yr eglwys. Bu Rebecca mor gymwynasgar â dod o hyd iddo: Thomas Robert Inskip. Ganwyd 21 Mawrth 1894. Bedyddiwyd 21 Ebrill 1894. Derbyniwyd 4 Gorffennaf 1905. Marw 18 Chwefror 1910. Yn 1910, doedd y pentref ddim mwy na'r Rheithordy, yr eglwys, y 'tŷ mawr' lleol yn dwyn yr enw 'Curlews', y dafarn, y fferm, yr ysgol, pedwar neu bump o dai sylweddol, a thua dau ddwsin o fythynnod, yn cynnwys un neu ddau ar gyrion y pentref, fel cartre'r Inskips.

Roedd y pentref yn oes Tom Inskip yn fychan a chryno. Byddai Tom, mae'n debyg, fel holl fechgyn y pentref, yn gweithio ar y fferm. Curlews oedd cartre'r meistr tir, a'r fferm oedd cartre'r beili. Gwyddai Rebecca hyn am fod

Curlews wedi bod yn destun siarad yn ddiweddar a phobl wedi bod yn olrhain ychydig o'i hanes. Roedd y perchenogion presennol yn dymuno'i werthu i gwmni adeiladu, ac roedd cwmni graean hefyd â diddordeb yn y parciau. Roedd sawl ymchwiliad ar droed ond doedd gan Rebecca ddim gair da i neb.

'Siarcod,' meddai. 'Arian, arian, arian. Hyd yn oed fan hyn.'

'Wel . . .' Roedd Tim wedi cael ei drwytho ym myd busnes gan ei rieni a gallai weld y posibiliadau.

'Wyt ti 'di 'i weld o? Wedi cerdded y tir?'

'Nac ydw.'

'Mae o mor hardd, mae o'n brifo.' Roedd gan Rebecca ffordd od o ddweud pethau annisgwyl, cwbl bersonol, yn ei llais caled, swta. Amheuai Tim bod ei natur ffroenuchel yn cuddio cryn dipyn. Roedd fel pe bai hi'n mynd allan o'i ffordd i fod yn blaen a chaled, heb unrhyw swyn o'i chwmpas; roedd yn rhyw fath o arfwisg iddi. Ni fedrai feddwl am neb fuasai'n meiddio mynd i'r afael â hi. Draenog oedd hi. 'Lwc mul i mi,' meddai wrtho'i hun yn ddigalon, gan ei dilyn ar hyd y llwybr graean at y gwely delias.

Roedd Holy Moses yn torri pennau'r blodau marw cyn eu hyrddio i ferfa. Rhyw gorrach o ddyn ydoedd, yn fach, yn frown lliw'r pridd, efo mwstas gwyn. Edrychodd Tim arno a dyfalu y buasai mewn munud hwyrach yn dweud wrtho beth a ddigwyddodd. Buasai'r cyfan ar ben mor fuan ag y dechreuodd, prin cyn iddo ddechrau ar y stori bryfoclyd am y dyddiadau. Ond yna, gyda'r teimlad hwnnw o bendantrwydd a brofasai o'r blaen, gwyddai o'r gorau nad felly y byddai hi. Buasai Holy Moses yn gallu codi cwr y llen iddo a dim mwy. Briwsionyn.

Gwyddai y byddai Tom Inskip yn para i chwerthin. Gwyddai hyn cyn sicred â'r pader cyn i'r un ohonyn nhw agor ei geg.

Roedd yn llygad ei le. Cyflwynodd Rebecca Tim, a dweud ei neges wrth Holy Moses. Crafodd yr hen ŵr ei wegil ac meddai, 'Oedd, mi roedd yna Tom Inskip. Roedd o'n mynd i ysgol y pentra, ond mi roedd o'n iau na fi. Mi roedd o yn y trydydd dosbarth pan wnes i adel. Mi fues i'n gweithio ar y tir am flwyddyn ne' well. Wedyn mi es i'r fyddin. Dyna'r unig ddewis o'dd gan yr hogia, y fferm neu'r fyddin. Beth ddigwyddodd iddo fo, wn i ddim. Doedd o ddim yma pan ddes i'n ôl.'

'Gafodd o ddamwain?'

'Wrach.'

'Ych chi'n nabod rhywun arall fasa'n debyg o wbod?'

'O, rŵan 'ta, ma' hi'n dechra teneuo arnon ni. Sdim llawar ohonon ni'r hen giaffars ar ôl. A'r rhai alla gofio 'di mynd i ffwrdd, ne'n fyddar, ne' rwbath. Mi wn i un peth. Ma' gen i ffoto ohonon ni yn rysgol. Gafodd o'i dynnu yn yr ha cyn i mi madel. Ac ma' Inskip yn hwnna. Mi fedrwn i ddangos hwnnw ichi, os ych chi'n bendant ynghylch y peth.'

'O, ydw. Mi fasa hynny'n wych!'

'Ar ôl imi orffen fan 'ma, ta. Gewch chi ddod hefo fi. Mi wn i ble i daro llaw arno fo.'

'Iawn.'

'Amsar cinio, 'ta. Dw i'n stopio tua hannar dydd.'

'O'r gora.'

'Falle bydd Nel ynddo fo hefyd,' meddai Rebecca, 'Oeddech chi'n nabod hogan o'r enw Nel yn rysgol, Moses?'

'Doedd 'run hogan o'r enw Nel yn rysgol, nac oedd.

Nid pan o'n i yno. Mi roedd yna Lali, Lali Puw. Hi oeddach chi'n feddwl?'

Ond fuasai Tom ddim wedi sgrifennu Nel os mai Lali oedd pawb yn 'i galw hi.

'Mi fuodd hi farw o'r dwymyn wen. Dw i'n cofio hynna. Dw i'n cofio'r hen Ficer yna hefyd — fo oedd y Ficer pan own i'n llanc. Mi fyddwn i'n lladd gwair iddo fo, efo pladur. Doedd o ddim yn debyg i'ch tad, Miss. Dyn ffyrnig oedd o. Roedden ni i gyd yn llawn o'i ofon *o*. Bellamy Brwmstan fydden ni'n 'i alw o. Doedden ni'r hogia ddim yn 'i lecio fo o gwbwl. Fo a meistr Curlews, Mr Pettigrew. Nhw oedd yn rhedag pob dim ffordd hyn yr adag honno. Mr Pettigrew oedd pia'r tir i gyd, a'r hen Brwmstan oedd pia'n heneidie ni.'

Yr hen Brwmstan, heb amheuaeth, oedd wedi bedyddio, derbyn, a chladdu Tom Inskip. Pwy a blannodd y rhosyn porffor? Ai Nel? Na, ym marn Tim, nid Nel. Fe wyddai nad Nel a wnaeth hynny, ond ni wyddai sut y gwyddai.

'Mi ddown yn ôl hanner dydd, felly,' meddai Rebecca, 'ac mi gewch chi ddangos y llun i Tim.'

'Iawn Miss, mi wna i. Ar ôl imi orffan y delias 'ma.'

Teimlodd Tim ychydig yn anniddig o wybod y buasai rhaid iddo dreulio'r awr a hanner nesaf yng nghwmni Rebecca. Ceisiodd ddyfalu am beth goblyn y gallen nhw sgwrsio. Doedd dim yn debyg ynddyn nhw. Gwnâi ei phersonoliaeth gadarn, gyndyn, hi iddo deimlo'n gwbl annigonol. Teimlai fel hen wlanen yn ei hymyl. Cerddodd Rebecca ar hyd y llwybr at ddrws y gegin, ac aeth yntau fel oen llywaeth ar ei hôl.

'Mi gawn goffi, ac wedyn mi ddangosa i Curlews iti. Wedyn mi gei di ddeud wrtha' i a ydi o'n lle da i godi stad o dai.'

'Dyna un gas,' meddai Tim dan ei anadl.

Aethant i mewn i'r gegin, oedd ychydig yn fwy destlus nag o'r blaen. Eisteddai'r eneth feichiog wrth y ford yn darllen comic, a dywedodd Rebecca wrthi'n blwmp, 'Dos o 'ma.'

'Neis iawn,' atebodd yr eneth yn goeglyd.

'Dos o 'ma. Dos.'

Syllodd Tim yn foneddigaidd i wagle, gan gymryd arno ei fod yn rhywle arall, a chododd yr eneth yn drwm ar ei thraed.

'Mi fasat ti'n licio imi aros, yn basat ti?' gofynnodd i Tim.

Parodd ei addysg ysgol fonedd i Tim ateb yn gwrtais, 'Dw i'n ofni nad oes a wnelo hyn ddim â fi.' Teimlai'n ymwybodol o'r olwg wawdlyd yn llygaid Rebecca, ac roedd yn dra anghysurus ynghylch y sefyllfaoedd chwithig y mynnai hi ei osod ynddyn nhw byth a hefyd. Trodd i ffwrdd, yn barod i fynd, ond meddai Rebecca yn bigog, 'Stedda lawr. Mi rwyt ti am goffi, wyt ti ddim? Ma' Mary'n mynd.' I bwysleisio hyn pwysodd law rhwng ysgwyddau'r eneth a'i gwthio'n bendant at y drws. Diflannodd honno dan swnian, a chaeodd Rebecca'r drws yn glep ar ei hôl.

'Hyh.' Llanwodd Rebecca'r tegell dan wgu. 'Mae'n ddrwg gen i am hynna,' meddai.

Ddywedodd Tim yr un gair. Teimlai'n chwith nad oedd Rebecca'n beth bychan tlws, nwyfus, chwerthinog fel rhai o'r genod gartre. Byddai ei gyfnod gwella wedi bod gymaint â hynny'n esmwythach wedyn. Fel ag roedd pethau, roedd fel pe bai wedi cael maen melin am ei wddw.

'Ma' 'na bobol yn tŷ ni byth a hefyd,' meddai hi. 'Ych

a fi. Fel byw mewn gwesty. Dw i ddim yn gweld pam y dylwn i fod yn glên efo nhw. Nenwedig os ydyn nhw fel honna.'

'Y bobol sy'n ca'l croeso gan dy dad, ti'n feddwl. Fel rhan o'i waith o?'

'Wel ia. Dyna un ffordd o'i ddeud o. Dydi o ddim ond yn cymryd y rhai sy'n wirioneddol mewn angen pan nad oes unrhyw le arall ganddyn nhw i fynd — a dim ond am rai dyddia y ma' hi yma, i fod yn deg — ond rych chi'n tueddu i ga'l llond bol ar ôl sbel fach. Ma'n nhw'n gallu bod mor frwnt, ti'n gweld. Ma'n hawdd bod yn Gristion yng nghanol pobol neis sy angan help.'

Cofiodd Tim Jim yn sôn am y chwaer oedd yn gweini ar wahangleifion, a'r brawd efo Oxfam. Ai Rebecca oedd yr eithriad yn y nyth? Dechreuodd gydymdeimlo â hi.

'Wyt ti ddim am ennill dy damad yn mynd o gwmpas yn gneud daioni?'

Cododd ei hysgwyddau. 'Dw i'n gneud y gwyddore cymdeithasol. Dw i am fod yn swyddog prawf. Beth wyt ti am 'neud?'

'Mynd i fyd hysbysebu.'

'Dyna ydi gwaith dy dad?'

'Ia.'

'Dyna waith uffernol.'

'Ddim gwaeth na bod yn swyddog prawf am fod dy dad yn y busnes gneud daioni.'

'Ma' hysbysebu'n anfoesol. Yr holl arian yna — i beth?'

Roedd hi'n lladd ar arian, meddyliodd Tim. Ond ni fynnai gael ei ddenu i ddadl.

'Pam nad wyt ti yn rysgol heddiw?' gofynnodd gan newid y testun.

'Pam nad wyt *ti*?'

'Dw i'n gwella o salwch.'

'Doedd dim awydd mynd arna i. Ma' Mam a Dad mewn cynhadledd. Wna i ddim deud wrthyn nhw.'

'Wyt ti am ddeud anwiredd wrthyn nhw? A thitha'n hogan i ficer?'

'Na. Fydda i'n deud dim a fyddan nhw ddim yn holi.'

Dyma symlrwydd braf, meddyliodd Tim. Buasai ei fam bob amser fel holwyddoreg. 'Gefaist ti chwaraeon heddiw? Be sy gen ti'n waith cartra? Sut ma'r hogyn 'na syrthiodd allan o ffenest y lab? Oedd Turner yn smocio drygie iawn yn y ddawns diwedd y tymor? Ydi o'n mynd i ga'l 'i daflu allan?'

'Dyna wych,' meddai'n llawn cenfigen.

'Ai dy fam di ydi'r ddynas wallt melyn yna yn y Rover dwy fil?'

'Ia.' Daliodd Tim ei anadl. Os oedd hi am fod yn anfoesgar, gallai o ymosod unrhyw adeg ar y sandalau a'r ruban gwallt. Ond ni ddywedodd hi air arall, dim ond treulio'r wybodaeth, yn fwriadol fud. Daeth ager o big y tegell, ac aeth i nôl jar coffi o'r ddresel, ac estyn dau fŵg.

'Does gan Mam a Dad,' meddai, gan fesur y coffi'n ofalus, 'ddim amsar i sylwi ar be' dw i'n neud, neu ddim yn 'i neud.'

Roedd yn ddatganiad dramatig, a mynnodd greddf Tim iddo gadw'n glir oddi wrtho.

'Mi rwyt ti'n lwcus, 'lly,' meddai'n swta, 'Mae'n well na bod yn . . .' Oedodd.

'Yn fabi Mam?' holodd Rebecca. Gwenodd.

Roedd Tim yn gandryll, ond llwyddodd i guddio'i deimladau. Dywedodd yn fyfyriol, 'Mi fyddwn i 'di dewis geirie gwahanol, dw i'n meddwl.'

'Dan bwysa? Gan ddyn grymus y byd hysbysebu a'r fami

uchelgeisiol? Fe glywis i fod gen ti un ar ddeg lefel O. Pump yn fwy na fi. Rhaid dy fod ti'n hen swot bach annioddefol.'

Gwenynen feirch fach fileinig o bigog oedd hi, meddyliodd Tim. Tynnodd yn ôl a mynd i'w gragen. Dyma oedd ei amddiffynfa naturiol. Cadw popeth iddo'i hun. Peidio â dangos fod dim o'i le.

Tywalltodd hi'r coffi gan ofyn, 'Siwgwr?'

Ysgydwodd o ei ben. Gwthiodd hi'r coffi ar draws y bwrdd a chymerodd yntau o heb ddiolch iddi. Pe bai ei rhieni hi wedi gwario cymaint ar ei haddysg ag roedd ei rai o wedi gwneud, doedd ganddo'r un amheuaeth na fuasai hithau wedi medru casglu nifer tebyg. Roedd hi'n ddigon miniog. Fel nodwydd hypodermig.

Ar ôl distawrwydd hir, meddai hi, 'Mae'n ddrwg gen i.' Edrychai i mewn i'w mŵg. 'Grawnwin surion, a deud y gwir. Mi fyddai'n dipyn o waith i fi neud be ma' Mam a Dad am i fi neud.'

'Oes raid i chdi? Be garet ti neud, p'un bynnag?'

'O, cadw ieir ne' rwbath.'

Tywynnodd y gronyn o gydymdeimlad unwaith yn rhagor. Doedd yntau ddim am fynd i'r byd hysbysebu. Ond ni ddymunai ddweud hynny wrthi hi.

'Mi roedd petha'n haws yn nyddia Holy Moses — y fferm ne'r fyddin,' meddai. 'Mi fetia i na chafodd Tom Inskip fawr o ddewis.'

'Ys gwn i oedd o'n hapus? Os nad oes dewis o gwbwl, ydi rhywun jest yn derbyn y drefen? Ydi hynny'n gneud person yn hapus?'

'Mae'n dibynnu ar dy natur di. Os wyt ti'n cymryd petha fel o dôn nhw, popeth yn iawn. Ond os wyt ti'n glyfar ac yn ymladdwr wrth reddf, rwyt ti'n protestio. Ac yn taro yn erbyn rhai fel Brwmstan a Pettigrew. Doedd protestio ddim yn hawdd.'

'Chafodd Tom ddim amsar os buodd o farw'n bymthag.'

'Na. Ond eitha peth i rywun neud, er hynny.'

'Ne' fydden ni ddim yn ca'l yr holl gyfleoedd 'ma na wyddon ni ddim beth i neud hefo nhw.' Aeth llais Rebecca'n ddirmygus.

'Y cylch yn gyflawn,' meddai Tim. 'Ti am fynd yn ôl i gadw ieir, dw i'n feddwl. Dw i'n siŵr y basa hogan i Ficer yr adag honno'n rhoi'i chlustia am damad o dy ryddid di.'

'Wyt ti'n meddwl ei bod hi'n cyfansoddi pamffledi "Hawlia i Ferched" wrth fwydo'r ieir? Wel, dw i ddim yn un am brotestio. Yr unig beth dw i drosto 'di bywyd o segurdod.'

'Ti oedd yn mynnu deud 'y mod i dan bwysa,' atgoffodd Tim hi.

'Ia, wel . . .' Am y tro cyntaf, doedd ganddi ddim i'w ddweud.

Amheuai Tim ei bod yn ei chael hi'n anodd byw i fyny i ddelfrydau anhunanol ei theulu. Math gwahanol o bwysau oedd arni hi, ond gallai fod dipyn yn fwy anodd ymladd yn ei erbyn. Golygai rhoi'r ffidil yn y to nad oedd rhywun yn ddigon da, gan ddefnyddio'r gair 'da' yn ei ystyr mwyaf cyflawn. Doedd hi ddim yn hawdd wynebu hynny.

Cododd Rebecca a rhoi'r mygiau coffi gwag yn y sinc.

'Mi awn i edrych ar Curlews.' Roedd ei llais yn swta Wedi troi'n bigog eto. Am iddo ddod i adnabod ei hyd a'i lled, teimlai Tim yn barotach i'w hwynebu. Credai y gallai dalu pob chwech yn ôl iddi. Peidiodd â meddwl amdani a chanolbwyntio ar y rheswm dros ei ymweliad. Rhywbeth gyda llaw yn ei ymgyrch i ddod i wybod mwy am Tom Inskip, ei ysbryd preifat, oedd dal pen rheswm efo Rebecca. Mi fyddai Tom Inskip wedi gwybod am Curlews, wedi mynd yno am waith, mae'n siŵr, ac wedi gweithio i'r dyn mawr ei hun, Mr Pettigrew. Roedd yn sâl eisiau gweld y llun. Beth petai Tom Inskip yn y diwedd yn hogyn tew efo wyneb sbeitlyd a chlustiau'n sticio allan? Buasai ei freuddwyd yn marw.

Aethant drwy'r fynwent ac allan i'r lôn. Roedd y dafarn gyferbyn, ynghyd â'r ychydig hen dai del oedd yn gnewyllyn i'r pentref. Yna, roedd y lôn bost, efo'i hymylon gwelltog, yn ymagor wrth fynd at swyddfa'r post, y siop-gwerthu-popeth, ac yna dŷ mawr y meddyg yn ei lannerch ei hun. Rhwng tŷ'r meddyg a'r siop, arweiniai llwybr o'r ffordd, gan gadw'n glòs wrth fin y coed. Roedd yn galed a thywyll, dan ddail wedi'u cywasgu. Roedd yno arwydd a ddywedai 'Llwybr i Curlews.'

'Mae'r brif fynedfa'n bellach i lawr y lôn,' meddai Rebecca. 'Llwybyr cwta ydi hwn. Mae ffordd gyhoeddus drwy'r parc — ond all neb fynd i'r gerddi, wrth gwrs. Tŷ preifat ydi o rŵan, eiddo i ryw ddyn o Lunden. Datblygwr tir ydi o, ac mae'n rhaid 'i fod wedi'i brynu o efo golwg ar wneud rhywbeth hefo fo, er bod rhai'n deud iddo brynu'r lle gan yr hen Miss Pettigrew, jest fel lle i ymddeol iddo fo. Roedd hi'n gadarn yn erbyn datblygwyr, ac yn gwrthod gneud dim efo nhw.'

'Ydi hi o gwmpas?' holodd Tim, 'Ella y basa hi'n gwbod.'

'Ma' hi 'di marw. Toc ar ôl iddi adel y lle. Yli, mi elli di weld pen draw'r fynwent drwy fan'na. Lle buost ti'r dydd o'r bla'n. Mae'n cefnu ar y parc. Mi roedd giât yno ar un adag, ond ma' popeth 'di tyfu drosodd rŵan.

Dw i'n meddwl y basa 'na ffordd yn syth o'r eglwys i Curlews, heb ddod allan i'r lôn bost.'

'Ella, pan oedd yr hen Pettigrew a Brwmstan Bellamy yn rhedag y pentra. Ella'n hel diod efo'i gilydd.'

'Roedd Brwmstan Bellamy yn byw yma o 1905 hyd 1914. Mae 'na blât pres iddo fo. Y Parch. James Augustus St. John Bellamy. Dim byd am Frwmstan. Wn i ddim i ble'r aeth o ym 1914. Chafodd o mo'i gladdu yma.'

'Oedd plant ganddo fo?'

'Wn i'm. Rhaid iti ofyn i'r hen Foses.'

Dechreuodd Tim weld beth oedd ym meddwl Rebecca pan ddywedodd nad oedd y parc yn addas ar gyfer stad o dai modern. Ciliai'r coed yn ôl o'r llwybr, a goleddfai'r tir yn gwm hir, bas efo llyn ar ei waelod. Rhoddai'r coedydd o'i gwmpas deimlad o ddirgelwch rhyfedd iddo, ei ddŵr yn ddigynnwrf yn awel fain yr hydref, yn dywyll, dwfn a llonydd. Gwelai Tim Brwmstan Bellamy, yn dew, ag ymennydd llygoden, yn brasgamu draw i Curlews — na, ar gefn ei geffyl, fwy na thebyg . . . eisoes doedd gan Tim ddim llawer i'w ddweud wrth Brwmstan Bellamy.

'Oes 'na stabla yn y Rheithordy?' gofynnodd i Rebecca.

'Oes,' oedd ei hateb.

Mi fedrech weld yr hyn a allai fod unwaith yn llwybr y ficer, dyfalai Tim, yn croesi eu llwybr hwy'n sgwar-onglog. Ond a fyddai wedi marchogaeth drwy'r fynwent? Go brin y gallai neb gymeradwyo hynny. Hwyrach mai cerdded a wnaeth wedi'r cyfan. Gan godi braw ar bawb, yn ôl Holy Moses. Sut oedd hyn oll yn gweddu i'w swydd fel offeiriad Cristnogol? Gallai bywyd fod mor amherffaith. Dyn a enillai ei fara'n dysgu am gariad yn fwli. A pherygl rŵan i'r lle bach tawel hwn gael ei ddifetha.

'Fel arall, fasa Ffred ddim gen i,' meddai Rebecca.

Am be' ar y ddaear roedd hi'n baldorddi? Edrychodd Tim yn nerfus arni, ei feddyliau o'i hun wedi mynd gyda'r gwynt.

'Ceffyl ydi Ffred,' eglurodd.

'Ma' gen ti geffyl?' Roedd wedi synnu.

'Oes. Fe gafodd 'i achub. Roedd o ar fin cael 'i ladd gan un o'r côr. Ac fe laniodd efo ni, wrth gwrs.'

Gwenodd Tim yn braf. 'Lloches. Busnes dy dad eto?'

'Ia. Pe bai pawb mor glên ag o, faswn i'm yn cwyno.' Gwenodd. 'Ti'n lecio'r lle?'

'Ydw.'

'Mi elli di weld y tŷ o'r fan hyn. Drw'r coed. Tŷ oes Elisabeth ydi o. Sbia. O'r fan hyn . . .'

Yr *oedd* yna lwybr ceffyl. Yn torri drwy'r coed. Gallai weld y tŷ ar grib y gefnen, yn dangnefeddus a chymesur, y briciau coch yn dalp o gynhesrwydd yn erbyn ei gorlan o goed. Edrychai'n gyfarwydd i Tim. Teimlai iddo sefyll yn y fan hon o'r blaen.

'Ti'n lecio'r lle?'

'Ydw.'

Roedd fel pe bai ei ymateb yn bwysig iddi hi. Ond nid oedd am wneud môr a mynydd o hynny. Lle anghysbell iawn a thawel, bron yn rhy ddirgel, yn ymylu at fod yn fygythiol. Pam y teimlai iddo fod yma o'r blaen? Roedden nhw wedi para i gerdded ar hyd y trac ac wedi oedi ar fin y llyn. Pwysai Rebecca yn erbyn coeden, gan edrych ar y dŵr. Roedd wedi cael gwared ar ei sandalau ac roedd hi'n gwasgu'r ddaear laith rhwng bysedd ei thraed fel un o blant natur. Teimlai Tim yn anghyfforddus ac yn swil — a hytrach yn flinedig. Nid oedd wedi cerdded mor bell er iddo fod yn wael.

'Ma' 'na betha 'ma,' meddai, 'bloda, dw i'n feddwl, na

weli di'n amal rŵan. Ac eosied. Pe bait ti'n dŵad gyda'r nos . . .'

Hwn oedd ei byd hi, meddyliodd Tim. Roedd ei hwyneb yn ddifrifol. Rhaid bod y math yma o harddwch yn ei brifo hi. Efo'i gwallt a'i brychni haul, roedd yn aur tywyll, fel rhedyn crin y llethr y tu cefn iddi. Craffodd heibio iddi i ddŵr y llyn a gweld ei fod yn glir iawn ac yn ddwfn; anfonai goleuni'r haul a ddeuai drwy'r coed bicelli i'r llyn, rhai euraid eto, o fyd arall, yn disgleirio uwchben, ac yn ymgolli yn y tywyllwch isod. Roedd ei wely'n ddu ac yn oer, a doedd dim modd ei adnabod. Fentrai Tim ddim i nofio ynddo am aur y byd. Cododd ei ysgwyddau a symud ymaith. Swyddog prawf, o bopeth yn y byd, meddyliodd. Daeth yn araf ar ei ôl, ei sandalau yn ei dwylo, heb yngan gair, yn ei byd bach ei hun. Fedrai Tim ddim torri gair â hi. Teimlai na fuasai byth yn dechrau dod i'w hadnabod.

Erbyn iddyn nhw gyrraedd y tŷ, teimlai'n reit llegach, yn chwyslyd a llipa. Ni fynnai gyfaddef hynny wrthi hi, a gwyddai y buasai rhaid iddo gelu popeth oddi wrth ei fam hefyd pan ddychwelai adre.

Roedd Holy Moses wedi gorffen ac yn glanhau ei arfau (feddyliodd Tim erioed y dylai neb lanhau rhaw). 'Mi fydda i gyda chi rŵan,' meddai.

Ddeng munud yn ddiweddarach, roedden nhw'n ei ddilyn i gefn ei fwthyn bach isel, un o'r rhai del hynny yr oedd wedi sylwi arnyn nhw'n gynharach yng nghwmni Rebecca, ond ddim mor gyffyrddus i fyw ynddyn nhw, nododd rŵan. Gallai arogli llygod yn y gegin laith. Arweiniodd Holy Moses nhw drwodd i'r stafell fyw a'u hannog i eistedd wrth iddo fynd ati i durio drwy ddroriau'r hen seld. Ceisiodd Tim ddyfalu ai rhywbeth yn debyg i hyn fyddai ystafell fyw'r Inskips unwaith, yn gyfyng, a'r bwrdd yn hawlio'r lle i gyd. Roedd yn falch i gael eistedd; teimlai'n sâl, ei ben yn chwil.

'Un o'r bobol tynnu llunia 'na o'dd 'di dŵad, pawb yn mynd i'r ysgol yn 'u dillada glân — a'r athrawes yn ein gosod ni'n un rhes — ro'dd hi'n gwylltio byth a hefyd — roeddan ni'n falch o'r cyffro, ac yn gwingo o gwmpas . . . Dyna ni, sbiwch arnon ni! Dacw fi yn y rhes gefen, ar y pen. Fan'ma . . .'

Daliodd y llun o hyd braich gan bwyso dros ysgwydd Tim i roi ei fys ar y fan y safai. Cymerodd o a chael ei fod yn ysgwyd yn ei law. Daeth Rebecca ato.

'Gad i mi weld.'

Roedd yn frown a di-liw, yn dangos tua deg ar hugain o blant mewn tair rhes, yr athrawes yn sefyll ar y naill ochr a golwg chwyrn ar ei hwyneb. Taflodd Tim olwg chwim dros y tair rhes gan chwilio am yr un oedd yn gyfarwydd iddo. Doedd dim amheuaeth o gwbl yn ei feddwl ynghylch hynny. Gwyddai y byddai'n dod o hyd iddo.

'Fan'na', meddai gan bwyntio.

Safai Tom yn y rhes ganol, ei ben i lawr, yn edrych i'r chwith ar y bachgen nesaf ato, yn amlwg yn ceisio'i gadw'i hun rhag byrlymu chwerthin. Gwisgai goler wen, amlwg a barai iddo edrych ychydig yn wahanol i'r hyn a ddisgwyliai Tim, ond doedd dim modd peidio ag adnabod yr wyneb.

'Na,' meddai Moses. 'Yn y cefn dw i. Ar y pen. Fan'na

'Tom Inskip,' meddai Tim.

'O, Tom Inskip. Ble ddwetsoch chi? Rhowch weld.'

Pwyntiodd Tim eto. Cymerodd yr hen ŵr y llun a

chraffu arno. 'Ia, dyna fo. Dyna Tom Inskip. A'i ffrind, Arnold Pipe efo fo.'

Taflodd Rebecca olwg chwim ar Tim.

'Sut y gwyddet ti?' meddai.

Pwysodd Tim yn ôl yn lluddedig yn y gadair freichiau. 'Wn i ddim sut y gwyddwn i. Ond mi wn 'y mod i'n iawn.'

PENNOD 3

Yn rhyfedd iawn, collodd Tom yr awydd i chwerthin ar ôl i'r dyn tynnu lluniau orffen. Buasai'r posio ar gyfer y llun yn dipyn o hwyl, ond doedd digwyddiad nesaf y dydd, ymweliad y Ficer newydd, ddim yn argoeli'n dda. Syllai Miss Farley ar gloc yr eglwys. Gellid ei weld mewn bwlch, a dorrwyd yn arbennig ar gyfer hynny, yn y rhes o goed llwyf o gwmpas y fynwent. Buasai'n cyrraedd am dri. Roedd yn ddeng munud i dri. Cilwenai Arnold Pipe.

'Dim ond dau ddiwrnod arall! Fydd yr hen daten fwg ddim yn codi braw arna i. All o mo'm rhwystro i rhag gadal.'

Gwgodd Tom yn ffyrnig. 'Piti na faswn i'n gadal! Gwastraff ar amsar.'

Ceisiodd Arnold, ddeuddeg oed, flwyddyn yn hŷn na Tom, alw ar gymaint o gysur ag a fedrai.

'Mi gei di aros gartra reit amal, os gall dy dad chwara'i ran.'

'Caf, ella. Welith o ddim rheswm dros imi fod yma — mwy na finna. Mi fedra i ddarllan a sgwennu. Be' arall ma'n nhw isio?'

Gan ddod yn chwim ar eu gwarthaf, atebodd Miss Farley ei gwestiwn, 'Mi fydd y Ficer newydd am wybod os wyt ti wedi darllan dy Feibil, ma'n siŵr gen i. Os wyt ti'n credu dy fod ti'n barod i adal, Tom Inskip, gobeithio y byddi di'n medru atab unrhyw gwestiwn y bydd o'n 'i ofyn iti.'

Cribiniodd ei llygaid miniog ef. Ebychodd Tom.

'Dos i mewn i gasglu dy fennydd at 'i gilydd, lanc. Fe fydd angan mwy na dy lunia arnat ti i blesio Mr Bellamy.'

Synhwyrai'r hogiau fod Miss Farley mor nerfus â nhw ynghylch yr ymweliad oedd ar droed. Roedd yr hanes am y Ficer wedi cerdded i'r pentref o'i flaen a phopeth a ddywedwyd amdano wedi'i wireddu yn ystod y Sul — ei Sul cyntaf yn y tresi. Profwyd pob darogan. Doedd o ddim yn Brelad tyner, fel y Parchedig Battersby oedd newydd ymadael, ond yn broffwyd gwae a thân i'r rhai a syrthiai oddi ar y llwybr cul. Ychydig o sôn am dân uffern a fu ym mhregethau'r Parchedig Battersby. Ar ôl y Sul diwethaf, codai'n ddieflig yn y dychmygion mwyaf byw, ac roedd dychymyg Tom yn un ohonyn nhw.

'Er mwyn Duw,' meddai (gan ei feddwl yn llythrennol), 'rhaid iddo beidio pigo arna i.' Dyma'i eiriau wrth iddo fo ac Arnold fynd drwy'r drws i'r ystafell ddosbarth. Disgynnodd cysgod dros haul Gorffennaf, gan ddod ag arogl cwyr a sialc a choedwaith yn pydru i'w ganlyn.

Roedd yr ystafell yn annaturiol o lân ar gyfer yr ymweliad, wedi'i haddurno â jariau'n orlawn o flodau gwyllt, ac arddangosiadau o wniadwaith a lluniau (rhai Tom, bron i gyd) a phenillion wedi'u hysgrifennu mewn llawysgrifen gain. Gallai Tom, a oedd yn beniog, sillafu a darllen heb faglu a gwyddai ei dablau i gyd, ond pur niwlog oedd yr ysgrythurau yn ei feddwl. Gwyddai ble roedd nyth aderyn y bwn, a gallai bedoli ceffyl, ond ni allai enwi'r deg apostol heb ymbalfalu cryn dipyn am yr aelodau mwyaf dieithr yn eu plith.

Âi i'r eglwys bob Sul, ond nid i wrando. Ni fuasai wedi breuddwydio fod gofyn iddo wneud hynny. Cysgai ei dad y tu ôl i biler. Ond nid y Sul diwethaf.

'Gormod o dwrw,' oedd ei sylw swta am y Parchedig Bellamy.

Yn optimistaidd fel arfer, tybiai Tom y buasai'r Ficer yn pasio heibio iddo i holi'r cymeriadau mwy golygus. Ni fuasai Tom byth yn cynnig ateb i gwestiwn, er y buasai'n ei wybod fel rheol. Doedd Tom ddim yn un i gyfarfod â gofidiau. Eisteddodd wrth ei ddesg, gan daro llygaid hanner ynghau ar y bwndel trwchus, anniben o flodau ymenyn yn erbyn y ffenestr, rhai a arllwysai eu paill euraid i gymryd lle'r llwch a gawsai ei ymlid ymaith; rhai wedi'u tywyllu i gopor gwyrdd cywrain gan yr haul yn eu cefnau. Doedd dim paent ar gyfer lluniau Tom ond gallai weld lliw er na feddai ar y modd i'w gopïo. Doedd dim enw ar liw'r blodau ymenyn mewn cysgod, yn union fel lliw dŵr mewn ffos, neu liw haul trwy wydr, ond câi Tom bleser wrth fyfyrio.

Daeth y Ficer tra oedd Tom yn dal i hel meddyliau. Claddodd Arnold benelin chwyrn yn ei ystlys a baglodd Tom ar ei draed, gan agor a chau ei lygaid yn chwim. Gwnaeth deg pâr ar hugain o'r esgidiau gorau y synau mwyaf taranllyd wrth i bob un lamu am sylw.

'Y Parchedig Bellamy, blant, a Miss May Bellamy.' Roedd llais Miss Farley'n dawel ac addfwyn ond roedd arwydd o wenwyn yn ei threm wrth i'w llygaid ysgubo dros y dosbarth. Roedden nhw ar eu gorau; a hithau'n eu harddangos, fel y ceffylau gwedd yn y sioe flynyddol. Roedd disgwyl iddyn nhw wneud y pethau iawn i gyd, a pheidio â'i siomi. Teimlai Tom y chwys yn ddafnau o dan ei grys gwlanen a'i wddw'n sychu. Roedd gwialen fedw ganddi yn y cwpwrdd a gallai ei defnyddio fel dyn; brathai honno fel tân. Tân uffern. Gwingai Tom y tu mewn i'w ddillad gorau poeth, yn ysu am ryddhad. Roedd ei dad yn lladd gwair y munud hwn, i lawr yn y cae pella, ac aderyn y bwn yn fud ar ei nyth lle y byrlymai'r nant o dan yr yw islaw'r llwybr. Roedd Duw gydag aderyn y bwn. (Wyddai neb ond Tom am y nyth; nid hyd yn oed Arnold.) Ni chredai o mewn tân uffern, nac ym math Bellamy o grefydd.

Parai Mr Bellamy i'w galon suddo.

'Steddwch, blant.'

Meddai ar lais fel corn llong. Gan iddo astudio'r gwddw llydan, y farf drwchus a'r aeliau bygythiol yn fanwl y Sul cynt, canolbwyntiodd Tom ei olygon ar Miss May oedd wedi ymddangos am y tro cyntaf.

Er ei siom, roedd yn welw a disylw. Roedd ei cherddediad yn gloff gan fod un goes yn fyrrach na'r llall. Parai hyn iddi wadlan fel hwyaden. Teimlai Tom yn flin drosti, oherwydd ei thad a'i chloffni, a'i thasg o arolygu ysgolion pentre yn ei gwisg boeth, goler uchel, cyffiau gwyn, tynn, a'r het wellt yn cael ei chadw'n anghyffyrddus yn ei lle gan binnau gwallt. Edrychai tua deg ar hugain oed, er mai pump ar hugain oedd hi mewn gwirionedd.

Wrth i'w thad siarad â Miss Farley, gan gadw'i lais i lawr fel na fedrai'r plant ei glywed, astudiodd Miss Bellamy waith y plant oedd wedi cael ei osod allan. Wrth iddi oedi uwch llun Tom o goesyn y berlysen, taflodd cymdeithion Tom olygon slei o gyffro i'w gyfeiriad. Teimlai'r cyfan fel dirgryniadau ar gefn ei wegil gwridog. Dangosai fwy o ddiddordeb yn lluniau Tom nag yn y gwniadwaith, er nad oedd hynny, hwyrach, yn ddim ond esgus dros osgoi'r deg pâr o lygaid chwilfrydig a syllai arni.

Ni sibrydodd neb ac ni symudodd neb; pob un wedi'i rewi gan y Ficer. Ond roedd yr awyrgylch yn llawn tyndra — efallai i Miss Bellamy yn ogystal ag iddyn nhw, y rhai oedd o dani, meddyliodd Tom. Cael rhai'n rhythu arni, a'i choes hwyaden . . . teimlodd gydymdeimlad â hi, ar wahân i'r teimlaid o hunandosturi oherwydd y sefyllfa y câi ei hun ynddi. Fuasai neb am ei phriodi, Miss May Bellamy, druan, a buasai ei thad hyll yn groes ar ei hysgwyddau am byth, a chwarae'r harmoniwm bach yn yr eglwys, a'r un babi i'w fwytho. Yn rhyfedd iawn, fel pe bai'n gallu darllen ei feddyliau, anghofiodd dros dro am y berlysen, a throdd ac edrych yn syth i'w gyfeiriad. Daliodd eu llygaid ei gilydd. Am eiliad nid edrychodd yr un ohonyn nhw ymaith.

Dyfnhaodd gwrid Tom. Teimlai'n euog am iddo gydymdeimlo â hi yn ei sefyllfa druenus. Er gwaethaf yr olwg blaen oedd arni, roedd ei llygaid yn garedig a thawel; doedden nhw ddim yn saethu ac yn fflachio, fel rhai Miss Farley, ond yn ystyriol, a bron â bod yn gwenu. Wrth i'r llygaid llonydd a syllai arno chwalu ei feddyliau, gadawodd Tom i'w ben ddisgyn fel y gallai hoelio'i lygaid ar y llythrennau, T.R.I. yr oedd ei dad wedi'u cerfio ar yr union ddesg ugain mlynedd ynghynt.

'Ti!' Y corn llong oedd yno ac yntau wedi anghofio amdano. Roedd wedi bod yn siarad â nhw am funud neu ddau a doedd Tom ddim wedi'i glywed. Gan godi ei lygaid eto, gwelodd bâr arall o lygaid oedd yn bopeth ond yn dawel ac ystyriol, wedi'u hoelio arno.

'Ia! I ti y gofynnis i.'

Ond gofyn beth? Baglodd Tom i'w draed, gan sefyll wedi ei rewi gan fraw. Gwyddai fod Arnold yn ceisio'i helpu ond ni fedrai. Disgynnodd tawelwch fel marwolaeth, y pnawn wedi'i grogi mewn tragwyddoldeb, y dafnau mân o lwch yn disgyn ar draws y ffenestri uchel. Roedd gwefusau Miss Farley wedi tynhau fel pwythau ar draws ei hwyneb.

'Cwestiwn plentynnaidd o syml,' rhochiodd y Parchedig Bellamy. Gwelodd Tom ei wyneb gwritgoch a'i drwyn chwyddedig a'i lygaid fel y sglodion o farmor ar lwybrau ei fynwent o'i hun, a chofiodd am y geiriau oedd wedi'u hargraffu uwch drws yr eglwys, 'Duw Cariad Yw'. Ceisiodd ddyfalu a oedd y Parchedig Bellamy wedi sylwi arnyn nhw. Ni theimlai fod neb yn ei garu *o* y munud hwnnw.

'Fe ddigwyddis i ofyn i ti am yr atab,' aeth Bellamy yn ei flaen, 'er 'y mod i'n gwybod y gallwn i fod wedi'i gael o gan y baban lleia yma. Faint ohonoch chi'r rhai bach sy'n gwybod yr atab i 'nghwestiwn i?'

Symudodd ei lygaid o'r rhes flaen a gwenu wrth i bob llaw saethu'n syth i'r awyr. Trodd ei olygon eto at Tom a bu farw'r wên.

'Ond i *ti* y gofynnis i,' meddai, a'i lais yn feddal a bygythiol.

Disgynnodd distawrwydd arall. Gallai Tom ei deimlo'i hun yn syrthio trwy wactod i gyfeiriad y tân oesol y cafodd wybod amdano'r Sul cynt. Gwnaeth ymdrech boenus.

'Chlywis i mo'r cwestiwn, syr.'

'Wyt ti'n fyddar?'

'Nac 'dw, syr.'

'Pam na chlywist ti, felly?'

Tawelwch. Dim smic, dim gwyntyn. Dartiodd llygaid Tom i'r chwith a gweld rhai Arnold wedi'u sgriwio mewn ing o gydymdeimlad . . . cododd nhw i ulw edrychiad

Bellamy, a'u teimlo'n disgyn, yn llawn dychryn, i syllu eto ar ei ddesg. Tawelwch. Syrthiodd petal oddi ar un o'r blodau ymenyn.

'Ty'd yma.'

Symudodd Tom yn anfodlon, gan greu mwy o sŵn nag arfer. Ni feiddiai godi ei olygon mwy. Daeth i'r fan y medrai weld traed Bellamy ac aros. Roedd y traed yn enfawr. Disgwyliodd, yn fud yn ei drueni.

'Sbia fyny!'

Cododd Tom ei lygaid cyn belled â chadwyn aur yr oriawr, a'u hoelio'n ystyfnig yno. Ni fynnai eu codi ymhellach.

'Naill ai rwyt ti'n fyddar, neu doeddat ti ddim yn gwrando. P'run?'

Ysai Tom am ddweud ei fod yn fyddar. Dychmygai ei hun yn dweud hynny, yn herfeiddiol. Efallai ei fod yn fyddar, mewn gwirionedd. Sut y gwyddai o nad oedd o'n fyddar? Methai glywed pethau'n aml. Sut y gwyddai faint o bethau nad oedd yn eu clywed? Sut y gwyddai neb? Gallasai fod miloedd o bethau nad oedd yn eu clywed. Efallai na chlywai ddim ond y pethau uchel eu sŵn. Trawodd cloc yr eglwys y chwarter awr, ac fe'i clywodd yn eglur. Siom enbyd.

'Os eisteddi di efo'r babanod yn y rhes flaen, ella y bydd yn gymorth i'th anabledd, beth bynnag ydi o. Faint ohonoch chi, fabanod, sy'n barod i atab 'y nghwestiwn i?'

Parablodd rhyw blentyn pedair oed enwau'r pedwar efengylydd, a chafodd ei anfon i'r rhes gefn at Arnold, wrth ei fodd efo'i lwyddiant, a gwahoddwyd Tom yn ddeifiol i gymryd lle'r plentyn yn y rhes flaen. Ni fedrai gael ei bennau gliniau o dan y ddesg, a bu raid iddo eistedd i'r naill ochr. Oherwydd hyn bu raid i bawb symud i wneud lle iddo, ac aeth ton anferth o ddifyrrwch wedi'i fygu drwy'r dosbarth nes iddo deimlo fod pawb wedi'i fradychu. Ni feiddiai sbio ar Miss Farley, yn ymwybodol ei bod wedi cael ei llusgo at ymyl tân uffern yn ei gwmni, ac yn boenus o flin am y drafferth yr oedd wedi'i achosi iddi. Eisteddodd gan syllu ar ei ddwylo, ei deimladau'n gwlwm tynn a briw, ac aeth y Parchedig Bellamy ymlaen â'i boenydio, gan saethu cwestiynau ar hap at ddosbarth oedd rŵan ar bigau'r drain i'w blesio. Roedd wedi bod yn llygad-dyst i benyd methiant. Ac yntau wedi gwneud esiampl o Tom, fe'i hanwybyddodd yn llwyr.

Roedd y dosbarth wedi'i ddrilio'n drylwyr a chynigiodd gyfartaledd uchel o atebion cywir. Aeth y pnawn rhagddo. Mentrodd Tom godi ei lygaid unwaith, i gyfarfod â llygaid Miss Bellamy. Gwelodd gydymdeimlad yno. Dilynodd ei thad i edrych unwaith yn rhagor ar yr arddangosfa, gan oedi unwaith eto uwch y berlysen. Gofynnodd rywbeth i Miss Farley a throdd honno i gyfeirio at Tom. Nodiodd Miss Bellamy a gwenu.

Pur ffwrbwt oedd diddordeb y Ficer. Yn amlwg teimlai fod gwaith y prynhawn ar ben, ac ar ôl taranu pregeth arall am rinweddau llafur caled a gweddi, casglodd ei fenig a'i ffon at ei gilydd a dymuno'n dda i bawb. Aeth Miss Farley gydag o at y drws. Safodd y plant i gyd ar eu traed ac ymsythu. Teimlai Tom fel bwgan brain yn y rhes flaen.

'Dyna ni.' Trodd Miss Farley'n ôl i wynebu'r dosbarth, y llinellau caled yn ei hwyneb yn esmwytho, ei hymarweddiad yn tyneru'n amlwg. 'Fe atebodd pawb yn dda. Rwy'n bles efo chi — efo un eithriad, wrth reswm.' Saethodd ei llygaid at Tom, yn hongian dros ei ddesg fechan. 'Cymerwch eich gwaith i lawr, pob un sy wedi bod yn arddangos, a dewch ag o i'm cwpwrdd i'w roi i gadw. Yna fe ellwch fynd. Ar wahân i ti, Tom Inskip.'

Griddfanodd Tom. Trawodd cloc yr eglwys bedwar o'r gloch. Bum munud yn ddiweddarach roedd ar ei ben ei hun gyda Miss Farley yn y stafell ddosbarth, a bloeddiadau ei gymdeithion yn graddol bylu i lawr y ffordd tu draw i'r drws siglo.

Bu'n ddiwrnod trychinebus i Tom.

* * * *

'Pnawn da, Mrs Ingram — mae'n braf eich gweld chi eto! A chi, hefyd, Ingram. Rwy'n falch clywed eich bod yn dod ymlaen cystal.'

Teimlai Tim nad oedd wedi bod yn yr ysgol ers blwyddyn, nid ers hanner tymor yn unig. Doedd ei feddwl wedi oedi fawr ddim ar y lle yn ystod y chwe wythnos a aethai heibio, ac roedd rŵan fel pe bai wedi cyrraedd y lle o blaned arall. Gwelodd, fel pe am y tro cyntaf, liw erchyll carped y prifathro a'r peintiad haniaethol blaengar ond gwag o ystyr uwch ei ddesg. Roedd wedi cymryd lle darlun hytrach yn ddeniadol o faes o babi coch ac ŷd gan Van Gogh. Daethai heddiw'n groes i'w ewyllys; ei fam wedi mynnu hynny. Fe'i gorfododd i wisgo'i siwt orau, gyrru i fyny i Lundain gyda hi, cael cinio gyda'i dad, dychwelyd i swyddfa'i dad i gael sgwrs gyda'i ysgrifennydd, a rŵan gyrru allan i'r ysgol i drafod ei ddyfodol. Doedd Tim ddim yn awyddus i gael dyfodol. O ddydd i ddydd roedd bwthyn Inskip wedi tyfu arno, gan ei lapio'n dynn yn y tawelwch na hawliai ddim oddi arno; ei dragwyddoldeb diddigwydd.

'Dw i'n ofni 'i fod o 'di dechra diogi, braidd,' meddai

ei fam gan wenu; eto'n siarp ac yn bryderus y tu ôl i'r gwamalrwydd. 'Dydi o ddim 'di gneud strôc o waith drw'r adag mae o 'di bod i ffwrdd.'

'Does dim pechod mawr yn hynny,' atebodd y prifathro, gan ymateb i'w hysgafnder hi, gwenu'n gefnogol a chynnig sigarét iddi. 'Fe all salwch difrifol ar ben pwysau arholiadau lethu rhywun. Dydy chwe wythnos — hanner tymor — i ffwrdd yn ddim i rywun o alluoedd Tim. Fyddwn i ddim yn gadael i hynny 'mhoeni i.' Gwên sebonllyd. Syllodd Tim ar y carped cyfoglyd. Teimlai'n hollol ar wahân i'r prosesu yma ar ei ddyfodol. Ni theimlai fel ymuno yn yr hwyliau da.

Buasai wedi bod yn well pe na baen nhw wedi ymweld â'r asiantaeth hysbysebu ar y ffordd. Ac yntau wedi'i fwydo yn hydref diantur ei gartref newydd, roedd wedi anghofio am bwysau a phrysurdeb diwrnod gwaith ei dad, y swyddfeydd newydd ysblennydd a'u ffenestri o nenfwd at lawr, y cyfarfodydd diddiwedd, a'r dynion ifanc peniog, eu crysau claerwyn wedi'u smwddio'n berffaith, steil gwallt pob un yn fodern, ffraethineb sydyn ar bob tafod, a'r gwibio heibio cyson. Parodd yr holl gysylltiadau iddo fynd i'w gragen yn hytrach na chael ei danio.

Hyd yn ddiweddar, roedd wedi cymryd y cyfan, fel yr ysgol, yn ganiataol. Ond rŵan, ac yntau wedi colli pob cyswllt, fe'i gwelsai ei hun yn sydyn yn cael ei brosesu gan yr un peiriant oedd wedi cynhyrchu'r graddedigion meddal yma, yn arteithio'i ymennydd disgybledig i geisio penderfynu a fuasai wyneb y plentyn bochgoch, llygatlas yn ychwanegu rhywbeth at rym yr hysbyseb ffa pob. Roedd Tim wedi crebachu a mynd i'w gwd, ac nid oedd wedi dod ato'i hun. Hyd yma, doedd yr holl beth ddim wedi dod yn ddigon agos ato i'w frifo, ond rŵan roedden nhw'n mapio'i ddyfodol drosto.

'Nid yr ochor gelfyddydol? Roedd ei ganlyniade yn y maes hwnnw'n ardderchog, ond rhai cymharol ddibwys oedden nhw yn ymyl . . .'

'. . . dilyn traed 'i dad i gostio'r cyfrifon . . . fe weithiodd 'i dad 'i ffordd i fyny drw'r holl fusnas . . . sgrifennu copi . . . y gwaith darlunio . . . ac wrth gwrs, astudiaetha busnas . . .'

Nodiai ei ben a chytuno'n achlysurol pan fyddent yn cofio'i fod yno ac yn troi ato. Ond prin wrando a wnâi. Doedd y darlun a dynnent ddim yn debyg i'r math o fywyd a welai ef yn ymestyn o'i flaen. Roedd rhaid iddo wneud rhywbeth; roedd rhaid i bawb wneud rhywbeth. Ond beth oedd yn apelio ato? Buasai mynd ar adenydd fel aderyn y bwn wedi bod yn haws iddo nag ateb y fath gwestiwn. Teimlai y buasai rhaid iddo gael cryn dipyn o arian gan fod gwario'n helaeth yn gyfarwydd iddo; roedd am gar da ac arian i'w wario ar enod del, a fflat bach dymunol yn rhywle. Ond tybad, tybad? Teimlai Tim fel pe bai'n cael ei fygu, y gwres canolog yn llindagu'r awyrgylch. Gwelodd ffresni'r tir âr gartre, a'r dail yn pentyrru ar y llwybr cefn. Daeth Tom Inskip eto i'w gof, a'i fywyd byr na fedrai pobl y pentre'i ddwyn i go. Buasai yntau hefyd wedi treulio oes ddilychwin yn y byd hysbysebu, heb adael dim ar ei ôl y buasai pobl yn ei gofio amdano, ar wahân i ddiwydiant ffa pob iachus. Pa ots? Buasai hynny yr un mor ddefnyddiol â thair neu bedair blynedd Tom Inskip yn aredig y tir.

'Dyna hynna wedi'i setlo, te,' meddai'r prifathro. Ond tybed? Edrychodd Tim i fyny. 'Fe'i cawn ni e'n ôl i letya yma ar ôl y Dolig. Fydd e ddim yn hir yn ca'l gafael ar bethau.'

Roedden nhw'n edrych arno ac yn gwenu. Ddywedodd Tim yr un gair. Oedodd y ddau, ond gwrthododd y temtasiwn. Syllodd ar y darlun haniaethol, gan feddwl pa mor abswrd o ddi-fudd yr oedd. Eto, roedd yn gweddu i'w le.

'Dyna ni, felly.' Taflodd y prifathro olwg od drosto a chodi ar ei draed. Aethant at y drws, agorodd Tim ef a'u rhagflaenu allan. Roedd gan ei fam ddigon i'w ddweud o hyd, ac arhosodd Tim amdani yn y coridor, gan syllu'n wag drwy'r ffenestr a wynebai'r ehangder o lawntiau a'r maes criced. Tra oedd yn aros amdani, daeth yr athro celfyddyd, dyn tawel, sylwgar a gawsai'r glasenw Dark Horse allan o ystafell yr athrawon ddau ddrws i lawr. Gwelodd Tim a dod ato'n wên i gyd.

'Wel, wel, Ingram! Dyna dda'ch gweld yn ôl. Rwy'i wedi gweld eich eisie chi.'

'Dim ond taro miwn ydw i,' atebodd Tim.

'Ych chi'n well?'

'Ydw. Fe fydda i'n ôl ar ôl Dolig, fwy na thebyg.'

'Beth ych chi'n neud nawr? Yn y tŷ newydd yna sy gennych chi? Ych chi'n 'i hoffi e?'

'Ydw. Mae'n iawn. Dim yn digwydd. Byth yn gneud dim.'

'Ych chi'n myfyrio?'

'Ydw.'

Syllodd Dark Horse o'i gwmpas a gostwng ei lais. 'Eich canlyniade felltith chi, Ingram — does dim gobaith pluen eira yn uffern gen i i'ch cael chi i'r dosbarth celfyddyd sy'n gymaint o dân ar 'u crwyn nhw, ar wahân i ambell hanner awr hwnt ac yma. Mae pob un ar eich ôl chi ar gyfer lefel A. Masters, Jackson, Biggs-Smith. Fe ddylech chi'u clywed nhw'n chwerthin pan awgrymais i Gelfyddyd fel pwnc ichi. Fe wyddoch yn iawn mai dim ond ar gyfer y rhai sydd ar ei hôl hi y mae celfyddyd yn yr ysgol hon.'

'Gwn. Mi wn i hynny.'

'Ai dyna sy wedi bod ar y bwrdd y pnawn 'ma? Eich cwrs chi?'

'Ia.'

'A beth fydd e?'

Amlinellodd Tim fras syniad o'r hyn a benderfynwyd ar ei ran. Ebychodd Dark Horse a tharo'i dalcen.

'Fe wyddwn i. Ingram, ewch adre, daliwch ati i wneud dim byd, a myfyrio eto. Fe wn i ma' heresi ydy hyn, ond Dduw mawr rwy'i wedi bod yn swyddfa'ch tad ac mae gen i syniad o sut le sy 'na. Nid dyna — nid dyna'r bywyd i chi.' Trodd ymaith a syllu'n groes i'r maes chwarae. Teimlai Tim fel pe bai ei ymennydd wedi mynd bendramwnwgl yn ei benglog.

'Y cyfle yma gawsoch chi i gael eich gwynt atoch — sy gennych chi o hyd — gwnewch yn fawr ohono fe,' meddai Dark Horse. 'Hwyrach mai hwn fydd y peth gore ddigwyddodd ichi. Peidiwch â dweud i fi agor 'y mhen, er mwyn popeth. Anghofiwch be ddwedes i, os mynnwch chi, ond fe wnaeth les i fi'i ddweud e.'

Nodiodd Tim.

Trodd ei fam ato, wedi gorffen ffarwelio â'r prifathro o'r diwedd.

'Wel Tim, ydi popeth wedi'i orffen?'

Aethant yn eu blaenau i lawr y coridor gan adael y prifathro wrth ei ddrws, a Dark Horse wrth ei benelin. Gwenodd y prifathro arno a dweud, 'Peidiwch â gofidio gormod. Mae ’na bum mlynedd cyn iddo fe raddio. Fe fydd yn gwybod ei feddwl erbyn hynny.’

‘Fe fydd rhaid iddo fe ymladd amdano fe, os na fydd yn plesio’i rieni. Hwyrach na fydd yn ddigon dewr i hynny.’

‘All neb ond fe ymladd y frwydyr honno. Dyna sy’n digwydd bob tro, beth bynnag wnawn ni yma.’

‘Fe all fod yn galed arnyn nhw, os gwnawn ni gamgymeriade.’

‘Gall, ond mae bywyd *yn* galed, sut bynnag.’ Gwenodd y prifathro’n oeraidd a chamu’n ôl i’w swyddfa.

Rhowliodd yr athro celfyddyd ei lygaid a chofio am y tâl y disgwylid i Mrs Ingram ei dalu i’r ysgol am yrru ymennydd ei mab drwy’r golch a throi ei drwyn i’r cyfeiriad priodol; yna dychwelodd at Ddosbarth Pedwar A mewn pryd i gadw wyneb Harrison-Brigham rhag cael ei wthio i’r clai modelu llaith o dan y sinc.

PENNOD 4

Pan gyrhaeddodd Tim a'i fam adref, roedd yn stido bwrw a'r cyfnos yn disgyn. Trodd Mrs Ingram y gwres canolog yn uwch, a llifodd y cynhesrwydd yn feddal, yn llethol ac yn annaturiol. Safodd Tim i wylio'r coed llwyf enfawr yn siglo yn y glaw, a'r dŵr yn llifo'n ffrydiau bychain i lawr y lôn. Meddyliodd am eiriau Dark Horse. Roedd yn gyngor diddorol, er nad oedd yn adeiladol mewn unrhyw ffordd. Ond tybed? Ebychodd Tim.

'Dw i 'di anghofio prynu torth,' cwynodd ei fam, efo nodyn braidd yn ymfflamychol yn ei llais. 'Mi fydd rhaid i fi fynd i lawr i'r pentra ac aros am oria i'r penna maip yna yn y siop.' Roedd yn gas ganddi gymysgu â'r pentrefwyr er gwaetha'i rôl newydd fel un o wragedd y wlad.

Ystyriodd Tim yn bwyllog am ychydig.

'Os gadewch chi i fi yrru'r car, mi af fi.'

'Ond Tim, fe wyddost yn iawn nad oes . . .' Yna cododd ei hysgwyddau, ei phrotestio'n awtomatig a diystyr. Taflodd agoriadau'r car i'r ford, ac ychydig arian. 'Cymer ofal, da thi.'

Hwyrach, meddyliodd Tim, na ddylwn i fentro fel hyn mewn pentre mor fychan lle mae pawb yn adnabod pawb. Buasai pechod o'r fath gan bobol ddŵad yn fêl ar eu bysedd nhw. Ni fuasai'n cael ei ben blwydd yn ddwy ar bymtheg tan Fai nesaf, ond roedd yn bur hyderus y buasai'n pasio'r praw ar y cynnig cyntaf.

Teimlai fel ploryn ar wyneb, yn parcio'r car y tu allan i'r siop, yn camu i mewn o'r glaw ac yn sefyll yno mewn siwt dinas ond roedd yn gyfarwydd â ffordd y bobol leol o syllu arno erbyn hyn. Edrych i ffwrdd pan edrychai ef arnyn nhw, ond gan barhau i daflu cilolygon llechwraidd arno am hydoedd wedyn.

Yn Llundain, gallai'r rhai oedd wedi cael tröedigaeth i ffydd Krishna, gyda'u pennau moel, eu dillad saffrwn a'u clychau'n tincial, gerdded i lawr Whitehall heb dynnu sylw neb. Wrth aros ei dro yn y siop, dychmygodd Tim yr effaith a gâi person o'r fath pe buasai'n dynesu at y cownter yma. Parai gwraig y siop i'w du mewn gyrlio wrth ei syrfio a cheisiodd ddyfalu faint a gymerai i'r bobol ei dderbyn i'w cymuned.

'Ddim yn hir. Fe synnet ti. Wedi'r cyfan, rydyn ni 'di bod yma am tua dwy flynadd, ac rydan ni i mewn, fwy ne' lai,' meddai Rebecca. Roedd y tu allan, ar gefn Ffred, yn wlyb at ei chroen ond i bob golwg yn poeni dim. Dirwynai sgeiniau o wallt yn anniben ar draws esgyrn ei gruddiau, y diferion glaw'n pitran patran i lawr, gan ddiferu ar y dwylo coch, esgyrnog, ar yr afwynau.

'Pam aflwydd wyt ti'n gwisgo fel 'na?' gofynnodd iddo.

Eglurodd Tim. Llygadodd y car, ond ddywedodd hi'r un gair. 'Ma'r mwd 'di peri iddo fo golli pedol,' eglurodd. 'Mi fydd rhaid i fi fynd ag o i'r efail fory. Leicet ti ddod?'

Bu Tim bron â dweud, 'Pam y dylwn i?' ond cofiodd nad oedd dim yn galw arno. Nid oedd wedi sylweddoli fod neb mor hynafol â gof yn para i fyw yn y byd.

'Ma' hi'n bosib y galle fo fod yn gwbod rhwbath am dy ysbryd bach di; dyna pam y gofynnis i,' eglurodd Rebecca.

'Mae o 'di bod yn byw yma ers oesoedd cŵn, a'i dad o'i flaen o. Fyddi di ddim gwaeth o ofyn.'

'Ia. Iawn. Ond sut? Yn dy sgil di?'

'Rhy drwm. Beic fasa ora. Mae'n bedar milltir. Mi fydda i'n gadal am naw.'

'Iawn. Ond paid ag aros os bydda i 'di cysgu'n hwyr ne rwbath.'

'Fyddwn i'm yn breuddwydio gneud hynny,' atebodd yn oeraidd.

Aeth Tim i gysgod ei gar i orffen y sgwrs. 'Dyma ble y bydda i'n gneud rêl ffwl ohonof fy hun,' meddyliodd pan sylweddolodd y buasai'n rhaid iddo drin y car yn garcus iawn i'w gael allan o'i le rhwng coets babi a blwch postio ac anelu am adre. Oedodd Rebecca i wylio Tim wrth iddo ganolbwyntio'n galed ar gychwyn yr injan a dewis gêr yn ofalus. Pe bai ei ddiffyg profiad yn peri i'r car neidio yn ei flaen, buasai perygl iddo daro Ffred yn ei ben ôl, meddyliodd. Fel pe bai'n sylweddoli hyn, symudodd Rebecca ychydig allan i'r lôn. Ond roedd dull Tim o droi'r car o gwmpas yn ddi-fai, ac roedd tair modfedd yn sbâr ganddo wrth fynd heibio i'r blwch postio. Stopio wedyn a mynd yn ôl, yn galed y ffordd arall, yn glòs a chymen. Stopio, a mynd i'r gêr cyntaf — peidio â sbwylio popeth nawr . . . ac yna gyrru ymaith, o, mor llyfn! Teimlodd Tim don o bleser yn cyniwair drwyddo, cyflymiad y car yn ei godi, gorff ac ysbryd. Dyna ddangos iddi hi, yn aros am gyfle i'w wawdio. Rhoddodd ei droed i lawr, y glaw'n slwts o dan y teiars, yn tasgu i lawr y sgrin wynt, ymron yn rhy fuan i'r sychyddion ei glirio. Wedi mynd o olwg Rebecca, arafodd a throi'n ofalus i'r lôn ger y Rheithordy. Â'r car yn gocŵn amdano aeth trwy'r dilyw o dan y coed llwyf a gâi eu noethi'n fuan gan yr hydref, trwy'r pentyrrau trwchus o ddeiliach mâl, melyn; a heibio i'r ysgawen sur, ddawnsiog a dyfai'n afradlon yn y perthi. Gallai Tim ei chofio ym Mehefin, ei blodau'n ei hufennu a'r Bwrdd Trydan yn ei thorri'n ôl i wneud lle ar gyfer gwifrau trydan eu cartre newydd. Cyfnod o chwysu uwch arholiadau fuasai Mehefin iddo, ac o deimlo'n llegach. Roedden nhw wedi taro i lawr i weld sut y deuai'r gwaith ar y bwthyn yn ei flaen, a buasai cysgod y papur ffiseg a llofruddiaeth yr ysgawen yn hunllef iddo.

Ond roedd wedi hedfan drwy'r papur ffiseg a'r ysgawen wedi tyfu'n ôl yn fwy cyforiog na chynt. Beth oedd diben mynd i gwrdd â gofid?

Ond doedd mynd i'r byd hysbysebu ddim yn denu.

Doedd y gof ddim yn ddigon hen i fod wedi adnabod Tom Inskip, a'i dad wedi'i gladdu. Wfft i wahoddiad Rebecca. Amheuai Tim yn anniddig ei bod yn ei lygadu.

'F'ewyrth, ella. Ella y gall o gofio rwbath. Saer maen oedd o pan oedd o'n llanc. Fo wnaeth y rhan fwya o'r cerrig beddi ffordd hyn, felly os ma' marwolaeth sy'n ych poeni chi, mae o yn y lle iawn, fel petai.'

Cododd y gof droed Ffred a phwyso'r bedol eiriasboeth yn erbyn y carn. Roedd meddwl Tim wedi rhannu'n gyfartal rhwng gwyddor pedoli ac ysbryd Tom Inskip. Pwysodd yn erbyn ffrâm y drws, gan arogli sawr cryf, trwchus y carn yn deifio.

' 'Y nhad bedolodd holl geffyle Pettigrew oddi ar y ffarm. Yr hogia'n arfar dod â nhw i'r efal. Mi o'dd gefal ganddo fo yn y pentra'r adag honno ac roedd gwaith y fferm yn mynd â'i amsar o i gyd. Fi, wel, mi ddois i lawr i ga'l bod yn agos at yr ysgol farchogaeth a'r ceffyla hela. Pedola rasio *point-to-point* a'r Clwb Merlod yw popeth erbyn hyn.' Boddodd y bedol writgoch mewn bwcedaid o ddŵr a chymerodd hisian le'r deifio.

Roedd Tim wrth ei fodd yn gwylio. Hoffai fanylder y dasg a gweithio'r haearn i ffitio; yna'r pleser o weld y bedol orffenedig, yn gadarn a pharod i waith yn ymyl y tair oedd eto i'w gwneud.

'Mi wna i'r un ôl arall, ac fe gaiff y rhai blaen aros tan y tro nesa,' meddai'r gof wrth Rebecca. 'Y dŵr yna,' meddai wrth Tim, gan nodio'i ben i gyfeiriad y bwced. 'Chei di ddim byd gwell i'w yfad os nad wyt ti'n teimlo'n dda. Y dŵr y buodd yr harn ynddo fo. Llawn petha da o'r harn.'

Tybiodd Tim am ennyd ei fod yn cellwair. Yna gwelodd nad oedd.

'Ma' Tim 'di bod yn achwyn,' meddai Rebecca'n faleisus. Oedd hi'n ei herio, tybed?

'Pobol yn arfar 'i yfad o. Gwbod beth o'dd yn gneud lles iddyn nhw.'

Aeth Tim draw i edrych i'r bwced a oedd yn rhesymol lân. Meddyliodd am ei fam a phenderfynu rhoi cynnig arni, gan y gwyddai y byddai hi'n ffieiddio'r holl beth. Ymddangosai'n rhesymol iddo fo. Wedi'r cyfan, roedden nhw'n rhoi tabledi haearn i bobol. Cwpanodd ei ddwylo, eu llenwi ac yfed cryn dipyn. 'Ysgol i ti'r wythnos nesa,' awgrymodd Rebecca.

Tynnodd wyneb. Doedd dim awydd dychwelyd i'r ysgol arno. Roedd yn well ganddo bwyso yn erbyn y mur a gweld yr haearn yn cael ei weithio.

'Ych chi'n ca'l llawar o waith?'

'Mwy na digon i fi. Fe ddylwn i gymryd hogyn ata i. Ma fo'n tyfu drwy'r amsar.'

'Pam na wnewch chi?'

'Mwy o draffarth na'u gwerth. Chi'n 'u dysgu nhw ac yna ma'n nhw'n penderfynu mynd i weithio i ffatri.'

Cnodd Tim ei gil ar hyn. Byddai wrth ei fodd pe buasai'n rhydd i droi ei law at waith gof. Dipyn gwell na gwaith mewn ffatri. Mewn ffordd, math o ffatri oedd yr asiantaeth hysbysebu. Roedd y diwrnod y tu allan yn ddiflas, yn bendrwm gan law'r diwrnod cynt, a daeth Tim yn ymwybodol unwaith yn rhagor o'i iechyd bregus, ar ôl gyrru mor bell ar ei feic, a theimlai fel pe bai'r felan arno. Dechreuai'r asiantaeth hysbysebu dyfu'n hunllef arno, bron i'r un graddau â Tom Inskip. Aeth ei feddwl yn ôl at bwrpas ei ymweliad.

'Ych chi'n tybio y bydda'ch ewythr yn cofio mil naw cant a deg?'

'Gofyn iddo fo, was. Ma' fo yn y tŷ. Dos o gwmpas y cut moch a bangio ar y drws.'

Gwnaeth Tim hynny, a'i gael ei hun mewn cegin lawn cathod. Cyn pen dim, roedd yn siarad â henwr musgrell mewn slipanau am gerrig beddau.

' 'Y nhad i odd yn rhedag y busnas ym mil naw cant a deg. Dim ond prentis o'wn i'r adag honno . . . cymer sbec fan draw, drôr isa'r ddresel fawr. Ma'r llyfra efo fi o hyd. Ma'r dyddiada tu bla'n.' Arwyddodd yr henwr at gornel yr ystafell ac aeth Tim i fforio. 'Alla i'm deud 'y mod i'n cofio'r enw Tom Inskip, ond ma'r hen go'n dechra pallu erbyn hyn.'

Fel y gellid disgwyl gan rywun mewn gwaith mor gysact â'i un o, roedd y saer maen wedi cadw llyfrau nodiadau trefnus a chymen. Tudalen ar gyfer pob tasg, yr arysgrifen wedi'i sgrifennu'n llawn, a phatrwm y dyluniad, ynghyd â'r nodiadau technegol ynghylch deunyddiau a'r pris, a 'Talwyd' wedi'i sgrifennu'n goch, ynghyd â'r dyddiad.

Roedd cryn dipyn wedi'i sgrifennu am rai, sylwodd Tim, yn wahanol i'r T.R.I. lledrithiol â dyddiad yn unig; moeswersi cyflawn fel y pennill oedd yn gyfarwydd iddo:

'All you that read as you pass by
As you are now so once was I
As I am now so you must be
Therefore prepare to follow me.'

Eisteddodd Tim ar y llawr a dosbarthu'r llyfrau hyd nes iddo ddod o hyd i 1910, 18 Chwefror. Fflipiodd drwy'r tudalennau a chael i'r garreg gael ei darparu ar 23 Mawrth. Roedd y manylion yn swta.

'Supplied to Thomas Inskip Esq. of Inskips headstone in granite inscribed T.R.I. 21 March, 1894-18 February, 1910.'

Deg punt oedd y pris.

Yn wrthgyferbyniol, roedd y tudalen arall yn llawn ysgrifen glòs yn disgrifio maen o'r marmor gorau: 'To be delivered to the home of Mr Pettigrew in person and erected on the bottom of the garden.' Roedd er cof am:

Picture	Diamond
Risky	Stately
Sybil	Gayly
Rosemary	Mermaid
Raiment	Rivulet

Yn dilyn, roedd yr wybodaeth yma:

'They hunted their last fox, 18 February, 1910.' Ar y gwaelod, mewn coch, roedd un gair, 'Dogs' wedi'i argraffu.

Pymtheg punt ar hugain oedd y pris ac fe'i talwyd ar 25 Mai.

Darllenodd Tim drwy'r cyfan deirgwaith cyn ei ddangos i ewythr y gof.

'Ych chi'n cofio rhwbath am hwn?'

'Ewch i nôl 'y sbectol i, ŵr ifanc. Ar y silff ben tân.' Doedd o ddim, er iddo ddarllen deirgwaith yn ofalus drwy'r holl druth.

'Dodd hi ddim yn anghyffredin ca'l cŵn, chi'n gwbod. Ddim yn anghyffredin. Ond ma' hi dipyn yn od ca'l deg ar y tro, rhaid i mi gyfadda . . . a charrag ddigon del. Wrth gwrs, dim ond y gora fydda'n gneud y tro i Mr Pettigrew, hyd yn oed i'r cŵn. Rwy'n cofio'r hen Pettigrew'n iawn — ond yn ddiweddarach, ar ôl y rhyfal fydda hynny.'

'Sut ddyn oedd o?'

'Digon i godi braw ar rywun, fel dw i'n cofio. Pawb ar 'i ora i'w blesio fo. Fo oedd perchennog y tir a'r bythynnod. Thala hi ddim i'w groesi fo. Fe safodd o lecsiwn am y senedd ar ôl y rhyfal, fel dw i'n cofio, ond fedra i yn 'y myw gofio sut lwc gafodd o. Na, y cyfan a gofia i ydi iddo fo fynd o gwmpas i roi swllt i bawb y diwrnod cyn y fotio.'

'Gaf i gopïo hwn lawr?' gofynnodd Tim.

'Gwnewch fel y mynnoch chi.'

Ysgrifennodd Tim yr arysgrifau yn adran Cyfeiriadau ei ddyddiadur, diolchodd i'r gof a'i ewythr a rhoi'r llyfrau nodiadau'n ôl yn ofalus yn y drôr. Ddangosodd yr henwr ddim diddordeb pellach. Aeth ati i sôn am dyfu nionod heb ofyn dim ynghylch beth oedd wedi tanio chwilfrydedd Tim. Roedd Tim yn falch. Rhyw wiriondeb ffôl oedd y cyfan, a bod yn onest.

'Ond yn goblyn o ddiddorol,' meddai wrth Rebecca wrth iddyn nhw gychwyn am adref, beic a cheffyl ochr yn ochr i lawr y lôn. 'Y cŵn hela a Tom yn marw'r un diwrnod. Y deunawfed o fis Chwefror. All o ddim bod yn gyd-ddigwyddiad!'

'Sut ar y ddaear y gall deg ci hela farw'r un diwrnod?' holodd Rebecca gan grychu'i thalcen.

'Gwenwyn, ne' ryw ddamwen erchyll.'

'Prin y basa Tom wedi bwyta'r un bwyd â phac o gŵn hela. Ma' damwen yn taro'n well. Ond sut ddamwen?'

'Trên?'

'Does yna'r un am filltiroedd. Nid pryd hynny, sut bynnag. Mi ddaeth yr un agosa aton ni yn 1922, achos ma'r dyddiad ar bared y swyddfa docynna. Tân, ella?'

'Tom yn mynd mewn i'w hachub nhw, a'r to'n syrthio ar 'i ben o?'

Pwysodd Tim ar y brêc wrth i'r allt fynd yn fwy serth a swingiodd yn sydyn i osgoi twll.

'Ond mae'n rhoi'r argraff iddyn nhw ga'l 'u lladd wrth hela,' meddai Rebecca. 'Wrth iddo fo ddeud, "Hunted their last fox" . . .'

'Dyna be wnaeth imi feddwl am drên,' cydsyniodd Tim. 'Pa ffordd arall y gallen nhw ga'l 'u lladd wrth hela? Sut bynnag, doedd Tom ddim yn debygol o fod wedi hela. Ddim ond yn agor gatia a chodi'i gap ac ati. Ond bid siŵr, nid cyd-ddigwyddiad oedd i bob un farw'r un diwrnod.'

Disgleiriai llygaid Rebecca. 'Mae'n *rhaid* inni ga'l gwbod. Ella bod Tom yn arwr, ac y basa'r cŵn i gyd 'di marw oni bai amdano fo. Iddo fo achub y deugen ne'r hanner cant erill heb help neb. Cyn iddo fo farw ym mreichia'i fythol-ddiolchgar fistir, Mr Pettigrew.'

'Allai o ddim bod yn ddiolchgar iawn, neu mi fasa fo 'di talu am garrag fedd farmor i Tom hefyd, efo pennill a'i enw'n llawn.' Yna, aeth o flaen Ffred fel y gallai car basio. 'Beth bynnag,' meddai, 'doedd Tom ddim yn un am wneud campa. Doedd o ddim yn ddewr mewn gwirionedd. Ddim ond yn hogyn cyffredin. Os gwnaeth o rywbeth gorchestol, yna ca'l 'i yrru i neud nath o, a hynny am reswm arbennig nad oes neb yn gwbod dim byd amdano fo.'

'Wydden nhw hynny'r adeg honno?' Roedd cwestiwn Rebecca bron yn reddfol.

'Na,' atebodd Tim.

Craffodd Rebecca'n gythryblus ar wegil Tim. 'Sut y gwyddost *ti*?' gofynnodd, gan gofio iddi ofyn yr union gwestiwn rai dyddiau cyn hynny. Gwelodd ysgwyddau Tim yn codi. Nid atebodd, dim ond beicio yn ei flaen, a theimlai Rebecca i rywbeth y gallai ei ddisgrifio fel 'dieithrwch' gyffwrdd â hi, fel marchogaeth i nudden o niwl. Ond doedd dim niwl yn agos ati. Trawodd ei sodlau'n ysgafn wrth asennau Ffred a brysio ar ôl Tim.

* * * *

Buasai Tom wedi cytuno efo barn Tim ynghylch ei ddewrder y diwrnod yr aeth â Seilas a Moli i'r efail a phan dorrodd Seilas yn rhydd yn y fynwent. Ceffyl ifanc ydoedd, a ffieiddiai gael ei bedoli. Oherwydd hyn, roedd y daith adre ymhell o fod yn gyffyrddus, a Seilas yn strancio ar flaen ei dennyn. Wrth droi i lôn y Rheithordy, teimlai Tom ryddhad fod y daith ymron ar ben. Hwyrach iddo ymlacio'n ddiarwybod iddo'i hun pan neidiodd cwningen i fyny'n syth o'u blaenau. Stranciodd Seilas am y canfed tro, aeth y rhaff rhwng bysedd Tom, a dyna draed y ceffyl yn rhydd. Anelodd yn syth am reiliau'r fynwent fel ceffyl hela gorau Mr Pettigrew.

'Iesu Grist a'r angylion!' Teimlai Tom ei waed yn teneuo mewn braw. Llithrodd i lawr o gefn cynnes Moli a glanio ar y glaswellt llaith. Yna fe'i taflodd ei hun dros y rheiliau ar ôl yr ebol. Roedd yn tresio bwrw a'r glaswellt i fyny at ei gluniau, gan wlychu'r unig ran ohono a oedd yn sych, ei ben ôl, yn stecs diferu.

Roedd olion carnau Seilas yn ddigon clir i fod wedi cael eu marcio gan goediwr, y ddaear wleb wedi'i rhuddo gan garnau cyffrous newydd eu pedoli, nid yn unig yng nghanol y gwelltglas hir, ond hefyd ar draws y mannau cerdded newydd eu torri rhwng y beddau. Roedd plethdorch o ffarwel haf ar wasgar ac yn un llinyn ar lawr, fel mewn ras bapur, o fin bedd at waelod y plot. Yno, o dan y coed llwyf oedd yn dechrau melynu, dechreuodd y ceffyl fwyta'n awchus, gan wylio Tom â lluched yn ei lygaid.

'Da 'ngwas i,' crwniodd Tom, gan ddweud celwyddau'n ddigywilydd ar dir cysegredig. 'Ty'd yn dy fla'n, del bach. 'Ty'd, 'ngwas i, ty'd rŵan!'

Dynesodd at y ceffyl gan estyn ei law, ond gwyddai cyn wired â'r pader nad oedd dim awydd cael ei ffrwyno ar y ceffyl. Ymfalchïai yn ei ryddid a'r borfa faethlon, ei holl waed ifanc yn dyheu am dipyn o hwyl a charlam.

Gan grynu, aeth Tom o fewn tair troedfedd iddo, gan blymio am y ffrwyn a grogai o'i flaen, ond â gweryriad sionc, roedd Seilas wedi mynd. Aeth ar ei union dros Walter Merryweather (1752-1806) a disgyn yn drwm rhwng yr angylion a warchodai Matthew Pike, ei wraig Annie, a'u dau fab. Ehedodd wrn o rosynnau gwyw ymaith wrth i Seilas lithro a stopio ar y graean a dechrau bwyta plethdorchau bedd newydd ar fin y llwybr. Yn orwyllt yn ei ofn, rhedodd Tom ato, ond cychwynnodd Seilas ar garlam arall, gan daro'i garnau i'r awyr a gweryru, ar draws yr holl lawntiau meddal cyn hyrddio'n ddistrywiol trwy'r borderi yw a chelyn.

'Dduw mawr yn y nefoedd!' Dychmygai Tom y Parchedig Bellamy yn cael ei wysio gan y twrw wrth iddo ymlid yn ddall ar ôl yr ebol, yn sâl yn ei ofn. Roedd y difrod yn ddychrynllyd, y carnau ifanc enfawr wedi'u harfogi â harn torri, eu nerth sgleiniog yn difetha ac yn taflu drosodd bob cofgolofn druenus a safai ar eu llwybr. Pistyllai'r glaw'n wawdlyd a digymorth wrth i Tom aros, ar fin beichio wylo, ei gap ar goll, a'r sach fu'n gorwedd dros ei ysgwyddau'n crogi ar lwyn celyn.

'Yr hen ddiawl â thi. Y blincin ceffyl. Y *mochyn.*'

Taflodd Seilas ei ben i fyny gan ymddangos fel pe bai'n gwenu ar Tom, ei ffroenau mawr yn gylchoedd o wawd, a chryfder ysblennydd ei lasoed yn disgleirio yng nghanol cofgolofnau aneglur, gwlyb y meirw. Am ychydig, hyd yn oed yn ei gornel gyfyng, gwelodd Tom y peth, a theimlodd saeth o falchder dros yr ebol nad oedd eto wedi'i ddofi, fel y meirch llywaeth, gan bwysau gwaith. Ni fyddai'r hen Foli wedi gwneud unrhyw niwed i'r fynwent.

Ond aeth y foment ysgafn heibio a dechreuodd Tom regi unwaith yn rhagor wrth geisio ymlid Seilas y ffordd y daeth, dros y rheiliau. Ond roedd Seilas wrth ei fodd yn y fynwent a throtiodd yn ei flaen heibio i'r rheiliau ac o gwmpas y beddau unwaith yn rhagor, gan hyrddio rhagor o dyweirch chwâl ar ei ôl.

Cododd dagrau poeth o ddicter ynghylch ei ffawd i amrannau Tom. Roedd hyd yn oed ysgol yn well na'r math hwn o brynhawn, a byddai'r gosb y byddai'n ei dioddef pan ddeuai'r hanes i glustiau Mr Bellamy yn waeth o lawer nag unrhyw beth y gallai Miss Farley ei gyflawni. Ofnai yn ei galon y buasai'r Parchedig Bellinger yn ymddangos unrhyw funud, a phan glywodd giatiau haearn y Rheithordy'n clangio'r tu ôl iddo, bu bron â disgyn yn farw yn y fan a'r lle mewn dychryn. Trodd yn ôl dan grynu.

'O, 'ngwas annwyl i! Be sy'n digwydd?'

Safai dynes yno, yn gafael yn ei hambarél efo un llaw ac yn codi ei sgertiau uwch y llwybr efo'r llall. Efo ton o ollyngdod, yn cael ei dilyn gan gywilydd llethol, wynebodd Tom hi'n fud. Miss May Bellinger oedd yno.

'Yn enw rheswm, beth ar y ddaear mae'r ceffyl yn 'i wneud i mewn yma? Dalia fo ar unwaith! Fe fydd 'y Nhad yn gacwn wyllt os . . .' Petrusodd. ('Mae o'n codi braw arni hi, hefyd,' meddyliodd Tom yn syth.) Cil-edrychodd yn nerfus ar Tom, a gweld ei broblem. 'Alli di ddim? Mae o'n edrych yn llawn bywyd.'

'Dw i'n trio, ma'm. Mi gafodd 'i ddychryn a neidio dros y rheiliau.'

Nid arhosodd Tom i sgwrsio dim mwy. Penderfynodd gymryd cylch cyfrwys wrth ddynesu at Seilas. Cymerodd arno fod ganddo rywbeth blasus rhwng ei fysedd. Daeth yn ddigon agos ato i Miss May ddechrau dweud, 'Da iawn,' ond gwelodd Seilas drwy'r cynllwyn ar y munud olaf a charlamu ymaith unwaith yn rhagor. Enynnodd Miss May ei chwilfrydedd a thaflodd ei sodlau o'i chwmpas, ond ysgydwodd ei hambarél arno gan beri iddo fynd yn ei ôl i gyfeiriad y llwyni celyn, gan godi ei grwmp wrth fynd. Aeth Tom draw i gael y blaen arno a daeth Miss May ar ei ôl, ei sgertiau'n swisio yn y glaswellt gwlyb.

'O, diar annwyl, diar annwyl,' meddai wrthi'i hun wrth fynd, ond roedd Tom hyd ei glustiau mewn anobaith wrth frasgamu trwy'r celyn a gribiniai ei ddillad. Roedd Seilas yn awr ar domen y garddwr, yn bwyta hen dorion llawryf. Cripiodd Tom ato eto, ond trodd ar ei bedolau i wynebu Miss May a'i hambarél. Camodd yn ei ôl mewn braw, trwy res o lestri blodau gwydr oedd wedi'u stacio'n gymen ger y compost. Ysbardunwyd Tom ymlaen gan sŵn y gwydr yn torri. Neidiodd, crafangodd am y ffrwyn, a glynu fel gelen. Aeth Seilas ag o'n ôl drwy'r celyn a'i daro'n galed yn erbyn rheiliau cofgolofn cyn ei dynnu ymlaen unwaith yn rhagor gan rwygo'i siaced a'i grys wrth wneud hynny. Sgrafellodd carn enfawr yn afradlon ar hyd coes Tom. Agorodd hwnnw'i geg i sgrechian ond fe'i haliwyd ymaith unwaith yn rhagor â'r fath rym fel iddo gnoi ei dafod yn rymus yn hytrach na sgrechian, ac anghofio am y poen yn ei droed. Llusgodd Seilas ef drwy lwyni o yw wedyn, cyn dod wyneb yn wyneb am yr eildro ag ambarél Miss May. Stopiodd yn sydyn ger bwtres cangell. Pwysodd Tom yn erbyn y wal, yn fud a'i ben yn troi, ond yn dal i gydio'n dynn yn y ffrwyn. Tynnodd Seilas yn arbrofol arni, ond roedd Tom yn barod i ddal ei afael hyd angau, a chan sylweddoli hynny, ildiodd y ceffyl. O rywle ymhell uwch ei ben, tywalltodd gargoil lif o ddŵr glaw dros y Tom lluddedig, a dadebrodd gan ymsythu'n ochelgar.

'O, 'ngwas bach i, wyt ti'n iawn?'

Doedd Miss May fawr taclusach na Tom wrth iddi ddynesu ato. Roedd ei gwallt, fu'n drysu yn y celyn, yn sgeiniau hirion ar chwâl, ac wedi dianc o weddillion ei bynsen. Roedd ei dillad yn wlyb diferol, yr ambarél wedi bod yn rheitiach arf na tharian iddi.

'Dy siaced, druan! Ac, o diar, dy geg di — beth wnest ti? Crychodd ei hwyneb yn bryderus.

Ysgydwodd Tom ei ben, yn awyddus i'w goleuo hi oddi yno'n sydyn, ond roedd ei geg yn llawn gwaed o'i dafod briw ac ni fedrai ddweud gair. Go brin y gallai ei goes gynnal ei bwysau. Dechreuodd arwain Seilas tuag at glwyd yr eirch ond doedd ei ymgais i ddangos nad oedd dim o'i le'n bell o fod yn argyhoeddi.

'Alli di ddim mynd yn dy flaen fel yna,' meddai Miss May, yn siarp yn hytrach nag yn llawn cydymdeimlad erbyn hyn. 'Rhaid iti ddod i mewn i gael peth siâp arnat dy hun. Dyma beth yw llanast — trueni mawr! Fe allwn ni roi'r ceffyl yn y stabal am y tro — mae'n wag am fod 'y nhad wedi mynd â'r gig draw i Meldon. Mi ofala i ar dy ôl di, na phoena. Dwyt ti ddim mewn cyflwr i fynd fel rwyt ti.'

Gwelai Tom nad oedd modd dianc, ond erbyn iddo stablu'r Seilas synedig a dal Moli a'i chlymu wrth ffens, roedd yn ddigon balch i ddilyn Miss May i fyny'r llwybr i gynhesrwydd y gegin gartrefol ac i ufuddhau i'w gorchymyn i ddod â'i gadair at y tân. Mewn gwirionedd, roedd yn anodd peidio ag eistedd yn ôl a gwthio'i draed allan at gynhesrwydd y fflamau a chau ei lygaid fel y gwnâi ei dad yn aml ar ôl dod adre. Roedd yn amhosibl ymwrthod â'r gwres ar ôl oerni'r glaw.

Gan barhau i dwt-twtian roedd Miss May wedi pinio'i gwallt yn ôl yn dwt yn ei le a gwisgo ffedog. Wrth iddi sefyll ger y lle tân, agerai ei sgertiau'n ysgafn, gan arogli o smwddio a thawch ysgafn o gamffor. Parodd iddo ddiosg ei siaced a grogai'n drwsgl wrth ei rhwygiadau, daeth â dysgl o ddŵr cynnes iddo a dweud wrtho am olchi ei geg allan. Yna daeth ag ychwaneg o ddŵr cynnes i olchi'r goes oedd wedi'i chrafu ymron at yr asgwrn. Yn rhyfedd iawn, tynnai Tom gysur o'i hagwedd ddidaro; er syndod iddo, ni theimlai'n chwithig yn ei chwmni. Teimlai fod hyn oherwydd ei bod hi'n ddiffuant ac onest — gallai synhwyro hyn — dangosai gydymdeimlad yn naturiol ac roedd hi'n ddidaro mewn modd a apeliai'n uniongyrchol ato. Doedd hyd yn oed ei esgidiau rhacsiog a agerai ar garreg yr aelwyd a'r sanau drewllyd â'r tyllau lle roedd y bodiau, ddim yn codi cywilydd arno.

'Mi dw i'n nabod dy wyneb,' meddai wrtho tra'n golchi ei goes, 'Be 'di'd enw di?'

'Tom Inskip, ma'am.'

'A, dw i'n cofio. Dw i'n dy nabod, nid yn unig am 'y mod yn dy weld yn yr eglwys, ond am mai ti 'di'r bachgen wnaeth y darluniau.'

'Mi welsoch nhw yn 'rysgol llynedd,' cydsyniodd Tom.

'Mi wnaethon nhw argraff ddofn arna i. Wyt ti wedi gadael 'rysgol rŵan?'

'Ydw, ma'am. Ym mis Gorffennaf.'

'Wyt ti'n gweithio i Mr Pettigrew?'

'Ydw, ma'am.'

'Wyt ti'n dal i wneud llunie?'

'Na, ma'am.'

'Sdim awydd arnat ti mwyach?'

'Weithie, mi dw i'n gweld petha — ydw. Ond alla i ddim gneud llunie pan dw i'n gweithio.'

'Gyda'r nos, gartre . . .?'

'O, mi fasa pawb yn chwerthin. A sdim papur gen i. Ac ma'r gole 'di mynd erbyn i fi orffen swpar.'

Ddywedodd hi'r un gair wrth wasgu dŵr o'r cadach. Roedd ei hwyneb yn welw a churiedig yng ngolau'r lamp nwy, y llygaid brown fel pe baen nhw'n cymryd llawer o le. Gallai Tom weld ei bod yn ddigon ifanc, ac eto edrychai'n hen. Dyfalodd a oedd ei choes hwyaden gloff yn ei brifo; roedd rhyw olwg felly ar ei hwyneb, rhyw ddioddef, rhyw ddal yn ôl, rhyw neilltuaeth. Ond roedd y llygaid yn dyner ac yn llawn goleuni. Gwyddai ei bod yn hyll mewn gwirionedd, ond doedd hi ddim yn hyll rŵan. Fe'i hoffai.

'Am faint o'r gloch fyddi di'n cyrraedd adre?'

Synnodd. 'Ar ôl iddi dwllu, rŵan. Dibynnu ar be sy ar y gweill.'

'Mi ddylet ti dynnu llunia,' ei llais yn dyner a dwys.

'Pam?' Ni fedrai ddeall.

'Mi ddylet ti ddefnyddio pob talent a gefaist ti, trwy fendith Duw.'

Pregeth, meddyliodd Tom gan dynnu'n ôl. Ni ddywedodd air, wedi'i siomi ynddi.

'Faswn i'm yn deud y fath beth oni bai 'i fod o'n bwysig. Mae 'na rai pobol ddidalent yn meddwl bod talent ganddyn nhw. Ond ti . . . pam na ddylet ti ga'l cyfla am ma' dim ond llanc ar fferm wyt ti?'

'Cyfla i beth?' ceisiodd Tom ddyfalu. Roedd hi fel pe bai'n siarad hefo hi'i hun.

'Wyt ti'n hoffi tynnu llunia?' gofynnodd.

'Wrach 'y mod i.' Nid oedd wedi meddwl am y peth. 'Ma' hi'n neis pan ddaw petha allan yn iawn.'

Roedd y tŷ'n hollol dawel, ond rywle tu draw i'r drysau caeedig, efallai yn y parlwr, canai rhywun y piano. *Rhosyn Ola'r Haf* oedd y darn, yn cael triniaeth bur herciog. Talent yn cael ei meithrin, meddyliodd Tom. Llai o boen gadael llonydd iddi.

Cododd sylw nesaf Miss May gryn dipyn o fraw arno. Roedd ganddi bot o eli yn ei llaw a daliai i drin ei goes.

'Mi rown i wersi iti,' meddai, 'petaet ti'n gallu dod o hyd i amsar i ddod yma ddwywaith neu dair yr wythnos.'

Ddywedodd Tom yr un gair, wedi'i daro'n fud.

'Am ddim wrth gwrs,' meddai, 'jest i dy helpu di. Rhag 'i wastraffu o, ti'n gweld — rhoi cyfla iti weld be elli di neud. Roeddat ti'n glyfar yn 'rysgol. Mi welis i'r adroddiada. Ma' hi'n biti gweld pobol yn ca'l 'u *gwastraffu.*' Dywedodd y gair olaf â chwerwedd yn ei llais. 'Ddeuet ti?'

Oedodd Tom.

'Fe gaf i air â 'Nhad ynghylch y peth,' meddai wedyn. 'Ac â'th dad os bydd angen. Rwy'n siŵr y gallet ti sbario awr ar ôl gwaith. Fe allwn *i*. Roedd ei llais yn fywiog; llais un na fynnai ddadlau â neb, fel yn y fynwent; yna newidiodd yn sydyn ac meddai'n dawel, 'Dw i'n gwastraffu f'amsar, hefyd. Ma' digonadd o amsar gen i. Mi fyddwn i'n hoffi 'i neud o.'

Ni allai Tom ei deall. Teimlai'n flin drosti. Ni allai ddirnad y gwaelodion tyner y dymunai eu dangos iddo bob hyn a hyn, a pharai iddo ofidio hefyd. Credai iddo ddod, fel pawb arall, i adnabod Miss May yn bur dda; yr eneth gloff, ddibriod oedd yn canu'r organ yn yr eglwys, ac yn beirniadu'r gwaith nodwydd mewn sioe. A bod yn onest, câi nifer hwyl am ei phen, a gallai nifer o blant yr ysgol ei dynwared yn bur dda, yn gwthio'i phinnau i'w gwallt, yn hercian yn gloff ac yn edrych yn ofidus. Doedd o ddim am iddi fod yn boen iddo *fo*.

'Rych chi'n garedig iawn,' meddai'n nerfus.

'Na,' meddai'n swta. 'Dw i ddim yn mynd allan o'm ffordd i helpu. Dymuno gneud hynny dw i.'

Doedd dim awydd addo dim ar Tom a chredai ei fod wedi dianc o'i rhwyd trwy gadw'i geg ynghau. Ddywedodd hithau'r un gair wrth roi rhwymyn am ei goes ac estyn ei esgidiau iddo. Aeth ymaith i nôl siaced arall iddo, un oedd wedi cael ei rhoi o'r neilltu ar gyfer tlodion Dwyrain Llundain, eglurodd. Cododd Tom i ddianc rhagddi a daeth hithau ar ei ôl.

'Ddoi di i ben rŵan, 'ta? Alli di ddod o hyd i'r ceffyla heb help?'

'Galla, m'am. Diolch yn fawr.'

'Fe drefna i chdi ddod yma,' meddai. 'Fe gei di wybod gen i.'

'Diolch, ma'am.'

Ni wyddai Tom beth i'w wneud o'i chynnig ac anghofiodd amdano yn y busnes lletchwith o gael Seilas o'i stâl. Roedd yn dal yn frwysg wrth iddo'i arwain i'r lôn a'i throi hi am adre. Penderfynodd beidio â dweud gair ynghylch yr hyn oedd wedi digwydd, ddim am y difrod yn y fynwent, nac am yr achlysur efo Miss May — o leiaf, nid tan y byddai rhywun yn gofyn cwestiynau. Digon i'r diwrnod ei ddrwg ei hun, meddyliodd.

* * * *

'Wel, dacw'r lawnt isa, a wela i ddim,' meddai Tim.

'Na fi,' cytunodd Rebecca, yn fwy siomedig na Tim. Teimlai Tim yn anesmwyth eu bod yn tresmasu'n ddigywilydd o gwmpas gerddi Curlews, er gwaetha'r ffaith i Rebecca dyngu llw nad oedd neb gartre. Roedd Mr a Mrs Peabright, y deiliaid presennol, wedi mynd i Lundain i brynu carpedi, a'r garddwr wrthi'n plannu dwy fil o fylbiau tiwlip yn y gwelyau ger y tŷ gwydr. 'Ac os gall o'n gweld ni o'r fan honno, ma' ganddo fo lygid sy'n gallu sbecio rownd corneli.'

'Os ydyn nhw'n prynu carpedi ac yn plannu bylbia,' meddai Tim, 'ma'n rhaid 'u bod nhw'n meddwl aros am sbelan go lew, nid am dynnu'r lle i lawr a chodi ugain o dai pâr yr erw.'

'Ella ddim,' atebodd Rebecca'n oeraidd. 'Mi elli fynd â bylbia a thiwlips efo chdi. Pe bai o'n plannu coed derw rŵan, neu hyd yn oed rododendrons . . . ia.'

Roedd gwaelod y lawnt yn hanner gwyllt. Rhedai i lawr at y goedlan a'r drysni a dyfai i fyny'r llethr o'r llyn. Roedden nhw wedi edrych ym mhob man rhesymol am garreg fedd, heb weld unrhyw ôl o un. Safent yn awr ar waelod y ffin, yn edrych yn ôl ar waliau brics tonnog yr hen blasty gwasgaredig, ei alldai'n ddu yn erbyn yr awyr, a chymylau'r gaeaf yn cribinio'r awyr uwch y simneau Tuduraidd cordeddog. Câi Tim y teimlad iddo weld y cyfan o'r blaen, a'i fod dipyn yn fwy cyfarwydd iddo nag y dylai fod mewn gwirionedd. Dim ond unwaith o'r blaen y buasai iddo gael sbec arno o'r ochr yma, a'r adeg honno o gryn bellter i ffwrdd, i lawr wrth y llyn. Trodd ymaith a gwthio'i ffordd i lawr i'r rhedyn crin, briw; i lawr trwy'r bedw ifanc a'r llawryf. Daeth Rebecca ar ei ôl, yn cwyno ynghylch rhywbeth.

'Ti'n gweld. Ma' rhywrai 'di bod yn plannu rhododendron rywbryd,' sylwodd. 'Doedd dim brys arnyn nhw'r adag honno.' Gwthiodd y cangau cnotiog oddi wrthi, ei jîns yn cael eu bachu'n gyson gan y mieri. Trodd Tim i'w hwynebu, gan aros amdani. Ar amrant, gwelodd ble roedden nhw wedi mynd ar gyfeiliorn.

'Dyma ble *roedd* gwaelod y lawnt yr adag honno. Rhododendrons a llawryf. Rhaid bod yr ardd unwaith wedi rhedag i lawr at fin y llyn . . . neu'n lled agos ato.'

'Ti'n deud . . .?' Stopiodd Rebecca a chraffu o'i

chwmpas. 'Mi all fod *yma* 'lly. Yma, yng nghanol yr holl anialwch 'ma.'

'Dyna 'marn i. Synnwyr cyffredin, dim ond iti feddwl. Roedd yr ardd yn fwy'r adag honno. Mwy o arddwyr.' Teimlai Tim yn gyffrous rŵan; y trywydd yn fwy ffres, y ddamwain yn ddirgelwch mwy sinistr. Doedd dim amheuaeth yn ei feddwl bod a wnelo marw'r milgwn rywbeth â Tom, y byddai carreg fedd farmor, bymtheg pwys ar hugain, yn cuddio rywle yn y dryswch o fieri a rhedyn crin oedd gyfuwch â'i geseiliau. Baglai'n gyson yn y cangau cudd oedd wedi hen syrthio a dechrau pydru. Gallai eu teimlo'n feddal o dan ei draed, a hwythau ymron dychwelyd i'r pridd, yn bren pwdr a aroglai'n gryf ac yn llaith. Tybed a arferai Mrs Pettigrew a'i chi gerdded y ffordd yma unwaith, yn ei sgertiau hirion a'i hetiau pictiwr? Neu'n marchogaeth ar ei cheffyl hela gynffon-bleth? Fu hi'n llygad dyst i'r hyn a ddigwyddodd ar y deunawfed o Chwefror — yn sgrechian yn wyllt trwy feinwe'i fêl? Teimlai Tim ar dân ac yn llawn chwilfrydedd, yn ymwybodol o bopeth a welai o'i gwmpas, o rwydau afradlon y gwe pry cop a drawai yn erbyn ei fochau, rhai a grogai o dan y dail llwyf oedd mor galed a disgleirwyrdd â lledr Fictoraidd, a rhithiau hen emosiynau oedd wedi hen droi'n lludw llwyd, yn bell yn ôl mewn amser, gan freuo fel y coed marw. Synhwyrodd yr anadliadau ysgafn olaf yn galw arno yn y mannau dirgel hyn, yn ymdreiddio o'r cilfachau a fu'n llygad-dyst iddyn nhw unwaith yn eu grymoedd amrwd cyntaf. Y tu ôl iddo, wedi'u fframio rŵan ym mhatrymwaith brown y rhedyn crin, safai muriau dadfeiliedig yr hen dŷ yn erbyn oerni'r awyr, y lliwiau wedi'u miniogi gan ddafnau cyntaf y glaw. Mor hawdd fyddai llunio darlun o'r cyfan, y ffordd yr edrychai ar yr union foment honno.

Rhoes hergwd i Tim mewn dull a aethai o'i gof; y cyffro a ddeuai o ganfod. 'O, fe wna i,' meddyliodd gan aros yno. 'Dyma sy'n bwysig wedi'r cyfan; gwneud rhywbeth o hyn oll sydd ar daen o mlaen i; nid rhyw lunwedd dienaid ar gyfer gwerthu powdwr golchi.' Gwthiodd y llawryf i'r naill ochr. Trwy amsugno mawn y coed a deiliach hydrefau a fu trwy ei wreiddiau gwancus a gwyllt, roedd wedi tyfu i faint rhododendrons yr Himalaya, a chofiodd am berthynas y llawryf â marwolaeth. Roedd yn fwy na thebyg i'r sgweier Edwardaidd ystyried cloddio bedd o dan gangau'r llawryf. Gwelodd Tim y cyfan yn ei ddychymyg; y garddwr yn ei glos pen-glin, yn gwaredu ar ei fyd (*Deg* blincin helgi!) yn gwybod na châi ddimai'r delyn o gyflog ychwanegol. Yn ychwanegu at ei waith dyddiol. Crafangodd a thuriodd Tim o dan ogofâu dyfnion y cangau hynafol, gan rwygo ymaith sugnyddion nadreddog yr eiddew a'r drain milain. Rhywbeth caled. Yn galed fel marmor.

'Rebecca!'

Ymdrechodd honno'n ddygn i gyrraedd ato, gan ei thynnu ei hun drwy'r drysi ac ebychu'n ddiamynedd.

'Ddoist ti o hyd iddi hi?'

'Do.'

Gallai weld ei bod yn flin nad hi a ddaethai ar ei thraws. Penliniodd y ddau gyda'i gilydd i rwbio ar yr wyneb marmor, ond doedd dim angen gwneud dim iddo — yn wahanol i feddfaen Tom, o'r golwg dan gen a bron yn annarllenadwy. Roedd yr wyneb hwn o hyd yn bur a pherffaith, ei neges mor eglur ag yr oedd pan gerfiwyd hi gyntaf erioed. Yn union fel y darnodwyd hi yn llyfr y saer maen:

Er cof am y milgwn

Picture	Diamond
Risky	Stately
Sybil	Gayly
Rosemary	Mermaid
Raiment	Rivulet

They hunted their last fox, 18 February, 1910.

'Mi roedd yn iawn, 'lly? Wel, fe wydden ni, a bod yn onest. Ond ma' hi'n braf ca'l hyd iddi hi.' Ymddangosai Rebecca'n fodlon ar ei byd.

'Dydan ni'n gwbod fawr ddim mwy,' meddai Tim.

'Na. Ond fe ddaw rhagor. Rhaid iddo fo ddod.'

'Neli,' myfyriodd Tim.

'Mi fydd hi'n saith deg rhwbath — pedwar ugien, ella. Yn Awstralia, ella, ne' 'di darfod amdani.'

'Na. Ma' hi o gwmpas o hyd,' meddai Tim, ei lais yn bendant.

'Pwy 'di hi, 'lly? Neli beth?'

'Fe ddaw'r atab i ni.'

Cynheswyd Tim gan ei hyder newydd. Gadawsant y garreg fedd a bustachu i lawr at y llyn. Nofiai dail hedegog yn frith ar wyneb y llyn, manion olaf bywyd, yn hwylio'n ddiamcan ar ddyfroedd anniddig nes y bydden nhw'n trengi. Gallai Tim arogli'r gwâl o ddail wedi boddi, wedi mynd yn llaca du yng ngwaelodion y pyllau lle y gwreiddiai'r cawn. Buasai'n nofio unwaith mewn afon lonydd, a'i gael ei hun yng nghanol cawn. Roedden nhw wedi ymystwyrian a thynnu arno, y cerrynt yn rhoi bywyd iddyn nhw. Doedd ganddo ddim i'w ddweud wrth ddŵr byth oddi ar hynny.

'Mi allen ni ddringo'n ôl dros y wal i'r fynwent, yn lle mynd o gwmpas ac ar hyd y lôn bost,' awgrymodd Rebecca. 'Rydan ni mor fudur, wnaiff chwanag o frwydro trwy falltod ddim drwg i ni.'

'Iawn.' Ni theimlai Tim yn lluddedig o gwbl. Hwyrach i Rebecca sylwi ar hyn achos gofynnodd, 'Pryd fyddi di'n mynd yn ôl i'r ysgol? Hel sgusodion 'di'r cyfan, yn 'y marn i.'

'Ar ôl Dolig, fwy na thebyg,' oedd ei ateb. 'Chwech wythnos.'

'Ond does dim o'i le arnat ti.'

'Potas y gof,' meddai Tim.

Roedd yn anodd bustachu i'r fynwent, trwy'r danadl poethion a'r mieri marw a ffos oedd mor ddwfn â bedd agored, yn llawn codwarth. Codai'r wal o waelodion y ffos gan fynd dipyn uwch eu pennau. Pe bai Rebecca fel pob hogan arall, yn un a garai deimlo rhywun yn cyffwrdd â hi, byddai Tim wedi estyn help llaw iddi hi, ond roedd yn annibynnol, yn ofalus i beidio â dangos bod angen cymorth arni. Trwy lwc iddi, gallai ddringo fel gwiwer. Safodd Tim i fyny ar grib y wal, yn crafangu am afael drwy'r iorwg, wrth iddi ymuno ag o. Wrth edrych yn ôl y ffordd y daethant, gallent weld Curlews ar draws y cwm, a sylweddolodd Tim pam yr oedd mor gyfarwydd iddo.

'Un o'r llunia 'na . . . llunia Tom. Dyma fo. O'r fan hon y tynnodd o fo. Y llun o'r tŷ.'

'Hwnna y sgwennodd o "Mae Miss M yn dweud, D.I." arno fo?'

'Ia.'

'Pwy oedd Miss M? Athrawes?'

'O fath, mae'n debyg.'

'Fe steddodd o fan hyn. Ar y wal, fwy na thebyg.'

Trodd Rebecca o gwmpas ac edrych i'r fynwent. 'Reit yn ymyl 'i garreg fedd o.'

Trodd Tim hefyd a gweld y garreg gam, a'r rhosyn cnotiog yn offrymu un blodyn porffor, myglyd i lwydni'r awyr. Roedd yn aeafol, ysblennydd, y lliwiau wedi edwino ac yn bŵl, ond eto'n gyfoethocach yn eu marw nag yn afiaith eu hieuenctid ifanc. Neidiodd i lawr a cherdded o gwmpas at wyneb y garreg fel y gallai syllu ar yr un rhosyn hwnnw. Ymbiliai am gael ei beintio, nid am fod iddo unrhyw gysylltiadau rhamantus, ond yn hytrach oherwydd y patrymau haniaethol a arlwyai o'i flaen. Os oedd gan rywun lygaid i weled, fel y dywedodd Dark Horse wrtho fwy nag unwaith, roedd patrymau a lluniau a chyffroadau ym mhobman. Teimlai Tim i'w lygaid fod yng nghwsg am gryn amser. Dechreuodd y teimladau a gawsai ar y llethr ychydig yng nghynt gyniwair trwyddo am yr eildro. Nhw oedd y pethau a olygai gymaint iddo; ond nid nhw oedd yng nghynlluniau ei dad ar ei gyfer. 'Dyma beth yw smonach,' meddyliodd. 'Eich dymuniada chi a'u dymuniada nhw.' Lwc os oedden nhw'n gytûn.

'Rwy'n dod yma i beintio pnawn 'ma,' meddai wrth Rebecca.

Aeth y ddau'n araf i fyny'r llwybr moel drwy'r fynwent, gan fynd i gyfeiriad y glwyd yng ngardd y Rheithordy.

'Sdim awydd mynd yn ôl i'r ysgol arna i,' meddai.

'Na,' atebodd Rebecca, fel pe na bai dim i ddadlau yn ei gylch.

Hyd yn oed os oedd *hi* yn deall, gwyddai Tim na fyddai neb arall yn gwneud. Ond byddai popeth yn iawn yn y diwedd, gobeithio. Hwyrach yr âi'r teimlad heibio ac y byddai'n cydymffurfio, gan ddilyn yr hen drefn, a dod yn ŵr busnes smart mewn crys blodeuog.

Aethant i'r tŷ gan fod Tim wedi gadael ei gôt yno a bod gan Rebecca lyfr ar Steinbeck i'w fenthyca iddo. Dydd Sadwrn oedd hi, a'r Ficer yn bedyddio rhyw blentyn neu'i gilydd. Roedd ei wraig mewn ffair sborion, a'r tŷ felly'n wag am y tro, heb yr un tenant anghenus wedi taro i mewn am lety, er mawr ryddhad i Rebecca. Daethai Tim i adnabod rhieni Rebecca. Roedden nhw wedi sylwi arno a thorri gair ag o wrth basio, ond doedden nhw ddim fel pe baen nhw byth yn stopio ac yn eistedd, a daeth i edrych arnyn nhw fel pobol na fyddent byth yn aros, ar eu ffordd i mewn neu allan, bob amser ar fynd i rywle.

Roedd y naill a'r llall yn ddigon caredig ond â'u meddyliau ym mhobman. Doedden nhw ddim fel pe baen nhw'n gofidio, neu ar frys gwyllt, dim ond fel pe bai eu meddyliau mewn byd arall. Teimlai Tim ambell dro nad oedd ganddyn nhw gymaint a chymaint i'w wneud mewn gwirionedd, ond eu bod wedi llithro i'r drefn o gadw i fynd. Mae'n siŵr y buasen nhw ar goll yn llwyr heb eu pwyllgorau a'u hachosion da, fel y buasai ei fam heb ei boreau coffi a'i phartïon cinio.

Aeth Rebecca i chwilio am y llyfr ac eisteddodd yntau wrth ford y gegin i edrych ar y *Times* a orweddai yno. Taflai'r Aga wres croesawus dros y gegin a thiciai'r cloc henffasiwn yr oriau'n drwm a chysurus ar ei fur.

O rywle, ymhell i lawr y cyntedd yn rhywle, gallai Tim glywed piano'n cael ei ganu. Doedd dim llawer o raen ar y byseddu, y nodau'n dod i'w glustiau'n hwp-di-hap, y bysedd heb feithrin y gallu i ddod o hyd iddyn nhw mewn pryd, ac ambell un anghywir ac amhersain yn seinio am ychydig cyn iddo gael ei dagu'n chwim ac un arall yn cymryd ei le. Eto, gallai adnabod yr alaw. *Rhosyn Ola'r Haf* oedd hi. Pan ddychwelodd Rebecca, dywedodd Tim wrthi na wyddai ei bod yn gallu canu'r piano.

'Alla i ddim,' meddai.

'Pwy sy'n canu, 'lly?'

Syllodd Rebecca'n od arno. 'Neb.'

'*Rhosyn Ola'r Haf*,' meddai Tim.

Cododd a gwthio'i gadair o'i ffordd. 'Na, nid ti. Rwy'n dal i glywed yr alaw.'

'Ti off dy ben,' meddai Rebecca.

Aeth Tim i'r cyntedd, yn cael ei ddenu gan chwilfrydedd a rhyw gyffro dieithr. Croesodd y cyntedd ac agor drws yr ystafell fyw eang. Roedd yn amlwg ei bod yn segur am y rhan fwyaf o'r amser, wedi'i dodrefnu mewn ffordd anhrefnus, fel pe bai'r darnau wedi cael eu gosod ar gyfer ffair sborion. Yn y gilfach bellaf, ei ochr yn wynebu'r ffenest fwa fawr a edrychai dros y lawnt, safai piano. Roedd ei glawr i lawr a doedd neb yno; y stafell yn hollol dawel, heb hyd yn oed gloc ynddi. Safodd Tim yn y drws, yn syllu.

'Ti'n drysu tipyn bach,' awgrymodd Rebecca. 'Rhywbeth ar dy fennydd di.'

'Na,' atebodd Tim.

Doedd dim ychwaneg i'w ddweud, dim angen egluro. Dilynodd Rebecca i'r gegin, cymerodd y llyfr a'i gôt, a dychwelodd adre.

PENNOD 5

Taenodd Tim yr hen ddarluniau ar lawr ei lofft. Yn eu hymyl gorweddai sawl tudalen ffres o bapur, olion ei ymdrechion ef arnyn nhw; tair ymgais i ddarlunio'r pren rhosyn ar y bedd, un ohonynt yn lled lwyddiannus, a dwy ohonyn nhw o Curlews o wal y fynwent. Roedd yn ddiddorol cymharu llun Tom â'i lun o o Curlews. Roedd dan orchudd o eiddew'r adeg honno a gwnâi hynny bethau lawer yn fwy anodd i Tom, gan fod y tŷ'n dywyll a diffurf yn erbyn y coed. At ei gilydd, roedd y coed gryn dipyn yn llai'r adeg honno, ond roedd un gedrwydden anferth yn llun Tom nad oedd sôn amdani mwyach. Roedd Tom wedi darlunio rhedyn a danadl poethion yn y blaendir. Sticiai un ffrond rhedynen i fyny'n feiddgar, yn agos iawn at y llygad. Arno roedd pry cop, wedi'i luniadu â manylder anghyffredin, pob blewyn pitw ar ei goesau, y patrwm brych y tu mewn i'w amlinell foliog wedi'i luniadu â gofal annwyl.

Gallai Tim weld Tom yn sefyll ar y wal yn gweithio ar ei lun o Curlews. Fe'i gwnâi fel gwers mewn persbectif a chyfansoddi tirlun yn null llyfr ysgol, ac yna dyna'r pry cop yn dod i hawlio'i sylw; i'r fath raddau nes bod mwy o ôl gwaith pensil ar y pry cop nag ar weddill y gwaith.

Hoffai Tim bry cop Tom. Gallai Tom dynnu llun pethau byw â chariad ac egni. Roedd ei gynnig ar ddarlunio tai a blodau'n ddyfal a chymen, ond heb fflach. Roedd yn amlwg y credai Miss M, gan ddilyn ffasiwn Fictoraidd ei dydd, bod darlunio pethau yn rhoi hyfforddiant sylfaenol mewn celfyddyd iddo, yn dda ac yn llesol fel brechdan cyn jeli; a phlygwyd Tom i luniadu pethau: blodau a llestri blodau ac ysguboriau a choed. Teimlai Tim y buasai Tom wedi cael hwyl arni o dan gyfarwyddyd Dark Horse.

Aeth trwy luniau Tom unwaith eto, gan graffu mwy arnyn nhw. O blith y lluniau o fywyd, roedd ei lun o Neli'n eithriadol. Roedd y ci wrth ei thraed, er ei fod braidd yn ddatgymalog mewn ffordd ddigon tebyg i Neli, yn ferw o fywyd, yn eistedd fel pe bai wedi cael ei osod yno, ac yntau ychydig wythnosau oed, ei bawennau mawr ar led o'i flaen. Sylwodd Tim am y tro cyntaf ei fod yn hynod debyg i gi hela.

'Dyma gliw, fy Watson annwyl,' murmurodd. Roedd ci arall ymhlith y lluniau, os cofiai'n iawn. Roedd rhywbeth wedi'i ysgrifennu arno ond roedd wedi'i ddifwyno i'r fath raddau fel na thrafferthodd i geisio'i ddehongli. Trodd nhw drosodd yn frysiog, gan eu rhegi wrth iddyn nhw geisio'u rhowlio'u hunain o dan ei fysedd ond daeth o hyd i lun y ci o'r diwedd. Nid oedd gystal llun â rhai o'r gweddill. Roedd ei goesau'n amlwg yn od, yr holl gi'n sefyll ar ei bedwar fel ceffyl, ond yn sicr, edrychai'n debycach i helgi nag unrhyw rywogaeth arall. Roedd wyneb y llun wedi cael ei wasgu yn erbyn llun o goeden a wnaed mewn pensil du iawn, ac wedi baeddu'n ddrwg.

Aeth i chwilio am hen chwyddwydr a gadwai yng ngwaelod drôr. Gorweddodd ar lawr, yn craffu'n gyffrous. Enw'r ci oedd yno, a'r dyddiad, 1909. M oedd y llythyren gyntaf.

Rhaid mai . . . ond na, pam y dylai? M . . . Doedd dim modd ei ddehongli ond M oedd y llythyren gyntaf ac roedd yr hyd yn briodol i fod yn Mermaid. Hwyrach mai Mermaid oedd, un o'r helgwn ar y garreg fedd.

'Beth am hynny? I ble'r awn ni wedyn?' ceisiodd Tim ddyfalu. A ble roedd Neli'n ffitio yn y stori?'

Gadawodd i'r darluniau fynd ac aethant yn rholyn hir ar unwaith, fel pe baent am guddio'u cyfrinachau rhagddo. Ebychodd a throi at ei luniau o'i hun, eu propio i fyny a chulhau ei lygaid i graffu arnyn nhw, mewn ymdrech i weld a oedden nhw'n edrych yn well nag y gwyddai eu bod. Prin ddigon da oedden nhw i beri iddo ddymuno rhoi cynnig arall arni; ac eto'n ddigon anghelfydd i roi'r felan iddo. Tonnodd yr anniddigrwydd mawr ynghylch ystyr bywyd drosto unwaith yn rhagor. Gorweddodd ar ei wely gan hongian ar ei gefn dros ei ymyl ac edrych ar ei waith wyneb i waered. Rhoddai hynny olwg well iddo.

'Beth yn y byd . . .?' Roedd ei fam wedi cyrraedd. Teimlai Tim yn ddig ei bod yn dod i'w lofft heb wahoddiad ac ymsythodd yn flin ar ei wely.

'Falch gweld dy fod yn gweithio 'to, yn lle ponsio o gwmpas,' meddai'n sionc. Edrychodd ar ei luniau a gosod blaen ei throed yn ysgafn ger yr un gorau o'r rhosyn ar y bedd.

'Mi fydda hwnna'n dda mewn hysbyseb minlliw.'

Cododd hyn gymaint o dymer ar Tim fel iddo ebychu'n uchel a bu ymron iddo dagu. Gwyddai fod unrhyw rinwedd tebygol a feddai'r llun wedi'i ddifetha am byth. Dyheai am weld ei fam yn syrthio'n farw wrth ei draed. Cuchiodd arni.

'Rwyt ti gymaint yn well, rŵan!' Gwenodd yn awgrymog arno. 'Ella y gallwn ni dy ga'l di'n ôl i'r ysgol cyn y Dolig os bydd y doctor yn cytuno. Fe ro' i ganiad iddo fo i weld a all o dy weld ti'r wythnos nesa.'

'Fydda i ddim yn mynd,' meddai Tim.

'*Beth* ddeudist ti?'

Synnwyd Tim gan yr hyn a ddywedodd wrth ei fam ond roedd yn falch hefyd. Ailddywedodd y geiriau. Culhaodd llygaid ei fam wrth iddi syllu arno; yn union fel y bu ef yn syllu ar ei lun ychydig funudau cyn hynny.

'Beth yn hollol wyt ti'n feddwl wrth ddeud hynny?'

'Dim ond nad oes unrhyw awydd mynd arna i. Ddim eto. Ddim byth, fwy na thebyg. Nid i swotio ar gyfer mynd i le Dad, sut bynnag.'

'O, ti'n dal ymhell o fod yn ti dy hun. Allwn ni ddim disgwyl iti deimlo'n frwdfrydig iawn ar hyn o bryd. Ond ar ôl iti fynd yn ôl, mi fyddi di'n teimlo'n wahanol ynghylch petha. Mi fyddi di am fynd ysgwydd wrth ysgwydd efo dy ffrindia; mynd i'r brifysgol efo nhw . . .'

'Na.'

'Wyt ti o ddifri?'

'Wela i ddim rheswm dros fynd. Sdim awydd mynd i'r byd hysbysebu arna i.'

'*Rŵan* ti'n deud wrthon ni.'

'Ddaru neb ofyn i mi.'

'Ond mae'n faes mor eang — elli di'm gwrthod popeth ar 'i ben! Rwy'n credu y byddi di'n teimlo'n wahanol ar ôl mynd yn ôl i'r ysgol. Ti 'di colli gafael ar betha, wedi dy gladdu'n ddigwmni fan yma, a dim byd i'w neud — rwy'n teimlo felly fy hunan. Rwy'n rhyw feddwl nad ydi byw yn y wlad yn fêl i gyd.'

Teimlai Tim mai dechrau cael gafael ar bethau oedd o, beth bynnag oedden nhw, yn hytrach na'u colli nhw, ond taw piau hi, meddyliodd. Dywedodd gan grychu'i dalcen, 'Rwy'n mwynhau byw yn y wlad. Rwy'n lecio bod yma.'

'Nid yr hen ferch Rebecca 'na sy tu ôl i hyn, ia? Ai hi 'di'r rheswm nad wyt ti am fynd nôl?'

'Nage ddim.' Roedd Tim yn gynddeiriog.

'Ma' golwg mor od ar y ferch — a'i dillad hi! Fe wnâi les i rywun roi trefn arni hi, efo'r gwallt gwirion yna. Mi alla hi fod yn ddigon deniadol, o'i thrin yn iawn.'

'O, ieics!' Ymsythodd Tim, ei dymer filain yn ei gorddi. 'Ma hi'n iawn fel y ma' hi.'

'Y *mae* diddordab gen ti.'

Cododd Tim a mynd allan, gan slamio'r drws mor galed nes i beth plastar syrthio o'r nenfwd. Mewn un funud fer roedd ei fam wedi mynd fel jac codi baw trwy ei ddelfrydau, wedi mygu'n llwyr y perlau brau o oleuni y buasai'n eu coleddu ynghylch bywyd, celfyddyd, a genod. Cerddodd Tim i gyfeiriad y Rheithordy, heb sylweddoli ei fod yn gwneud hynny, fel llwynog yn dychwelyd i'w ffau.

Daeth ar draws Rebecca ychydig y tu allan i'r glwyd. Deuai i'w gyfeiriad, yn edrych fel pe bai rhywun wedi ei thynnu trwy ddrain, sylwodd, ei gwallt cyrliog fel cwmwl enfawr o gwmpas yr wyneb euraid, llawn brychni haul. Am eiliad fer, parodd ei liw llathredig yn erbyn oerni'r dydd iddi ymddangos yn ddigon hardd. Edrychai'r dillad y taranai ei fam yn eu herbyn yn addas iawn i Tim. Gwisgai jîns glas, rhai wedi'u clytio, a siaced fyddin barca yr Unol Daleithiau'n hongian yn llac oddi ar ei hysgwyddau. Oddi tani gwisgai siwmper borffor oedd sawl maint yn rhy fawr iddi. Ond dymunai ei chael fel ffrind yn unig, nid fel cariadferch. Ffieiddiai ei fam.

'Be sy?' gofynnodd, gan synhwyro nad oedd popeth yn iawn.

'O . . . Mam . . . a bywyd . . .' Teimlai'n amddifad a diwerth, hyd yn oed efo Rebecca.

'Sdim ots,' oedd ei hateb. 'Fe ddaw popeth yn iawn yn y diwadd. Rhaid iddo fo ddod. Rwy'i wedi darganfod rhwbath. Rown i'n dŵad i dy weld ti. Ty'd i weld be ddois i ar 'i draws.'

Pe na bai wedi bod mor llawn o'i fyd bach ei hun, buasai wedi sylweddoli ynghynt mai cyffro a roddai'r wawl yna i'w hwyneb, nid y brychni haul yn unig. Ni fedrai obeithio iddi gydymdeimlo ag o, dim ond mynd â'i sylw. Pe bai'n ddigon da, byddai rhaid iddo fodloni ar hynny, mae'n debyg.

'Y piano,' meddai wrth iddyn nhw fynd i'r tŷ. 'Roedd o 'ma pan ddaethon ni i'r tŷ, wsti. Rhaid 'i fod o 'di bod yma ers oes pys. Dw i 'di bod yn turio o gwmpas.'

'A dod o hyd i beth?'

'Neli.'

'Be ti'n feddwl?'

'Mi ddangosa i iti.'

Aeth y ddau i'r ystafell fyw fawr, lom oedd mor oer â'r bedd. Croesodd Rebecca draw at y piano ac estyn am dudalennau o gerddoriaeth a orffwysai ar ei dop. Roedden nhw'n hen ac yn mynd yn dipiau o dan lwch.

'Roeddan nhw *ynddo* fo,' meddai. 'Tu mewn i'r clawr ar y top. Mi rois i gynnig ar whara'r hen beth, ond doedd dim modd ca'l sŵn ohono fo, a dyma pam, am 'u bod nhw'n cadw'r morthwylion rhag taro. Ella iddyn nhw syrthio lawr tu ôl i'r piano un tro — dyna pam y ma'n nhw mor fudur, a bachodd rhywun nhw allan a'u gwthio miwn, rwla o'r ffordd. Ond cymar sbec — ar y ffrynt, be' sy 'di'i sgwennu 'no.'

Daliodd nhw allan iddo gael golwg arnyn nhw, ac wedi'i ysgrifennu ar y gornel ucha, mewn inc brown oedd wedi pylu, roedd 'Neli Bellinger'. Tynnodd Rebecca ar un arall oedd odano, ac wedi'i ysgrifennu ar hwnnw, mewn llaw lai a mwy taclus roedd 'May Bellinger'.

'Bellinger,' meddai Tim. 'Bellinger oedd hi.'

'Dwy chwaer, yn 'y marn i. Rhaid ma' hi oedd y Miss M fu'n dysgu Tom i neud llunia. Mi ella fod. Yn hŷn. A Neli'r un iau, a Tom yn gneud llun ohoni hi. Ma' popeth yn ffitio, ydi o ddim? Merch y Ficer yn rhoi gwersi iddo fo. Rhyw fath o athrawes breifat.'

'Beth yw'r gerddoriaeth?'

Gwyddai'r ateb i'w gwestiwn cyn i Rebecca ddweud dim wrtho, '*Rhosyn Ola'r Haf*. Dyna glywis i.'

'Ti'n credu iti'i glywad o.'

'Gwbod.'

'Dw i 'di bod yn meddwl am hynna,' meddai Rebecca'n araf. 'Dw i'm yn credu mewn sbrydion, ta beth. Beth amdanat ti?'

'Down i ddim.'

'Yn dy feddwl di'r oedd o, dw i'n meddwl. Rhosyn ola'r haf, a thitha 'di bod yn edrych ar y pren rhosyn ar y bedd. Un rhosyn arno fo, ym mis Medi. Rhaid 'i fod o 'di gneud argraff arnat ti am iti ga'l awydd i neud llun ohono fo. Roedd yn dy feddwl di'n barod. Enw'r miwsig.'

'Hm!' Roedd yn esboniad credadwy, ond gwyddai Tim iddo glywed y miwsig. Roedd rhywbeth yn ei gyfansoddiad oedd ar yr un donfedd â rhywbeth oedd wedi digwydd o'r blaen. Daliai i daro yn ei erbyn, rŵan ac yn y man, o bosib, pan oedd y lleuad yn ei chwarter iawn neu pan oedd y sêr mewn rhyw raddau arbennig — roedd yn ddigon diddig ynghylch hynny, gan fod yr ysbrydion mor gyfeillgar hyd yn hyn, hyd yn oed yn hapus, os gallai ddefnyddio Tom fel llinyn mesur. Ac os oedd eglurhad Rebecca'n dal dŵr, beth am hynny? Gallai hi gredu yn ei ffordd ei hun a gallai yntau ddewis ei ffordd o. Nid oedd yn barod i *wrthod* credu dim.

'Ond gan ein bod yn gwbod rŵan ma' Bellinger oedd Neli, wrach y gallwn ni ddod o hyd iddi hi. Os *deuwn* ni o hyd iddi hi, mi all ddeud wrthon ni be' ddigwyddodd.'

'Ella,' atebodd Tim.

'Ac ella na ddeuwn ni o hyd iddi hi.'

'Na.' Cymerodd Tim y gerddoriaeth ac edrych ar y darn â *May Bellinger* wedi'i ysgrifennu ar y top. Yr enw arno oedd, *I Rosyn Gwyllt* gan Edward MacDowell. Meddyliodd am y rhosyn ar y bedd.

'Rhosod ym mhobman,' awgrymodd.

'Mi sylwis i ar hynny. Dim ond cyd-ddigwyddiad, tybad?'

'Rhan o batrwm.'

Edrychai Rebecca'n amheus. 'Wela i'r un patrwm. Rhyw fath o bentwr blêr 'di'r cyfan a rhai tameidia rhydd yn hongian o'i gwmpas o. Titha'n mynd ar 'u trywydd nhw heb fynd i unman.'

'Weli di mo'r patrwm ar y pryd. Dim ond yn ddiweddarach, pan fydd popeth ar ben, y gweli di i batrwm fod yno.'

'Hm.' Doedd o ddim wedi llwyddo i ddarbwyllo Rebecca.

'Sgen i ddim llawar i'w ddeud wrth gyd-ddigwyddiada,' sylwodd Tim.

'Ond cyd-ddigwyddiad ydi popeth. Rwyt ti'n siarad â fi rŵan am fod Dad wedi ca'l yr ofalaeth 'ma; am i'r ficer o'dd wedi'i alw ga'l 'i ladd mewn damwen car wythnos cyn yr adag iddo fod i gychwyn yma . . . ac rwyt ti yma jest am i'r tipyn bwthyn yna apelio at dy rieni. Ma'n rhaid 'u bod nhw 'di edrych ar filoedd o rai erill cyn taro llygad arno fo. Pe na bai'r ficer yna wedi ca'l 'i ladd a phe bai dy fam 'di taro ar fwthyn gwell, fydden ni ddim 'di cwarfod.'

'Patrwm.'

'Chwiw,' meddai Rebecca'n bendrist. 'Alla i ddim derbyn *Rhosyn Ola'r Haf*. Dim ond os wyt ti'n seicic.'

'Pam wyt ti am ga'l eglurhad am bopeth?'

'Am 'y mod i'n ca'l fy hyfforddi i warchod ffeilie, llyfre achosion, cofnodion a memos. Dydi hi ddim yn bosib gneud hyn wrth reddf.'

'Does gen ti mo'r anian ar gyfer hel sbrydion.'

'Wrach. Ond fi sy 'di gneud y gwaith i gyd mor belled. Dod o hyd i Neli a mynd â thi at y gof a'th arweiniodd di at y llyfra cerrig beddi a dda'th o hyd i'r garrag fedd.'

'Ti'n hollol iawn. Ma'n ddrwg gen i. Be wnawn ni rŵan?'

'Dod o hyd i Neli Bellinger, gan gofio'i bod hi'n briod ella, ac iddi enw arall. Ella ddim, cofia. Ma' hi'n dod o'r adag pan gafodd llawar gormod o ddynion 'u lladd yn y Rhyfal Mawr. Llyfyr ffôn, y cofrestri etholiad, Somerset House . . . mi ddyla hi ddod i'r fei os daliwn ni ati. Ella drwy'r eglws — 'i thad hi . . .'

Hwyrach y gwnâi hi swyddog prawf tan gamp wedi'r cyfan, meddyliodd Tim.

* * * *

Agorodd May Bellinger ddrws yr ystafell eistedd gan wahodd Tom i mewn. 'Rwy i am iti dynnu llun y rhedynen yna, ac ma'r pot yn rhy drwm i mi'i gario fo i'r stydi. Paid cymryd sylw o Neli. Mi all hi fynd mla'n hefo'i gwaith, ac mi elli di neud dy waith ditha. Wyt ti 'di naddu dy bensel? Ma' angan blaen main arnot fydda i yn y stafell. Alla i ddim cadw llygad arnat ti ti.'

'Ydw, Miss.'

'Stedda yma, a dy gefen at y piano.'

Ufuddhaodd Tom.

'Pwysa dy fwrdd yma, i ddal y gola — dyna ni.' Trodd yr wrn efydd trwm a safai ar y ford, i'r rhedynen Fair sefyll yn y pwll mwyaf llachar o oleuni'r lamp nwy — tynnu llun miliynau o ddail, meddyliodd Tom, ei galon yn suddo, can miliwn o sborau dail bychain, can miliwn o wythiennau a daneddiadau a ffrondiau pry copaidd, a miliwn miliwn o flewiach fel ffwr yn gorchuddio'r coesau oedd fel blew o fain. Gwasgodd ei wefusau'n dynn i fygu ebychiad.

'A'r wrn hefyd,' meddai Miss May. 'Y grŵp i gyd, y llestr a'r rhedynen Fair.'

Roedd yr wrn wedi'i addurno â golygfa hela ceirw, wedi'i modelu'n ddwfn a'i haddurno â chordeddau o winwydd. Syllodd Tom ar ei bapur gwyn a'i bensel flaenllym oedd yn boenus o annigonol i'r dasg a'i hwynebai.

'Os gwelwch yn dda, Miss . . .'

'I ffwrdd â chdi. Paid gwastraffu amser. Mi ddof i'n ôl ymhen hanner awr. Rhaid imi weld yr hen Miss Sharp — mae'n aros amdana i yn y stydi. Mae'n flin gen i na alla i roi mwy o sylw i chdi heno. Cerwch yn eich blaen, Neli. Does dim rhaid iddo fo fynd a'ch sylw chi. Mae gennych fôr o waith ar y graddfeydd yna — felly, peidiwch gwastraffu'ch amser.'

Safodd yn ymyl Tom, gan ddod mor agos fel y gallai arogli sawr ysgafn camffor a lafant ar sidan ei sgert ddu stiff, wrth iddo dynnu'r llinell gyntaf ddihyder â'i bensel. Roedd yn ei thymer bigog, tymer na phlesiai Tom o gwbl. Edrychodd arni'n nerfus a gweld ei llygaid yn ddwfn yn y cysgodion a deflid gan y lamp nwy, esgyrn ei bochau'n disgleirio'n amlwg, a llinell lefn ei gwddw'n cael ei thorri ymaith yn sydyn gan goler les stiff ei blows, a broets euraid fel fflam ysbeidiol yn ei phlygiadau wrth iddi droi ymaith. Gwelodd hi fel gwrthrych i wneud llun ohoni, fel y rhedynen, ond dipyn yn fwy deniadol, un ag iddi ffurf ddymunol ynghyd ag ansawdd a lliw o dan oleuni'r lamp. Aeth ei lygaid yn ôl at y rhedynen a bu'n rhaid iddo dagu ebychiad yn ei wddw. Aeth Miss May ar ei chwrcwd y tu ôl iddo, ei sgertiau'n siffrwd a'i llais miniog yn newid.

'Fferdi, 'nghariad i! Wyt ti am aros i gael gwersi hefo ni, 'y ngwas annwyl i?' Goddefodd cath fawr, eurflew, iddi ei hysgubo o'r soffa i'w breichiau, gan ganu grwndi bodlon fel peiriant. Trwy gil ei lygad gwelodd Tom y gath yn edrych i lawr arno o'i choflaid, yn eurfelyn, winau yn erbyn y les hufennog, ac wyneb Miss May'n gloywi gan gariad ffantastig ac afradlon a arllwysai dros y creadur maleisus hwn. Roedd yn gameo arall yn ei feddwl, tu hwnt i'w alluoedd i roi ffurf ddiriaethol iddo, ond eto'n ddeniadol ac yn symbyliad iddo, yn gyforiog o ystyr. Mor wahanol i'r rhedynen ddidostur.

Neidiodd y gath i lawr i glustogau sidan y soffa, a'i gwneud ei hun yn gyfforddus, ei grwndi rheolaidd yn wrthbwynt i hisian y nwy, a gadawodd Miss May yr ystafell gydag un gorchymyn swta arall iddo weithio'n galed. Syllodd Tom ar y rhedynen, gan wrando ar fysedd Neli'n dringo'n herciog i fyny'r graddfeydd y tu ôl iddo. Roedd ei feddwl ym mhobman ond ar y rhedynen Fair. Ar ôl diwrnod o waith, deuddeng awr, ar wahân i damaid o ginio dan berth mewn gwynt Tachwedd deifiol o oer, roedd moethusrwydd dieithr parlwr y Rheithordy — y goelcerth o dân y tu draw i'r ffender efydd, y llenni melfed trymion yn glòs a chynnes yn erbyn pitran patran y glaw, arogl meddal y mawn llaith o'r rhedynen — yn rhy lethol iddo deimlo fel gwneud llawer o waith. Ar wahân i hynny, roedd yn anodd anwybyddu Neli, nid yn unig oherwydd y sŵn a wnâi ar y piano, ond am fod iddi bresenoldeb pendant o'i heiddo'i hun. Doedd Tom ddim wedi cael llawer o gyfle i siarad â hi ar ei ymweliadau â'r Rheithordy, ond roedd yn ymwybodol iawn ohoni, er nad oedd wedi cael llawer o gyfle i daro llygad arni. Roedd ei phresenoldeb yn gynhesrwydd pendant yn awyrgylch oeraidd y tŷ; yn llawn ysbryd, yn byrlymu o egni; canai a gwaeddai a chwarddai ac ni allai hyd yn oed yr hen Bellinger ei hun roi ffrwyn ar ei thafod.

'Dyma fy nghyfnither, Neli.' Dyna sut y cyflwynodd Miss May hi iddo yr ail dro iddo ymweld â'r Rheithordy. 'Ma' hi 'di dod yma i aros tra bydd 'i rhieni yn India.'

Roedd dull ffurfiol y cyflwyno yn rhybudd i Tom na fyddai unrhyw bosibilrwydd iddyn nhw dyfu'n ffrindiau. Roedd angen egluro pwy oedd Neli, dyna i gyd. Pur anaml y deuai hi i'r stydi, lle câi Tom ei wersi fel arfer, ac ni wyddai'r llanc fawr ddim amdani, ar wahân i'r ffaith iddi gael ei bendithio â digonedd o'r gallu benywaidd i gyfareddu rhywun; gallu nad oedd ym meddiant Miss May o gwbl. Gallai ei deimlo bob tro y deuai'n agos ati; roedd fel cenhinen Bedr y gwanwyn i lawryf tywyll Miss May.

Ac yntau'n bedair ar ddeg, roedd Tom ymhell o fod yn anymwybodol o swynion y rhyw deg, unwaith y daeth i wybod amdanynt. Doedd yr un o enethod y pentre wedi'i gyffroi i edrych arni eilwaith, ond roedd Neli'n wahanol, hwyrach am ei bod hi'n byw mewn byd arall nad oedd Tom wedi gobeithio byth cael bod yn rhan ohono, neu hwyrach oherwydd ei phersonoliaeth a'i denai mewn ffordd a godai anniddigrwydd yn ei fynwes.

Gwgodd ar y rhedynen, y graddfeydd echrydus yn amharu'n ddrwg ar ei allu i ganolbwyntio, a phresenoldeb Neli'n hawlio'r sylw y dylai ei roi i'w waith. Ni allai lai na theimlo awydd am gael bod yn niogelwch ei gartre diysbrydiaeth. Ni allai feddwl am wneud llun o'r rhedynen â Neli yno — ond ni fyddai wedi cael llawer o hwyl ar y dasg pe na bai hi yno. Byddai Miss May'n teimlo'n flin ac yntau'n teimlo'n annheilwng ohoni.

Roedd patrwm y cyfnos wedi'i osod yn barod. Gwyliodd ei bensel lwyd yn ymlid ymyl un o'r ffrondiau busneslyd. Âi o'i anfodd, ei linell fel ôl llysnafedd diddychymyg malwen. Edrychodd i'w chwith a gweld Fferdi Miss May'n ei wylio o'i gwely sidan, ei chefn wedi crymanu yn erbyn braich y soffa, yn esmwyth ddolennog, ei llinell mor gadarn a hardd ag yr oedd siâp y rhedynen yn ffyslyd ac anniddorol. Symudodd pensel Tom ar hyd y papur a dechrau crwydro. Roedd rhywbeth *yno* i'r bensel gymryd ato, i weithio arno, i'w fforio a'i fwynhau! Y ffwr a'r sidan, y llygaid enfawr, ambr, a'r llinellau duon o'u hamgylch . . . gwyliodd y gath Tom, dan ganu grwndi o hyd.

Doedd Neli ddim yn canu'r piano mwyach, a gallai Tom deimlo'r tawelwch a wasgai ar ei gefn. Synhwyrai fel pe bai Fferdi a Neli ynghyd wedi'i ddal. Aeth ymlaen â'i ddarlun, ond yn nerfus erbyn hyn — yn ofni oedi a gweld beth oedd gan Neli ar y gweill. Roedd y gath mor ysblennydd — roedd angen natur mor gadarn ag un Neli i fynd â'i sylw oddi arni. Ond *roedd* ei sylw ar chwâl, a theimlai berlyn o chwys yn ymgasglu ar ei wefus wrth i'w bensel ddarganfod amlinell y gynffon drwchus.

Daliodd i weithio, y gath yn syllu arno. Trawodd Neli gord sydyn a pheri i Tom neidio. Llithrodd y gynffon ar y papur ac ehedodd yr amlinell ymaith. Estynnodd Tom am ei ddilëydd.

'Dy waith di 'di gneud llun o'r rhedynen,' meddai Neli'n llym.

Roedd wedi troi i'w wylio. Gwyddai Tom hynny ond ni chododd ei olygon.

'Eich gwaith chi 'di canu'r piano.'

'Ie.' Yn ddigon cyfeillgar. Tawelwch o hyd, fel na theimlai Tom unrhyw reidrwydd i ddychwelyd at y rhedynen. Datblygai'r gath yn dda. Cododd Neli a gallai ei synhwyro'n sefyll y tu ôl iddo. Stopiodd weithio. Ni fedrai, a hithau'n ei wylio.

'Dos yn dy fla'n,' meddai, 'mae'n dda.'

'Alla i ddim, a chitha'n gwylio.'

'Pam?'

Ni wyddai pam. Ni ddywedodd air. Camodd Neli ymaith a phwyso dros y soffa, ond cododd Fferdi ar ei hunion a mynd ati, gan sbwylio popeth. Ebychodd Tom. Chwarddodd Neli. Dyna pryd y gadawodd Tom iddo'i hun gael sbec arni. Doedd dim golwg euog o gwbl arni.

‘Oni fydd Miss May’n digio wrthoch chi am stopio whara?’ gofynnodd.

‘Bydd, ond sdim ots. Dw i’n blino ar wersi. Wyt ti ddim?’

‘Ddim ar dynnu llunia. Dim ond y rhedynen ’ma — dydi hi’m yn gyffrous iawn. Fydda i ddim yn ca’l unrhyw wersi arall.’

‘Be ti’n neud?’

‘Gweithio ar y ffarm.’

‘Gneud beth?’

Am fusnesa! ‘Fel y daw petha.’ Y diwrnod hwnnw, roedd wedi cario ugain llwyth o dail ceffyla. Tra’n eistedd yno rŵan, roedd yn ymwybodol iawn o’r ffaith y gallai hi, hwyrach, arogli’r tail, er gwaetha’r ffaith iddo ymolch yn ofalus, hyd yn oed ei wallt, a gwisgo’i ddillad Sul. Roedd ei ddwylo ar wynder y papur fel tato brown, cnotiog yn ymyl y bysedd tyner a main yr oedd hi wedi’u claddu yng nghot Fferdi. At ei gilydd, gallai ei fysedd ef ddal fforch dail yn well na phensel; brifai ei ysgwyddau wedi’r diwrnod gwaith a theimlai o’i le yn ymyl Neli, yn cymryd arno’i fod yn tynnu llun rhedynen Fair mewn pot. Gwridodd yn sydyn wrth feddwl am y peth a cheisiodd ddyfalu pam yn y byd y mynnai Miss May wneud cymaint o fwnci ffair ohono. Gwgodd wrth adael i’w ford arlunio orffwyso ar y soffa.

Ond meddai Neli, yn fêl i gyd, ‘Rwyt ti’n dda am dynnu llunia. Ma’ hwnna’n hyfryd o Fferdi.’

‘Fe baroch iddo fo symud,’ ebychodd Tom.

‘O wel, roeddat ti ’di gorffan. Pam wyt ti’n dŵad yma am wersi?’

‘Miss May ofynnodd i fi.’ Roedd ei fam yn awyddus iawn iddo ddod, ond roedd agwedd ei dad yn debyg i’r teimlad a aethai drosto fo ychydig yn ôl. Roedd wedi mwmial rhywbeth cyn i'w fam ddweud, yn fwy angerddol nag arfer, 'Go brin y daw cyfla fel hyn byth eto iddo fo! Pam gwrthod iddo fo fynd? Dduw yn y nefoedd, wyt ti ddim am rwbath gwell i dy blant na . . .' Dyna pryd y bygythiodd ei dad roi crasfa iddi os na frathai ei thafod. Chafodd Neli ddim gwybod hynny.

'Ma'n rhaid bod Miss May'n lecio rhoi gwersi i bobol. Ma' hi'n rhoi gwersi i fi byth a hefyd,' meddai'n ddigalon.

'Dach chi ddim yn mynd i'r ysgol?'

'Na. Hi sy'n 'y nysgu i. Ac rydw i'n ca'l gwersi ysgrythur, Lladin a mathemateg gan Wncwl Jim.'

Roedd rhaid i Tom addasu ei syniadau ynghylch y Parchedig Bellinger i gael darlun ohono fel yr 'Wncwl Jim' a swniai mor addfwyn ar dafod yr eneth. Cadwai o ffordd y Ficer bob amser a dim ond dwywaith yr oedd wedi bod yn ddigon anlwcus i daro ar ei draws yn y cyntedd er iddo ddechrau dod i'r Rheithordy. Roedd dydd Sul yn ddigon, yn yr eglwys. Edrychodd ar Neli. Gwenodd y ddau ar ei gilydd. Mae Neli'n wych, meddyliodd Tom, a theimlodd gyffro sydyn yn ei galon; ond dim ond o ran ei golwg, wrth gwrs. Roedd ei meddwl yn fusneslyd a chlwc, fel y gellid disgwyl i un o'r rhyw deg fod, ond roedd ei llygad glas dwfn fel fioledau (gan na ddarllenai lawer, doedd ei stôr o gymariaethau ddim yn helaeth) a'i gwefusau fel ceirios. Na — ymwrthododd ei lygaid sylwgar â'r gymhariaeth olaf — doedd ei gwefusau ddim yn debyg i geirios; roedden nhw'n rhy feddal a phryfoclyd. Roedd fel pe bai'n chwerthin am ben popeth, hyd yn oed am ei ben o. Roedd ganddi gymylau o wallt eurgoch nad oedd yn debyg i unrhyw beth y gallai droi ato am gymhariaeth. Hwn oedd y gwallt harddaf a welsai erioed. Ni chofiai iddo erioed weld gwallt tebyg iddo. Teimlodd Tom ei hun yn gwrido.

Dyna pryd y dychwelodd Miss May i'r ystafell. Roedd Miss Sharp wedi rhoi amser caled iddi. Mynnai iddi fynd i weld Mr Pettigrew ynghylch ei bwthyn oedd yn dadfeilio gan leithder, a pharai ei choes gryn dipyn o boen iddi. Roedd wedi'i thorri pan oedd yn blentyn a byddai bob amser yn boenus o ymwybodol ohoni pan fyddai'r tywydd yn llaith. Doedd hi ddim mewn tymer i fod yn fawrfrydig, felly. Daeth i aros wrth y drws ac yn y pwll o oleuni dan y lamp, gwelodd y ddau wyneb yn syllu ar ei gilydd yn yr hyn y byddai'n barod i'w ddisgrifio fel gwawl o gynhesrwydd a chyd-ddeall.

Hwyrach mai'r goleuni a daflai'r lamp a achosai hyn, a'r ffaith eu bod hwyrach yn chwerthin uwch rhyw jôc fach ddiniwed; ond hwyrach mai yn ei meddwl hi yr oedd gwraidd ei theimladau, y meddwl a gawsai ei liwio gan y lluniau gwirion hynny ar galendrau, â theitlau fel 'Diniweidrwydd' a 'Cariad Cyntaf' arnyn nhw; ond teimlai boen a oedd bron yn gorfforol yn cyniwair drwyddi, poen cenfigen na theimlasai erioed y byddai'n abl i'w brofi. Nid cenfigen at unrhyw un person, ond dicter llwyr at sefyllfa oedd mor hapus a diofal.

Nid ymddangosai fel pe bai unrhyw awgrym o ddifrifoldeb wedi cyffwrdd â nhw erioed, unrhyw gyfrifoldeb, poen, siom, diflastod, rhwystredigaeth; hyd yn oed amheuaeth. Rhoddai profi'r rhain i gyd yr argraff i May eu bod yn llenwi ei holl fywyd. Teimlodd ryw wewyr yn ymaflyd ynddi, a chododd ei drais annisgwyl fraw arni. Teimlai fel llewygu oherwydd ei hemosiwn hi ei hun a phwysodd yn erbyn ffrâm y drws, ei dau lygad yn disgleirio.

'Sut y beiddiet ti? Yn syth wedi imi droi 'nghefn!' Teimlai fel wylo. Gweld eu hwynebau'n newid, teimlo annhegwch y peth, ac yn gwybod mai ceryddu ei chwerwedd hi ei hun a wnâi. Hen fadam fach oedd Neli. Byrlymodd ei chwerthin wrth iddi sboncio'n ôl at y piano, ond aeth Tom i'w gragen, yn union fel pe bai hi wedi ei daro. Teimlai May'n boenus o flin, ond ni fedrai wneud dim i newid y sefyllfa. Doedd yr holl beth yn ddim, mewn gwirionedd, ond i'w blinder a'i lludded hi wneud môr a mynydd ohono.

Haeddai Tom bob cefnogaeth a charedigrwydd. Ni fyddai May wedi ei wahodd ati oni bai iddi ganfod rhywbeth ynghylch ei natur, yr onestrwydd agored a'r parodrwydd a apeliai gymaint ati. Doedd gwahodd plant y pentre i'w chartre ddim yn arferiad ganddi. Ac wrth iddi ddod i'w adnabod yn well, roedd wedi tyfu'n fwyfwy i'w hoffi; roedd mor barod i roi'n ddi-gŵyn, mor naturiol; ar y naill llaw, ni fynnai fanteisio arni, ac ar y llaw arall doedd cael ei gyflwyno i fywyd y Rheithordy ddim wedi ei lethu mewn unrhyw ffordd. Roedd ei phrofiad o'i gwmni wedi dangos iddi ei fod yn anghyffredin, ac roedd wedi gobeithio y byddai, maes o law, wedi cael cyfle i'w gynorthwyo mewn mwy o ffyrdd na chyda'i arlunio'n unig.

Sylweddolodd ei bod, yn ei bywyd unig, wedi tyfu'n hoff iawn ohono, a hynny mewn modd cynhesach nag arfer athrawes o ymserchu at ddisgybl addawol. Rŵan, roedd wedi'i frifo mewn ffordd nas haeddai; a hynny oherwydd ei theimladau anhapus hi ei hun. A thra'n cydnabod hyn i gyd, gwyddai ei bod yn ymddwyn yn hurt, yn poeni ynghylch brifo teimladau tipyn o was bach ar fferm. Byddai ei thad hi ei hun wedi estyn bonclust iddo dan y fath amgylchiadau a byddai yntau wedi canmol ei lwc gan wybod y gallai pethau fod wedi bod dipyn gwaeth.

Erbyn iddi lwyddo i roi ffrwyn ar ei hemosiynau cymysglyd hi ei hun, a'i chael ei hun mewn cyflwr digon tawel iddi allu mynd rhagddi, roedd Tom a'i bensel wrthi'n tynnu llun y rhedynen unwaith eto, a Neli'n ymarfer y graddfeydd. Teimlai May'n lluddedig.

'Wir, y lleia y galla i ddisgwyl yw iti weithio pan na fydda i yn y stafell. Alla i ddim cadw llygad arnat ti drwy'r amsar.' Roedd ei llais bellach wedi meirioli'n gwyno, ond er na wyddai hi hynny, brifai hyn Tom fwy na'i dicter, gan y gwyddai nad oedd wedi gwneud dim i haeddu'r fath driniaeth. Nid edrychodd i fyny; dim ond cadw'i lygaid ar y rhedynen.

'Ac rych chitha ar fai, Neli, yn gwastraffu amsar Tom. Ma' gen i syniad ma' chi sy wrth wraidd hyn i gyd. Sdim llawar o amsar ganddo fo i dynnu llunia. A sbia, Tom, prin ddechra'r wyt ti.'

'Mae o 'di gneud llun pert o Fferdi,' meddai Neli'n bowld, heb falio dim. Jest fel merch, meddyliodd Tom, yn hel clecs.

'Gad imi weld,' meddai May.

Estynnodd Tom lun y gath iddi. Gan grychu ei thalcen cymerodd May ef oddi arno ac ymron ar unwaith tynerodd ei gwedd.

'Ond dyna fo Fferdi i'r dim! Rwyt ti wedi dal yr olwg 'na sy ganddo fo — a dydi hynny ddim yn hawdd efo creadur. Ma' hwnna'n dda iawn, Tom! Wrth gwrs, nid dyna ofynnis i iti neud, ond . . . wel, fe gadwa i hwn. Rŵan, nôl at y rhedynen 'na.' Gallai ei llais newid o feddal i galed, yn ei ffordd ansicr, fel offeryn cerdd.

Teimlai Tom mor flinedig nes bod y rhedynen yn dechrau ymddangos fel un o blanhigion y jyngl yn ei feddwl, yn tyfu'n fwy ac yn fwy o flaen ei lygaid.

'A chitha Neli . . .'

'Alla i ga'l ci?' gofynnodd Neli.

Daeth y cwestiwn mor annisgwyl o sydyn nes i May gael ei thaflu oddi ar ei hechel.

'Wel, er mwyn popeth . . .'

'Plîs,' meddai Neli. 'Mae cath gennych chi, ond' oes? Fyddech chi ddim heb y gath, fyddech chi?'

'Ond fyddwch chi ddim yma am fwy na thair neu bedair blynadd,' meddai May. 'Be wnewch chi pan ddaw'r adag ichi fynd adra?'

'Mynd ag o gen i, wrth gwrs.'

'Peidiwch â bod yn bowld,' oedd ateb May. 'Nôl â chi at y graddfeydd yna. Dw i ddim yn credu'ch bod chi 'di gneud unrhyw waith o gwbwl wrth eistedd o flaen y piano 'na.'

Roedd digon o ruddin yn Neli i riddfan yn agored. Llanwyd Tom ag edmygedd. Ond wrth gwrs roedd hi'n un o'r teulu. Pe bai *o* yn dechrau dangos ei gŵyn, byddai'n ymddangos fel pe bai'n rhoi tafod i Mr Pettigrew. Aeth yn ei flaen yn wrol i blith y ffrondiau rhedyn a dychwelodd Neli at ei phiano. Gofalai Miss May mai dyma fyddai'r tro olaf iddyn nhw rannu gwersi.

PENNOD 6

'Dw i 'di dod o hyd iddi hi,' meddai Rebecca.

'Dod o hyd i bwy?'

'Neli Bellinger, wrth gwrs.'

Roedd meddwl Tim yn llawn o'r gwaith oedd o'i flaen ond daeth o'i berlewyg ar amrantiad. Ar ôl gorffen ei dasg o dynnu llun o'r olwg a gawsai Tom Inskip ar Curlews, roedd wedi rhewi'n gorn ac wedi picio draw i gegin y Rheithordy. Gan fod Rebecca'n adnabod dyn wedi rhewi pan welai un, trawodd lefrith ar y stof ar gyfer coffi.

'Ieics, dwyt ti ddim yn gwastraffu llawer o amsar!' meddai Tim yn llawn edmygedd. 'Dwyt ti ddim wedi cwarfod â hi, does bosib! Ma' hi . . .'

'Na, ddim eto. Ti pia'r dasg honno. Ti pia'r ysbryd, wedi'r cyfan. Newydd ddod o hyd i'w chyfeiriad hi.'

'Sut?'

'Mae o ar gofrestr yr etholaeth. Ddim yn gymhleth o gwbwl. Miss Eleanor Lilian Bellinger, 46, Copse Road, Meldon. Mi ges i sbec yn Swyddfa'r Post.'

'Ond ma' hynna'n ardderchog! Rown i'n meddwl ma' nodwydd mewn tas wair fasa hi. Rown i'n meddwl — o'r mawredd, fydd rhaid i fi fynd i'w gweld hi?' Yn sydyn, doedd y syniad ddim yn ddeniadol iddo o gwbl — Neli'r llun yn berson cig a gwaed. Teimlai mai wedi bod yn chwarae â'r stori roedden nhw hyd yma, fwy neu lai, gan fod y cyfan mor bell i ffwrdd, yr elfennau o rith a'i cadwai o hyd braich yn ddigon derbyniol. Ni allai egluro'i deimladau ac ni fynnai wneud hynny. Ond rŵan, pe baen nhw'n dod wyneb yn wyneb â Neli, buasai eglurhad yn dilyn. Gallai ei Tom Inskip o gael ei lurgunio; gallai'r stori fod yn un o galedi; buasai'n bur debyg o fod yn drist. Teimlai'n bur anniddig wrth feddwl am y rhagolygon.

'Wrth gwrs,' meddai Rebecca'n ddidrugaredd, 'rwyt ti am fynd at wraidd y cyfan, wyt ti ddim? Mi allwn ni fynd i Meldon dydd Sadwrn. Mae 'na fws am ddeg. Dydi hi ddim ar y ffôn. 'Di ca'l sbec yn y llyfyr.'

Edrychai'n falch ohoni'i hun; yn haeddiannol felly. Roedd yn frawychus o effeithlon.

'Lwc ffantastig, a bod yn onest. Un, dydi hi ddim yn briod; felly dydi'r enw ddim 'di newid, a dau, mae'n dal i fyw'r ffordd hyn. Rown i'n meddwl y baswn i'n dod o hyd iddi hi yn y diwedd, trwy ryw gofnodion, ond rown i'n rhyw feddwl y basa hynny, fwy na thebyg, yn cymryd oesa. Be ti 'di bod yn neud? Dangos imi.'

Ymbalfalodd Tim am ei waith a'i roi ar y ford. Aethai newyddion Rebecca â'i feddwl rŵan. Cyn iddo gychwyn am allan, ei fam oedd y broblem. Rhwng y ddeupeth, roedd wedi anghofio am bopeth ond ei waith, nes i'r oerni fynd at fêr ei esgyrn. Roedd yr hyn yr oedd wedi'i gyflawni'n dda, ond heb fod yn fwy na braslun o rywbeth y gwyddai y buasai'n dipyn mwy cymhleth yn y diwedd. Gallai manylder dyrys y rhedyn crin, oedd yn rhyw fath o sgrîn y gwelai'r tirlun pell drwyddi, gymryd sawl bore.

'Does 'na'r un pry cop,' meddai Rebecca.

Am eiliad, ni fedrai Tim ddeall am beth oedd hi'n sôn.

Yna gwenodd. 'Na. Mi wn i 'i fod o yn llun Tom. Fe benderfynis i anghofio amdano fo.'

'Ond rwyt ti 'di ca'l dy hyfforddi'n well na Tom. Neu ti'n well arlunydd nag o, sut bynnag. Ma' fo'n wirioneddol dda gen ti.'

Canmoliaeth yn wir, o enau Rebecca. Doedd hi ddim yn hael â'i chanmoliaeth.

'Roedd Tom yn gweithio mewn diffyg gwybodaeth, fwy na thebyg. Go brin 'i fod o 'di gweld llun olew go iawn. Roedd o'n dda ond doedd ganddo fo ddim i roi help llaw iddo fo, dim gartra, a fawr ddim gyda Miss May, chwaith, faswn i'n meddwl. A hynny ar ôl diwrnod calad o waith.'

'Nid yn gwastraffu'i amsar fel ti.'

Gwenodd Tim.

'Beth amdanat ti? Pam nad wyt ti'n 'rysgol heddiw?'

'Mewn gwirionedd, mi ges i ddiwrnod i ffwrdd, os oes rhaid iti ga'l gwbod. Rwy'n gneud project ar halogi.'

'Ond ti'n gneud coffi.'

'Wel . . .' Amneidiodd at y ford oedd o'r golwg dan gylchgronau agored yn dangos pysgod marw, adar môr dan orchudd o olew a fframiau gwelyau mewn afonydd. Tynnodd Tim wyneb.

'Dyna f'atgoffa i . . .'

'Am beth?'

'Mam am symud yn ôl i Lunden. Teimlo'i hun yn mynd lan y wal.'

'Wel — dyna sydyn. Nath hi ddim sylweddoli?'

'Naddo, debyg. Roedd hi mor llawn o neud cartra newydd yn y wlad, feddyliodd hi ddim am unrhyw beth arall. Dwy *i* ddim am fynd yn ôl.'

Edrychodd Rebecca'n amheus arno. 'Fydd dim dewis gen ti.'

'Down i ddim am ddod. Rŵan, dwy i ddim am fynd. Fe elli di weld 'y mod i'n gymeriad ceidwadol iawn.'

'Dipyn o hipi bach,' awgrymodd Rebecca, yn llai na charedig.

'Wel . . .' Cododd Tim ei ysgwyddau. Doedd dim yn bendant yn ei feddwl o hyd, dim ond nad oedd am fynd i fyd hysbysebu. Rhoesai ei fam hoelen yn arch y syniad hwnnw pan ddywedodd y buasai ei lun o'r rhosyn yn dda mewn hysbyseb minlliw. Ond gwyddai fod brwydr o'i flaen, un y buasai'n rhaid iddo'i hymladd. Bron cynddrwg â gorfod mynd i weld Neli.

Crynodd wrth eistedd ger y ford. Tywalltodd Rebecca'r coffi.

'All hi ddim hyd yn oed aros tan y gwanwyn,' meddai Tim. 'Ma' hi 'di dechra chwilio am fflatia'n barod.'

'Be sy gan dy dad i ddeud?'

'Fydd dim ots gan hwnnw. Ma'n gas ganddo fo'r daith, sut bynnag. Fydda fo ddim 'di dod oni bai bod traed Mam ar gerddad. Ond mae o'n gweld y cyfan fel buddsoddiad da. Mi wnaiff o arian o'r cyfan; digon i'w gadw fo'n hapus.'

Cyrliai gwefus Rebecca'n biwritanaidd wrth i Tim ddatgelu'r cyfrinachau ynghylch y byd cyfalafol. 'Ma' dy rieni di efo'r gwaetha y gwn i amdanyn nhw.'

Gwenodd Tim wrth iddi fynd rhagddi'n ddidrugaredd, 'Does bosib dy fod ti'n mynd i bacio dy fagia'n llywath a'u dilyn nhw i ryw bàd bach moethus ger palas Buckingham; lle â thapia aur i'r bath? Ond wrach nad oes dewis gen ti. Be garet ti neud?'

'Aros.'

'Wyt ti 'di deud hynny wrthyn nhw?'

'Na.'

'Sdim dewis efo ti,' meddai Rebecca'n hunanfodlon.

'Ma' Mam yn gwbod nad wy'i am fynd i'r byd hysbysebu.'

'O, wyt ti ddim?' Roedd Tim wedi anghofio na wyddai Rebecca ddim am hyn. 'Grêt!' Am eiliad, edrychai fel ei mam. Gan sylwi ar hynny, teimlodd Tim yn sydyn ei bod yr un boer â'i theulu. Oedd yntau hefyd, er gwaetha'i freuddwydio? Ni fedrai o hyn ymlaen gynnig yr esgus ei fod yn anhwylus am iddo goleddu'r holl syniadau llawn uchelgais ac annerbyniol yma — neu rai di-uchelgais, i ddisgrifio stad ei feddwl yn fanylach.

'Beth ddwedodd hi?'

'Hannar 'i chlust hi ge's i. Doedd hi ddim am 'y nghredu i.'

'Ti'n *ddi-asgwrn-cefen,*' meddai Rebecca'n finiog.

Syllodd Tim yn ffyrnig arni; ffyrnig am i'w saethau dynnu gwaed. 'Nefoedd yr adar,' meddai. Cododd ar ei draed a dechrau casglu ei waith at ei gilydd. 'Ti'n llygad dy le. Rhaid i mi ga'l trefn ar betha.'

'Rŵan?' gofynnodd Rebecca'n galonogol.

'Ia', atebodd gan wenu. 'Ond mae 'na amsar am lymad o goffi.'

Disgleiriai llygaid Rebecca. Aeth i'r cwpwrdd i nôl potelaid o frandi a thywallt mesur helaeth i goffi Tim.

'Meddygol,' meddai, 'i roi asgwrn cefen iti.'

* * * *

Roedd ei fam yn peintio'i hewinedd. Gollyngodd Tim ei waith ar fwrdd y gegin ac meddai, 'Sbiwch, dw 'i 'di bod yn meddwl am hyn am amsar — dw'i ddim am fynd i fusnes Dad. Fyddwn i fel chwadan ar dir sych mewn gwaith o'r fath. Smo'r mennydd iawn efo fi. Rwy'i am arlunio.'

'A chroeso,' meddai ei fam yn ddigyffro. 'Mi fydd yn ymarfer gwych ar gyfer busnes dy dad.'

'Na. Nid ar gyfer y busnes. Arlunio go iawn.'

'Celfyddyd er ei fwyn ei hun.' Gwenodd ei fam, 'O Tim, ti'n wirion. Mi elli di boetsian â pheintio â chroeso, ond mae dy byncia lefel A di wedi'u trefnu. Ti'n cofio inni ga'l trafodaeth?'

'Fe gawsoch *chi* drafodaeth, chi a'r prifathro. Ofynnodd neb ddim i fi.'

'Mae gen ti dafod yn dy ben. Fe steddest ti yna fel polyn lein yr holl amsar heb ddeud dim. Roeddat ti'n gwbwl anfoesgar ac fe godest gwilydd arna i. Fe roeddes i'r bai ar dy salwch di. Os nad oeddat ti'n bles efo'r trefniada, dy fusnas di oedd deud hynny.'

'Ia, mae'n debyg. Down i ddim yn gwbwl sicir beth own ni isio tan yn ddiweddar. Rwy'n dal rhwng dau feddwl, braidd, ond rwy'n bendant nad wy'i am roi troed ym musnas Dad ar unrhyw gyfri. Nid 'y myd i ydi o. O, rwy'n ddiolchgar . . .'

'Wyt ti?' Ei llais yn fygythiol. Cododd o'r bwrdd ac estyn ei bysedd allan yn ofalus. 'Fe gawn ni sgwrs am hyn efo dy dad. Mae gen i gwarfod yn Meldon ac rwy'i ar ôl yn barod.'

Methodd brandi Rebecca ddal ei dir tan i'w dad ddychwelyd o Lundain. Cawsai Tim brynhawn cyfan i gorlannu ei holl resymau ond roedd pob un wedi diflannu trwy fylchau yng nghlawdd ei wroldeb cyn i'r adeg ddod i'w hel. Ni fedrai wneud dim ond sefyll yn y bwlch, yn benstiff ond yn cadw ffrwyn ar ei dymer. Nid oedd wedi sylweddoli beth a olygai hyn i gyd i'w rieni; fo'n cymryd at y busnes tra llwyddiannus yr oedd ei dad wedi'i adeiladu o ddim. Defnyddiasant resymau na olygai ddim iddo fo; pa mor dlawd y buon nhw, sut yr oedd ei dad wedi gweithio'i fysedd i'r byw, sut yr oedden nhw wedi byw heb ddim i'r busnes gael llewyrchu; pa mor galed oedd hi wedi bod wedi'r rhyfel, pan oedd pawb yn chwilio am waith; pa mor gystadleuol oedd hi, a sut yr oedden nhw wedi byw mewn dwy stafell; 'a'r holl ddogni 'na — un wy'r wythnos,' o enau ei fam. Cwbl amherthnasol, ym marn Tim.

'Ti 'di ca'l popeth ar blât. Ddim wedi gorfod bod heb ddim. Sgin ti ddim *syniad* beth yw'r cyfla ti'n troi dy drwyn arno fo! Yr addysg ora y gall arian 'i phrynu — a hynny am un rheswm yn unig, iti fedru camu i sgidia dy dad ar ôl iddo fo . . .'

'Ond ofynnis i ddim am hynny,' meddai Tim. 'Alla i ddim bod yn ddiolchgar am rwbath nad wy'i mo'i isio fo.'

Mewn ffordd, teimlai'n flin dros ei dad, yn eistedd efo'i sigâr a'i goffi, ei wyneb wedi ymdonni'n sawl gên, cwys a rhigol, ac rŵan yn bradychu olion yr holl lafurwaith a fu; y llafurwaith yr oedd mor falch ohono. Ond wedi'r cyfan, dyna oedd ei dad *am* ei wneud . . . golygai peri i'w fusnes fod yn llwyddiant, ei greadigaeth o'i hun, lawer mwy iddo, meddyliodd Tim, na'r rhan a chwaraeodd yng nghreadigaeth ei fab ei hun.

'Be sydd ar ôl i fi? Dim ond mynd efo'r lli'n hamddenol a rhedag popeth a wnaethoch chi, a minna heb erioed ddymuno ca'l gneud hynny. Mi fyddwn i'n gwbwl ddiwerth, am nad oes diddordab gen i yn'o fo.'

Ni fedrai ei dad ddirnad pam na allai rhywun fod â diddordeb mewn busnes oedd mor llwyddiannus.

'Ti'n meddwl amdanat ti dy hun a neb arall,' rhygnodd. 'Ti 'di ca'l dy sbwylio, ddim wedi gorfod bod heb ddim — rych chi'r bobol ifanc i gyd 'r un fath heddiw. Cred ti fi, rwy'i 'di gweld rhai ohonyn nhw.'

Ym mhwy y bu gan ei dad ddiddordeb yn ystod ei fywyd, meddyliodd Tim, ar wahân iddo fo'i hun. Bid siŵr, ail i'r busnes oedd ei fam iddo, a rŵan roedd diflastod ei bywyd a'r hyn a alwai'n nerfau yn codi'r felan arni hi. Doedd Tim ddim am beri gofid iddyn nhw a chreai hyn beth anniddigrwydd ynddo. Ond eto, doedd hi ddim yn anghyfrifol o hunanol i rywun ddymuno cynllunio'i ddyfodol ei hun; penderfynu beth fyddai'n rhaid iddo'i dynghedu ei hun iddo am weddill ei fywyd. Yn hytrach na gadael i rywun arall fapio'i fywyd drosto. 'Pan awn ni'n ôl i Lunden,' meddai ei fam yn sydyn, 'mi gei di olwg wahanol ar betha. Cam gwag oedd dod i'r wlad. Does dim i roi her i rywun yma, dim adloniant, dim cystadleuaeth. Hyn a dy salwch di . . .'

'Dwy'i ddim am fynd nôl. Mi fasa'n well gen i aros.'

'Os nad wyt ti'n barod i ailystyried popeth a ddeudist ti heno,' meddai ei dad, 'man a man iti fynd i chwilio am waith. Hwyrach y gwnaiff chydig fisodd o neud drosot ti dy hun fyd o les i ddod â thi at dy goed. Rho gynnig ar ffermio. Dyna'r cyfan gei di'r ffordd 'ma. Mi gawn ni weld sut hwyl gei di ar y gwaith, ddydd ar ôl dydd, un dasg drom, ddiflas ar ôl y llall, flwyddyn ar ôl blwyddyn, heb obeth am well byd.' Tynnodd ei dad yn drwm ar ei sigâr. 'Dos o 'ngolwg i,' meddai, 'ma' sbio arnat ti'n codi cyfog arna i.'

Teimlai Tim ei fod yn edrych fel un o ddynwaredwyr Winston Churchill. Aeth i orwedd ar ei wely, syllu i'r fagddu a gwrando ar gŵyn y gwynt yn y coed llwyf. Oedd ei dad o ddifri ynghylch y darn ola 'na ynghylch cael gwaith? Roedd hi'n anodd deud, a'r awyrgylch mor drydanol. Teimlai'n ddiflas, ac yn drybeilig o unig. Byddai ei ffrindiau ysgol yn gorfod wynebu sefyllfaoedd tebyg efo'u rhieni — clywsai sawl stori am sefyllfa fel hon yn cael ei hadrodd mewn gwawd a chyda chryn dipyn o actio hwyliog. Gresyn na fuasai un o'i ffrindiau ychydig yn nes ato'r munud hwn i chwerthin, rhoi pwniad iddo a mynd i sterics wrth ei ddychmygu yng nghadair y prif weithredwr yn smocio sigârs. Yn rhyfedd iawn, doedd o ddim wedi gweld colli ei gyfeillion tan rŵan. Sylweddolodd fod Rebecca wedi tyfu'n bwysig iddo, nid fel hogan, ond fel rhywun wrth law oedd ar yr un donfedd ag o. Buasai ei chael yn ei ymyl y munud hwn iddo gael sgwrs â hi wedi gwneud byd o les iddo. Roedd mor ddeifiol o synhwyrol ac eto treiddiai rhyw fath arbennig o gydymdeimlad ohoni, fel pe bai'n gyfarwydd â'r holl sefyllfa.

Trigai yn ei byd bach oerllyd ei hun; eto synhwyrai fod ganddi galon oedd yn fagwrfa i ryw fath o wres, hyd yn oed os nad oedd o aur coeth; gwres a warchodai'n ddarbodus am y mynnai ei theulu i gyd ddefnyddio synnwyr cyffredin a rhesymeg fel eli i bob dolur; bod yn barod yn ddi-ffael i droi'r rudd arall at elyn. Dychmygai iddi sgrechian ganwaith a cholli ei thymer pan oedd yn ei chrud, ac i'w rhieni ei thrin ag addfwynder, gan wrthod rhoi dim iddi gladdu ei dannedd ynddo, gan ei suro â rhesymeg.

Ni ddeuai cwsg. Yn y tywyllwch, llewyrchai luniau cyfarwydd Tom, y rhai yr oedd wedi'u gosod ar un o'r muriau. Byddai Tom wedi gwybod popeth am ffermio fel ffordd o gael dau ben llinyn ynghyd. Ai dyna beth oedd yn ei feddwl y diwrnod hwnnw pan oedd y labrwr yn y llofft? Yn sefyll ar garreg yr aelwyd ac yn dweud, 'Gwylia na fydd yn digwydd i *ti*.' Na. Cofiodd Tim mai cyfeirio at ei farw'r oedd, y stori olaf ond un a allai gael ei datgelu pan ddeuai dydd Sadwrn.

Yn nyfnder ei ansicrwydd mawr, teimlai Tim iddo fagu atgasedd at y gwaith a fapiwyd ar ei gyfer gan ei rieni am iddo ddod i'r bwthyn hwn i fyw, ac yn fwyaf arbennig am iddo ddod i adnabod Tom. Doedd ganddo'r un syniad faint a olygai ei arlunio i Tom, ond gwyddai erbyn hyn ei fod yn golygu cryn dipyn iddo fo. Roedd wedi bod yn tynnu ar weledigaethau Tom am y pethau y bu o'i hun yn ymdrechu i ymgyrraedd atyn nhw, ac yn yr wythnosau diwethaf hyn o ryddid annisgwyl roedd wedi darganfod rhyw gyffro a phwrpas yn ei beintio nad oedd wedi'i deimlo erioed o'r blaen. Dyma, o ddifrif calon, beth a ddymunai ei wneud, peintio — ond peintio na châi ei lyffetheirio gan ystyriaethau busnes. Ac os nad oedd gwaith o'r fath yn ymarferol ar gyfer cael dau ben llinyn ynghyd, yna chwiliai am ryw swydd fach bitw ar gyfer ei fara, a pharhau i beintio bob cyfle a gâi.

Wrth gwrs, pe bai ei rieni'n anghofio am eu huchelgais yn ei gylch ac yn gadael iddo fynd i goleg celf . . . ond go brin y digwyddai hynny fel yr oedd y gwynt yn chwythu ar hyn o bryd. Ond beth bynnag a ddigwyddai, roedd yn bendant nad âi i brifysgol. Gwyddai nad oedd mor beniog â hynny; roedd wedi cael canlyniadau da yn unig oherwydd iddo swotio cymaint, ynghyd â'r broses addysgol freintiedig y bu trwy ei melin. Yn trethu'r ymennydd, meddyliodd, yn union fel y mae rhai sy'n gweithio i 'Nhad yn trin nwydda. Yn 'u gwisgo nhw yn 'u dillad gora a'u caboli i bobol awchu amdanyn nhw. Ond roedd mor anodd gwybod a oedd rhywun yn ymddwyn fel *ffŵl,* trwy ymwrthod â'r cyfan oll. Buasai cael addysg dda wedi bod fel seren yn pefrio drwy'r tywyllwch i genhedlaeth Tom, yn rhywbeth y tu hwnt i'w gafael. Roedd Tom wedi dangos bod mwy na gallu i ffermio yn ei gyfansoddiad, ond tybed a oedd wedi dymuno'n angerddol cael gwneud rhywbeth a roddai fwy o sialens iddo? Ymagorodd Tim, ei ymennydd cymysglyd wedi'i ddihysbyddu. Ceisiodd ddyfalu a allai ddioddef bod yn was fferm. Roedd ei dad yn llygad ei le pan ddywedodd nad oedd llawer o ddewis ganddo.

Roedd y cymylau wedi clirio erbyn hyn a phefriai rhai sêr drwy'r ffenestr, gan ymgrogi yng nghangau'r llwyf fel canhwyllau coeden Nadolig. Ac roedd y Nadolig wrth y drws — prin bythefnos i fynd. Byddai rhaid penderfynu ynghylch popeth erbyn dechrau'r tymor nesaf. Creciai'r cangau yn y gwynt — yn union fel y crecient yn nyddiau Tom. Caeodd Tim ei lygaid a gweld y sêr unwaith eto, ond yn fwy pŵl erbyn hyn, sêr cyfnos gaeaf, yn disgleirio a'r haul o hyd yn y ffurfafen. Âi llwybr oedd wedi ei rigoli'n ddwfn i lawr at y fferm, a thyfai llwyni moel, trwchus o boptu iddo. Llewyrchai stribedi o ddŵr disglair yn y rhigolau a chwyrlïai nifer o frain yn rhacsiog ar draws y gorwel lle roedd goleuni olaf diwrnod gwyntog yn y gaeaf yn galed a melynwyrdd ac yn darogan glaw.

Goleuai un lamp drwy ffenest cegin y ffermdy. I lygaid Tim roedd y cyfan yn hardd a digyfaddawd yn ei lymder moel. Noson ar gyfer brysio adre at dân mewn cotiau cynnes oedd hi, tirlun o gyfnod ein teidiau, fel cerdyn Nadolig o'r dyddiau gynt, un olew hen a heliai lwch yn yr Academi Frenhinol. Âi trol wag i lawr y lôn, yn anelu am adre, gydag un arall drymlwythog yn dod i fyny, pen y ceffyl yn gwyro i lawr wrth iddo ffwndro a halio drwy'r llaid. Tom oedd yn ei arwain, yn gweiddi anogaeth bob hyn a hyn, ond yn ffwndro'i hun yn aml ac yn dal wrth y llorp i gadw ar ei draed, y llaid yn uchel dros ei esgidiau. Gwisgai gap, crys fflanel a bresys, cadach cotwm am ei wddw, siaced garpiog a llodrau melfaréd yn cael eu clymu wrth ei goesau â chortyn. Edrychai'n flinedig ond gwaeddai'n ddigon sionc ar y troliwr arall, 'Dyma'r ola!' Hyrddiai'r gwynt ato, gan gipio'i eiriau oddi arno. Chwarddai'r troliwr arall a gwneud rhyw sylw ysmala o'i eisteddle uchel ar y llwyth, gan ymdrechu i gadw'i le wrth i hwnnw wegian.

Gorweddai'r pentyrrau tail yn batrymog ar y maes, yn geometrig gysáct a chymen, ac allan yn y gornel oedd o hyd heb yr un pentwr, tynnodd Tom dail olaf ei ddiwrnod gwaith i lawr, gan regi rŵan ac yn y man pan symudai'r ceffyl yn rhy fuan yn ei awydd i fynd adre. Saith llathen un ffordd a deg llwyth i'r erw . . . Câi fferm Mr Pettigrew ei thrin â manylder, a'r dynion yn cael eu gyrru mor galed â'r ceffylau, eu bara beunyddiol yn gyson ar eu bordydd, cyhyd ag y byddent yn cadw'n iach. Derbynient fonws yn ystod y Nadolig a swper y cynhaeaf.

Goddefid i lanc pedair ar ddeg drin dau lwyth yn llai na dyn mewn oed. Roedd turn Tom ar ben, a gyrrodd yn ôl ar hyd y lôn, gan eistedd ar y llorp flaen, yn cael ei gynhesu gan ager yr anifail wrth iddo wrando ar glindarddach y fforch dail yn y drol wag. Glynai arogl y tail, yn gynnes ac mor ddu â phwdin gwaed, yn ei ffroenau, arogl hwsmonaeth dda. Wrth wylio, roedd Tim yn amlwg yn eiddigeddus o stad gorfforol Tom, y meddwl diofid a'r corff lluddedig. Bywyd cwbl syml. Roedd yn rhywbeth na wyddai ddim amdano. Ond ai dyma'r bywyd iddo fo?

Gwenai Tom, yn agos iawn, yn lluddedig iawn.

'Oeddat ti'n hapus? Oeddat ti'n fodlon ar dy fyd?' Mynnai Tim wybod.

Dim ond gwenu a wnaeth Tom.

Ni chawsai amser i ystyried hynny, fel y cofiai Tim. Popeth ar ben iddo lawer yn rhy fuan.

* * * *

Edrychai tŷ Miss Eleanor Bellinger yn wag, hyd yn oed o'r lôn bost. Gorchuddiai llenni net budr y ffenestr ac roedd golwg afradlon ar y tyfiant gaeaf yn yr ardd, a baw adar oedd wedi disgyn o'r bondo'n baeddu carreg y drws. Pan ganodd Rebecca'r gloch, ni chododd ei sŵn amhersain, amddifad y tu mewn gyffro ar neb.

Teimlai Tim ryddhad ond roedd Rebecca'n bur siomedig. Canodd y gloch deirgwaith cyn stampio o gwmpas y cefn, ond doedd dim arwydd o fywyd yn unman.

'Mae 'na ddodran a phetheuach yma, sti. Rhaid ma' hi pia fo. Gad inni ofyn drws nesa.'

' 'Di mynd i ffwrdd, Cariad,' eglurodd y wraig drws nesa. 'Mynd â hi i ffwrdd, mewn gwirionadd. Y graduras fach, mi syrthiodd, dipyn o'r bendro, rai misoedd yn ôl.'

'Ble ma' hi?'

'Allwn i'm deud wrthoch chi, ddrwg gin i. Ethon nhw â hi i Sbyty Sgubor Hen, a'i symud hi wedyn, dyna glywis i. Ond allwn i'm deud wrthoch chi i ble.'

Roedd ysbyty Ysgubor Hen ddeng milltir ymhellach ymlaen ac roedd disgwyl i Rebecca brynu pedwar cant o falŵns, dau gant o gasys teisennod bach, chwe beiro a phedwar bwlb trydan ar gyfer y disgo Nadolig yn y Rheithordy. Aethant yn eu blaen at y siopau, y pnawn wedi'i ddofi'n sydyn rywsut. Sylweddolodd Tim rŵan gymaint y *dymunai* ddod at wraidd y dirgelwch. Doedd y teimlad o ryddhad a gawsai o weld bod y tŷ'n wag yn ddim mwy na thraed oer; roedd cael hyd i'r gwirionedd yn golygu cymaint iddo erbyn hyn.

'Dim ond chwilfrydedd,' meddai.

'Na, mae'n fwy na hynny,' atebodd Rebecca yn ei ffordd swta.

Ofynnodd Tim ddim iddi egluro. Gwyddai ei bod yn llygad ei lle ond ni fynnai drafod y mater.

'Mi godwn y negesa, mynd adra, a ffonio'r sbyty. Allan nhw ddim bod wedi'i cholli hi. Allwn ni byth fynd i'w gweld hi cyn y Dolig, siŵr gen i — fel ma' petha'n edrach. Y parti dychrynllyd 'ma . . .' Gwgodd Rebecca.

'Rown i'n meddwl ma' cyfla i ga'l tipyn o *hwyl* oedd y parti 'ma,' meddai Tim gan wenu.

'Nid i fi,' oedd ateb pendant Rebecca.

Cytunasai Tim i roi help llaw i Joe Morgan osod cyfarpar y disgo a gwneud unrhyw dasg arall fyddai'n galw am sylw. Roedd hyd yn oed ei fam wedi cytuno i fynd i nôl rholiau selsig poeth at ryw gogyddes ufudd ond di-gar oedd yn byw yn yr eithafion pell. ('Wedi'r cyfan, dydi hi ddim yn gneud dim byd defnyddiol o wawr hyd hwyr,' oedd sylw mam Rebecca wrth ei thad. Rwy'n siŵr na fydd y dasg yn 'i llethu hi.') Gwrthodai Rebecca edrych ar y noson fel dim byd ond môr o ddiflastod a chan fod Tim yn hoffi partïon a dawnsio, penderfynodd nad oedd erioed yn ei fywyd wedi cwrdd â geneth oedd yn debyg iddi. Ar adegau, buasai pigau'r draenog ar ei chefn yn ddigon hir i harddu cefn porciwpein.

Fel pe i gadarnhau hynny, meddai'n oeraidd, 'Rhaid inni ddatrys y broblem cyn iti fynd nôl i'r ysgol, neu chawn ni byth wbod. Os yw dy rieni di'n mynd i symud, ma' hi'n bur debyg na ddoi di byth yn ôl ffordd hyn.' Doedd y ffaith hon ddim fel pe bai'n destun pryder mawr iddi, er ei bod yn ei weld yn llestair i'w gwaith fel ditectif.

'Pwy ddeudodd 'mod i'n mynd nôl i'r ysgol?' meddai Tim.

'O, mi fyddi'n siŵr o matab i'r drefen yn y diwadd,' atebodd yn ddeifiol.

Aeth Tim yn fud. Gyrrai amser ar garlam. Buasai'r ysgol yn cychwyn ar y degfed o Ionawr ac os cytunai i ddychwelyd yno, gwyddai y buasai'n cytuno i bopeth arall o hynny ymlaen. Unwaith y buasai ei draed yn ôl ar y peiriant, ar linell gynhyrchu'r brifysgol, fyddai mo'r hyder ganddo i gamu i ffwrdd. Doedd tafod miniog Rebecca ddim yn debyg o ddenu neb i glosio ati. Ac rŵan, roedd wedi llwyddo i'w dynnu o i lawr i'w lefel hi o iselder; wedi cyflawni ei hamcan, fwy na thebyg. Thorrodd y naill ddim gair â'r llall wrth siopa a dychwelyd i'r Rheithordy a ffonio'r ysbyty. Gwyddai Tim fod poen yn ei fol, a theimlai'n ddig at Rebecca am iddi ei atgoffa am ei ddyfodol. Wrth iddi hi ffonio, eisteddodd o ar y grisiau, yn syllu'n ddiflas ar ei gwallt crychlyd a'i chorff di-siâp o dan ei siersi, yn falch ei bod yn hyll ac anneniadol.

'Ma' hi acw o hyd; mi allwn fynd i'w gweld hi,' meddai gan roi'r ffôn i lawr. 'Tri i bedwar yn y pnawn.'

Ddywedodd Tim yr un gair.

'Ar ôl y parti,' meddai Rebecca'n ddifrifol. 'Y dydd ar ôl hwnnw. Dydd Iau.'

Roedd Tim yn hoff o bartïon. Nid oedd yn arbennig o swil ac roedd wedi darganfod yn barod fod genod yn ddigon hapus yn ei gwmni ac y gallai ffurfio perthynas reit glòs ag unrhyw un os mai dyna oedd ei ddymuniad. Gallai ddawnsio'n lled dda ac roedd yn ddigon hoff o yfed, fel i bopeth ddatblygu'n anghyfrifol braidd a hytrach yn wirion a digri. Byddai'n barod i gytuno y gallai partïon fod yn ddigon dymunol i unrhyw un a allai gyfuno'r holl dalentau yma ond os nad oedden nhw gennych chi — pe baech chi'n swil, yn analluog i ddawnsio, a diodydd meddwol yn peri ichi deimlo'n gwla yn hytrach na llon — gallent yn hawdd fod yn lladdfa. Gallai weld yn syth, ar noson y disgo yn y Rheithordy, bod Rebecca'n disgyn ar ei phen i'r ail ddosbarth.

'Y drafferth ydi, alla i'm peidio mynd,' eglurodd. 'Am 'i fod o yma. Fel rheol, mi fyddwn i'n osgoi'r holl beth fel pla.'

'Pam?'

Atebodd hi ddim. Fynnai hi ddim gwisgo ffrog, (a sylweddolodd Tim nad oedd erioed wedi ei gweld mewn sgert, ar wahân i'r adegau pan ddeuai adre o'r ysgol), dim ond pâr o *Levis* lliw plwmsan a swetar denau i gydweddu. Rhoddodd gysgod ar ei llygaid a mascara ('fel na fedra i'm crio, hyd yn oed os baswn i bron torri 'nghalon,' oedd ei sylw). Roedd wedi gwenu wrth ddweud hynny, ond synhwyrai Tim bod ei geiriau'n galon y gwir.

'Nefoedd yr adar,' meddai, 'sôn am enaid ar dân! Wyt ti fel hyn bob amsar?'

'Ydw,' addefodd.

'Fe dyfith hi allan ohono fo,' meddai ei mam yn swta, gan gynnig eli pob rhiant at bob anhwylder. Roedd Tim ei hun wedi cael dogn lled helaeth ohono. Cyfrifai ei mam boteli cwrw yn y gegin. Roedd wedi gwisgo yn ei dull unigryw hi ei hun, ffrog felfed laes o wyrdd tywyll, cadwyni aur a rhuban gwallt i gydweddu, fel un o feirniaid llên ddechrau'r ganrif.

'Da chi, gadewch imi wbod os bydd rhywun yn dechra'i dal hi,' meddai wrth y ddau ohonyn nhw. 'Mae'n well dod o hyd i rwbath fel hyn ar y dechra, nid wedi iddi hi fynd yn rhy hwyr.'

Roedd yn sicr ohoni'i hun, a hefyd yn gwbl annhebyg i'w syniad ef o wraig ficer, meddyliodd Tim. Taranai'r gerddoriaeth, fuasai'n gwbl annerbyniol i'r rhan fwyaf o rieni, yn fyddarol drwy'r tŷ, ei sŵn yn brifo'r glust, nes bod siarad yn y cyntedd a'r lolfa'n amhosibl ac yn lled anodd yn y gegin. Perffeithiai'r Ficer y system oleuo a oedd hytrach yn oriog, er y mynnai ef ei alw'n system dywyllu, yn hytrach nag yn system oleuo. Gellid ei weld yn y cyntedd, yn borffor disglair bob hyn a hyn, a thyrnsgriw yn ei law.

Roedd y lolfa'n gyffyrddus gynnes am unwaith, a thân enfawr yn y grât. Roedd y golau a daflai ei fflamau'n dderbyniol bŵl ar gyfer lapswchan, a nifer o'r rhai mwyaf brwdfrydig yn gwneud yn fawr o'r gofod i ddechrau chwyrlïo o gwmpas cyn i'r gystadleuaeth boethi. Deuai twrw uchel beiciau modur y tu allan i ddryllio'r munudau tawelach na'i gilydd y tu mewn, ac roedd yn amlwg y buasai'r lle dan ei sang yn y man. Yn wir, meddyliodd Tim yn hapus, edrychai fel pe buasai am ddatblygu'n noson werth chweil.

Cafodd ei fam, a ddaeth gyda'i rholiau selsig, y dasg o roi dwsinau o dato yn y popty i bobi yn eu crwyn. Gwenai Tim wrth weld pa mor gelfydd y cyflawnai mam

Rebecca'i thasgau; penderfynodd ei bod mor synhwyrol a hirben ag yr oedd ei fam o niwrotig, a bod unrhyw beth y dioddefai Rebecca ohono yng nghwmni'r fath berson doeth, yn gynhenid yn hytrach nag oherwydd unrhyw gamddealltwriaeth. Roedd Rebecca gymaint ar wahân i'w mam am mai pur anaml y deuen nhw ar draws ei gilydd; ei mam mor brysur yn datrys problemau pobl eraill yn ddeheuig fel na sylwai ar ba mor daer y galwai ei phlentyn hi ei hun am ychydig o fwytho. 'Mae aelwyd gysurus yn bopeth. Mae Rebecca'n lwcus,' gallai Tim ei dychmygu'n ei ddweud yn ei llais dwfn, dysgedig, heb hyd yn oed sylweddoli, er gwaethaf dyfnder ei dealltwriaeth, bod ffordd ei merch i dir hapusrwydd wedi'i thagu.

Gan fod Rebecca'n benderfynol o aros yn y gegin, cymerodd Tim beint o gwrw a mynd allan i fachu blonden fach gegog oedd yn barod i ddawnsio gydag o, a llithrodd y ddwyawr nesaf heibio ar adenydd y miwsig. Aeth y lle'n orlawn. Dywedodd Nansi, y flonden, wrtho pwy oedd pwy, gan gynnwys enwau 'criw'r ysgol i gyd', (ysgol Rebecca, mae'n debyg) gan orffen efo hogyn 'tal, ffab, tipyn o bishin, Rod, y ma' Becca'n 'i ffansïo.'

'Ddim byth,' meddai Tim.

'Wir yr! Pawb 'di gwirioni arno fo.'

Astudiodd Tim Rod a gweld egin merchetwr, un oedd wedi cael ei ddonio ag wyneb golygus, corff cadarn, ac, a barnu wrth pa mor hawdd y gallai hel cynulleidfa o'i gwmpas, efo dogn dda o swyngyfaredd, personoliaeth, a hiwmor. Sylweddolodd na allai'r genod beidio â syrthio o'i flaen; ond Rebecca! Am ryw reswm, ni fedrai ddygymod â datguddiadau Nansi.

'Nid Rebecca . . .'

'Ti pia hi, 'te?'

'Na, ond ddylies i ddim bod dim diddordab ganddi hi . . .'

'O, tyfa i fyny,' meddai Nansi'n ddeifiol, 'Ma' hi'n anadlu, sti.'

Ymddangosai fel pe bai disgwyl i bob merch oedd yn berchen anadl syrthio mewn cariad â Rod.

'Ella'i bod hi'n ddiolwg i'r llygad, ond ma' hi'n ddigon normal yn y manna pwysig. Ma' hi'n addoli Rod. Gofyn di iddi hi.'

Drachtiodd Tim fwy o gwrw, ystyriodd gynnig Nansi a phenderfynu'i wrthod. Doedd dim golwg o Rebecca yn unman a dawnsiodd yntau gyda nifer o ferched ar ôl i Rod gael gwared arnyn nhw, ynghyd â llymeitian rhagor eto o gwrw. Ychydig wedi hanner nos, wrth gerdded o'r lle chwech, daeth ar draws Rebecca yn y cyntedd.

'Fe ddylet ti brofi un o dato pob dy fam,' meddai'n oeraidd o foneddigaidd wrtho. 'Ti 'di ca'l gormod o gwrw.'

'A titha.'

'Ia. Yr unig ffordd i allu diodda petha.'

Dychwelodd i'r gegin gydag ef. Tyrrai nifer o bobl o gwmpas, y golau wedi'i ddiffodd. Llewyrchai fflamau'r tân yn ddigystadleuaeth, yn gyfeillgar a chroesawgar. Aeth Tim i nôl ychydig o fwyd ar blât ac eisteddodd y ddau ar y llawr ger y berwr dŵr. Gwelodd ei bod wedi bod yn wylo.

'Dy fascara di,' meddai, 'wnaiff wepan ddim lles iddo fo.'

'Mi wn i.'

'Paid â phoeni.' Meddyliodd am Rod a'r gystadleuaeth anobeithiol a wynebai Rebecca. Cynigiodd daten bob iddi, yr unig gysur oedd wrth law. Ieics, meddyliodd, druan o Rebecca. Yna, 'Garet ti ddawnsio?'

Ysgydwodd ei phen.

'Beth, 'ta? Beth all godi dy galon di?'

'Dim. Teimlo fel cyfogi. Rwy'n credu y basa'n well . . .'

Aeth at y drws efo hi a daeth y nos o'r tu allan i gyfarfod â nhw, yn anghredadwy o ffres, yn frithwaith o sêr, a'r lloer yn siglo ym mreichiau pinwydd y fynwent. Taflodd Rebecca i fyny yn nirgelwch y llwyni cyn dod yn ôl dan grynu.

'Dw i ddim am fynd nôl,' meddai. 'Ddim i'r fan yna. O, 'sdim blas byw.'

'Dydi hwnna ddim yn sylw adeiladol. Beth wyt ti am? Fe arhosa i efo ti. Paid â chrio. Sdim ots.'

'Oes ma' ots, ond fyddat ti'm yn gwbod.'

Roedd car ei fam wedi'i barcio o flaen y tŷ ac agorodd Tim y drws iddi hi gan wahodd, 'Ty'd i mewn, mae'n gnesach.'

Aeth y ddau i'r car a chau'r drws.

'Gad inni fynd rwla,' meddai Rebecca.

Doedd Tim ddim wedi bwriadu gwneud hyn, ond ni welai pam lai, er ei fod wedi bod ychydig yn ormod ar y cwrw, hwyrach. Ond be 'di'r ots! Wedi'r cyfan, cyfla i ddathlu oedd parti. Roedd y rhai hŷn na nhw, y rhai a 'wyddai'n well', wedi bihafio'n union yr un fath rhwng cyfnodau o bregethu wrth eu plant am berygl gwneud y fath bethau. Cychwynnodd y car a gyrru allan o'r dreif.

'Lôn bost â thipyn o fynd ynddi hi,' meddai Rebecca. 'Dos draw at y gefnffordd newydd yna.'

'Oes a wnelo hyn rwbath â'th awydd am farw?' gofynnodd Tim. 'Wedi'r cyfan, isio byw 'dw i.'

'Na. Dim ond i weld pa mor ffast y medri di fynd.'

Dyna fyddai Rod wedi'i wneud, fwy na thebyg. Yr arwr ysblennydd, a'i gar sbort chwim. Ar ôl pum munud o yrru daeth at y gefnffordd a phwyso'n drwm ar y sbardun. Roedd hyn yn hawdd, yn haws o gryn dipyn na dod allan o lôn swyddfa'r post, rhwng y bocs llythyrau hwnnw a'r goets. Parai'r cwrw i bopeth ymddangos yn haws byth. Roedd y rhan fwyaf sobr ohono'n garcus, ond doedd honno, hyd yn oed, ddim yn ei feirniadu; ddim ond yn pryderu'r mymryn lleiaf, rhag ofn . . . Rhag ofn beth? Dim ond i godi calon Rebecca.

'Ti'n well?' gofynnodd.

Roedd y nodwydd wedi dringo at saith deg a hithau'n gwylio'r cloc.

'Na,' oedd ei hateb, 'all petha ddim bod yn well. Ddim pan wyt ti fel fi. Sdim ots y rhan fwya o'r amsar; ma' hi'n bosib i betha erill fynd â dy feddwl di, ond am bartïon, dyma'u diben nhw — dawnsio a ballu — ac yfad — a deud petha fyddat ti'm yn breuddwydio am 'u deud nhw yng ngola dydd. Ond os wyt ti fel fi, thâl hynny ddim. Gwastraff ar amsar 'di'r cyfan, am 'y mod i'r hyn ydw i, y blydi brychni haul 'ma i gyd, a gwallt fel gwrych drain, a deud y petha mwya twp — a'r brychni haul fel soseri . . .' Llifai'r dagrau i lawr ei gruddiau; gallai Tim eu gweld yn disgleirio yng ngoleuadau'r ceir a ddeuai i'w cyfarfod. Craffai ar y ffordd gan ryfeddu a meddwl, 'Nefoedd y caneris! Ma' hi'n feddw gaib! Pa blydi brychni haul, er mwyn popeth? Roedd wedi anghofio fod y fath bethau ganddi. Doedd rhywun ddim yn sylwi arnyn nhw ar ôl dod yn gyfarwydd â nhw. Roedd hi'n poeni am nad oedd hi'n *bert* . . . Rebecca o bawb.

'Paid bod yn gymint o blydi ffŵl,' meddai, 'ti'n . . .'

Ac yna daeth cri cwynfanllyd y tu ôl iddyn nhw a

gwelodd yr arwydd glas, 'Police', drwy'r drych cefn. Rhybuddiodd y cloc ei fod yn gyrru ar wyth deg pum milltir yr awr . . . rhywun yn tueddu i anghofio hynny mewn car da. Byddai ei dad o'i go. O ieics, a dim ond am fod Rebecca a'i hen frychni haul gwirion a'r Rod pengaled yn gwrthod 'i ffansïo hi. Dylai fod wedi aros yng nghwmni Nansi.

PENNOD 7

Trannoeth, a hwythau ar eu ffordd i ysbyty Ysgubor Hen, roedd eu sgwrsio'n oeraidd a swta.

'Be ddeudodd dy dad?' holodd Rebecca.

Cododd Tim ei ysgwyddau, 'Gad inni siarad am rwbath arall. Wnaeth o ddim i wella'r sefyllfa rhyngon ni, rho fo fel'na.'

Aeth y rhan fwyaf o'r daith yn y bws heibio heb iddyn nhw dorri fawr ddim geiriau â'i gilydd. Roedd yn orlawn o wragedd yn gwneud eu siopa Nadolig, yn anghyffyrddus ac oer ar ôl esmwythyd hudol y Rover y noson gynt. Os a i i fusnes Dad, mi ga i yrru ceir fel y Rover pryd y mynna i, meddyliodd Tim, ond bws fel hwn fydd hi os wy'n mynd i arlunio.

Cawsai ei gyhuddo o yrru ar drwydded dros dro, a heb fod â pherson cymwys yn y car gydag o, ac am or-yrru. Trwy groen ei ddannedd y llwyddodd i osgoi cyhuddiad o yrru dan ddylanwad y ddiod feddwol yn ogystal. Er bod Rebecca wedi crio ac ar dorri'i chalon cyn i'r car heddlu eu stopio nhw, wnaeth hi ddim ond chwerthin pan restrwyd y cyhuddiadau yn erbyn Tim a chael pryd o gerydd gan heddwraig gyhyrog am wneud hynny. Torrodd allan i wylo unwaith yn rhagor yng nghar yr heddlu ar y ffordd adre a bu raid iddi wrando ar ddarlith ar beryglon yfed y ddiod felltith, ond wedi iddyn nhw gyrraedd y Rheithordy, ('Y Rheithordy, ddwetsoch chi?') chwarddodd oherwydd anniddigrwydd amlwg yr heddwraig pan sylweddolodd honno y byddai'n rhaid iddi geryddu offeiriad. (A dderbyniodd y newyddion yn dda iawn, ym marn Tim, gryn dipyn yn well na'i dad o'i hun). At ei gilydd, wrth dremio'n ôl arni, noson yn llawn o dda a drwg fu hi, ond heb fod yn un i godi'r galon.

Roedd Rebecca wedi sobri erbyn hyn. Y cyfan a ddywedodd pan oedden nhw ar fin cyrraedd ysbyty Ysgubor Hen oedd, 'Alla i'm cofio be ddeudis i neithiwr yn y car, dim ond 'y mod i 'di bwrw arni fel budda gorddi. Beth bynnag oedd o, down i'm yn 'i feddwl o.'

'Isio marw oeddat ti.'

'O? A dyna i gyd?'

Gwyddai Tim o'r gorau nad dyna oedd y cyfan ond ni fynnai godi cywilydd arni drwy ei hatgoffa. Roedd yn amlwg fod y rhan fwyaf ohono'n fyw yn ei chof o achos meddai'n swta, 'Anghofia amdano fo, sut bynnag.'

Cytunodd Tim i wneud hynny er y gwyddai y byddai'n ormod o dasg iddo. Roedd ganddo fwy o gydymdeimlad â hi erbyn hyn, rŵan ei bod wedi gadael iddo gael cip ar ei breuder. Ni fuasai ei harfwisg garreg yn ei dwyllo o hyn allan. Roedd yr un mor ansicr ag *o* dan yr wyneb, yr un mor agored i gael ei siglo gan amgylchiadau ag yr oedd o; efallai'n fwy nag o.

Wrth i'r deng milltir glindarddach heibio, dechreuodd anghofio am ddigwyddiadau'r noson gynt a throi at y posibilrwydd o gwrdd â Neli. Ond ddaeth hyn â'r un wên i'w wyneb.

'Sdim llawar o awydd 'i gweld hi arna i,' meddai.

'Ond rwyt ti am wbod y gwir, wyt ti ddim?'

'Odw, ond nid i . . .' I beth? Nid oedd am i'r gwirionedd

gael ei chwalu'n deilchion. Byddai'n well ganddo'i gael yn dameidiau hwnt ac yma gan ddilyn y patrwm a gafwyd hyd yn hyn. Tybed a oedd Neli wedi mynd i edrych fel drychiolaeth. Golygai hynny gymaint iddo; teimlai mai ei eiddo fo ac eiddo neb arall oedd stori Tom. Ni fedrai Rebecca hyd yn oed gyfranogi ohoni, er gwaetha'i rhan hi yn y cyfan. Nid oedd am i'w diffyg cydymdeimlad ymyrryd gormod arno yn ei fyd o gysgodion. Synhwyrai y byddai Neli'n ddigon dymunol, ond ni allai warantu hynny. Roedd y cyfan dipyn yn fwy na *stori* iddo.

Ni allai ateb Rebecca. Eisteddai, yn twistio'r llun o fedd Tom oedd yn rholyn rhwng ei fysedd. Roedd Rebecca wedi awgrymu y dylent ei ddangos i Neli, rhag ofn y byddai angen procio'i chof.

'Ella'i bod hi'n dechra mynd yn gaga,' oedd ei sylw wrtho.

'Fydd hi ddim heb gwmni,' oedd ymateb Tim, er ei fod yn boenus o ymwybodol o ymyrraeth Tom yn ei fywyd.

'Dwyt ti'm yn credu mewn . . .' Petrusodd Rebecca. '. . . mewn carlamu fath â tharw, wyt ti? Popeth ti'n neud, rhaid iti hel meddylia amdano fo am oesodd. Ti mor bwyllog.'

Cytunai Tim â'i gosodiad cyntaf, ond nid â'r ail. Pe buasai'n berson pwyllog, buasai ar ei ffordd i'r byd hysbysebu. Hwyrach i Rebecca ailfeddwl o achos awgrymodd, 'Wel, nid neithwr. Doeddat ti'm yn bwyllog iawn neithwr.'

Disgynasant o'r bws ger yr ysbyty a cherdded i fyny'r rhodfa yng nghwmni'r holl bobl eraill a gariai flodau a chylchgronau a bagiau mawr. Dau'n unig o blith yr holl dyrfa a anelodd am ward yr henoed; y lle i fynd i chwilio am Miss Eleanor Bellinger. Trawodd ar feddyliau'r ddau'n sydyn beth a olygai bod yn hen, heb neb i bonsio amdanoch mwyach. Roedd yn dawel iawn yn y coridor. Safasant yn fud, a Tim yn cael cathod bach wrth feddwl am yr hyn a'i hwynebai.

'Gwrando,' meddai, 'sdim awydd 'i gweld hi arna i. Ddim fel y ma' hi rŵan. Dos di. Mi arhosa i amdanat ti.'

Syllodd Rebecca'n gegrwth arno.

'Pam yn y . . .'

'Alla i ddim, dyna i gyd.'

Sylweddolodd Rebecca fod Tim yn gwbl bendant ei feddwl a ddadleuodd hi ddim ag o, dim ond codi ei hysgwyddau a thaflu golwg ddeifiol ato. Synnwyd Tim gan rym ei reddf ac aeth i eistedd ar fainc ger y wal. Cymerodd Rebecca'i lun o'r bedd oddi arno a diflannu. Beth rŵan? meddyliodd. Ac yntau mor chwilfrydig ynghylch Tom a Neli, fuasai dim rhaid iddo wneud mwy na dilyn Rebecca a mynd at wraidd y gwirionedd; ac eto ni allai. Ni wyddai pam. Doedd ganddo'r un syniad adeiladol yn ei ben, dim ond greddf i'w gadw rhag treiddio'n rhy ddwfn. 'Ti 'di ca'l llond bol o ofon,' meddai wrtho'i hun. Buasai Rebecca'n dod i wybod y cyfan ac yn ei osod ar ei arffed a buasai yntau'n ei dderbyn wedyn. Roedd yn union fel yr holl oedi cyn penderfynu na ddymunai ddilyn camre'i dad. Roedd yn gyfaill i amhendantrwydd, yn un na fynnai wynebu ffeithiau. Ni fuasai Rebecca, â'i synhwyrau mor finiog â rasal, yn hir cyn ffuredu am y gwirionedd, a ffeilio popeth a groesai ei llwybr yn ei chof. Gwyddai na fuasai neb yn ail iddi fel gweithwraig gymdeithasol, ei llyfr ffeiliau'n fwrlwm o ffeithiau a rhes hir o garidyms cymdeithas wedi'u haildrefnu ganddi, wedi'u sobreiddio gan ei synnwyr cyffredin. Craffodd Tim ar ei draed. Buasai rhaid iddo benderfynu ynghylch rhai pethau'n lled fuan. Teimlai'n annigonol, ond teimlai hefyd gywilydd am ei fod felly. Mynnai ei gystwyo'i hun am fod ei feddwl mor ferw. Roedd Neli'n rhy agos ato; yr holl sefyllfa'n ei fygu.

Pan ddychwelodd Rebecca ato, roedd ei thalcen yn grych gan benbleth. Ddywedodd Tim yr un gair. Daeth ato i ddweud, 'Gwastraff ar amsar, ma' arna i ofan, sti. Ma' hi 'di ca'l strôc, ac ma'i meddwl hi wedi . . . wel, wedi daearu.' (Sylw o fyd hela'r cadno, meddyliodd Tim wrth iddi ddweud hynny. Gwelodd yr helgi, Mermaid, yn ymyl Neli, a Neli'r llun yn real a chadarn. 'Mi ddangoses i dy lun di iddi hi a deud ma' bedd Tom Inskip oedd o ac medda hi, "Druan o Tom, 'y mai i oedd o. Dim ond o achos Mermaid." A dyna hi'n dechra crwydro wedyn, yn gwbwl ddisynnwyr; ond fe sbiodd hi ar y llun eto a deud, "Queen of Violets. May blannodd o. Yn yr hydre." Mi ofynnis iddi hi am May, ond ches i ddim byd ganddi hi ond rhyw faldordd am fwyd a ballu. Gwastraff ar amsar.'

Ni ddywedodd Tim air. Roedd hynny'n ddigon. Nid oedd yn barod am yr wybodaeth eto, ac nis cafodd. Dymunai i bresenoldeb Tom oedi gydag o, fel y gwnâi, yn ei ymwybod arall, fel y gallai dynnu arno, i'w ddefnyddio; roedd ei angen arno, a phan fuasai holl stori Tom wedi'i datgelu, fel y buasai yng nghyflawnder yr amser, gwyddai y buasai Tom yn ei adael. Wedi'r cyfan, doedd Tom yn ddim byd mwy nag ysbryd, yn sglodyn yn ei ddychymyg, ddim yn llawer i ddyheu amdano, ddim yn llawer i dynnu ysbrydoliaeth oddi wrtho. Gwyddai Tim o'r gorau na fuasai'r un o'i deimladau'n gallu wynebu dadansoddiad geiriol. Pe buasai rhywun yn gofyn iddo sut yr effeithiai ysbryd Tom arno, buasai wedi bod yn amhosib iddo egluro.

Câi ei blagio gan y syniad bod yr hyn a ddigwyddasai yn y gorffennol yn ddi-droi'n ôl, a bod bywyd yn carlamu yn ei flaen, o genhedlaeth i genhedlaeth. Roedd yr un a ragflaenai'n rhoi ffurf i'r un a'i dilynai fel bod gan rywun gyfrifoldeb i gyflawni'i botensial gan fod yr hyn a ddigwyddasai eisoes yn rhan annatod o'i gyfansoddiad. Ac o dderbyn y ddadl hon, synhwyrai fod arno fwy o ddyled i Tom nag i'w dad o'i hun — i Tom, na chawsai ei botensial o gyfle i flaguro, ei ymdrech wedi'i bladurio gan ryw ffawd fympwyol yr oedd Neli newydd dderbyn y bai amdano. Teimlai Tim yn falch iddo ufuddhau i'w reddf i beidio â mynd i weld Neli.

'Mi allat ti weld 'i bod hi'n enath ddigon hardd yn 'i dydd,' meddai Rebecca'n dawedog, braidd. 'Er gwaetha'r ffaith 'i bod hi 'di drysu, mi allwn i deimlo'i bod hi o gymeriad cry un tro. Rodd ganddi hi bâr o lygada gwych — 'i hwynab hi'n dena ac wedi crebachu, a'i llygada glas tywyll yn llym fel rhai hebog, a'i gwallt yn un llwyn enfawr, fel carlwm . . .'

'Dwi'n ei chasáu hi,' meddai Tim, 'os ma' arni hi'r o'dd y bai.'

* * * *

Llygaid fel fioledau gwlithog. Dyna oedd y disgrifiad o Molly, merch y cerddor yn y cylchgrawn *Household Words*. Doedd Tom ddim yn hapus iawn efo'r gymhariaeth — llygaid porffor? Eto, ni allai feddwl am ddim gwell tra'n syllu ar Neli wrth i May restru'i gorchmynion i Tom ar gyfer noson y cinio Nadolig.

'. . . rho help llaw i Matthews efo ceffyla'r goets, Tom — garddwr ydi o ac nid ostler, mewn gwirionadd. Mi wn i fod o'n pryderu tipyn, er na alla i ddyfalu pam. Ac yna dy waith di fydd gofalu fod digon o goed ar bob tân, mi fydd 'na rai yn y stafell fwyta, y stafell ista, y cyntadd, y stydi a'r ddwy brif stafell wely; ac os bydd Mrs Symes am rwbath, mi fydd hi'n gofyn i ti. Felly, paid diflannu rhwng tasga. Gest ti ganiatâd gan Mr Pettigrew i adal yn gynnar? Yna mi elli di roi help llaw i Matthews hefo'r goleuada allan.'

'Mi ddwedodd Mr Angus y gallwn i adal am dri, Miss.' Edrychodd Tom draw oddi wrth Neli a oedd yn copïo cerddoriaeth i lyfr llawysgrif, a hoelio'i lygaid ufudd ar Miss May. Dylai'r dasg o fod yn was bach yn y Rheithordy yn ystod cinio Nadolig y Ficer fod yn fraint, (a'r Esgob yn derbyn gwahoddiad), ond ar wahân i'r ffaith y rhoddai gyfle prin iddo weld Neli, ni welai Tom hynny. Nid oedd wedi rhannu'r wers efo Neli er noson y rhedynen Fair yn ei photyn pridd, er y câi gipolwg arni rŵan ac yn y man wrth iddi fynd heibio. Ond teimlai ei fam ar y llaw arall fod y teulu'n cael anrhydedd mawr trwy fod un ohonyn nhw'n cael cyfle i gyfarfod â'r Esgob. ('Yr hen daten fwg,' oedd sylw'i dad, 'cynddrwg â Bellinger 'i hunan') ond teimlai Tom y byddai'n fwy tebygol o ddod wyneb yn wyneb â cheffyl yr Esgob nag â'r Esgob ei hun.

'Ma'n nhw d'angan di am fod yr hen Bellinger yn rhy grintachlyd i dalu am ddyn am y noson,' meddai ei dad.

Ond ni chytunai ei fam. 'Paid â bod mor annheg. Ma'

Miss May 'di gneud llawar iddo fo — ma' arno fo ddyled i'w thalu, i roi help llaw os ydyn nhw isio.'

'Fydd ponsio â llunia yng nghwmni menywod ddim yn gymorth i Tom. Gneud oen llywath ohono fo.'

Roedd Tom wedi chwerthin am ben hyn gan y tueddai ei syniadau i gydredeg â rhai ei dad. Roedd ei dad wedi gwenu hefyd, y ddau ohonyn nhw'n gytûn yn erbyn y gwragedd â'u pennau yn y cymylau. Mewn gwirionedd, roedd Tom yn mwynhau'r peintio, yn enwedig gan fod Miss May yn ei hyfforddi, ond credai fel ei dad mai gwastraff ar amser oedd y cyfan, a doedd y ffaith ei fod yn cael rhyw fodlonrwydd creadigol, a hyd yn oed gyffro, wrth astudio rhai o ganlyniadau ei waith ddim yn peri iddo newid ei feddwl. Gorweddai ei ddyfodol ar dir Mr Pettigrew, yn ufuddhau i orchmynion, a chario llai na deg swllt yr wythnos adref am ei lafur, ond sylltau yr oedd gwir angen amdanyn nhw. Ar wahân i'w dad, ef oedd yr unig un a enillai gyflog a galwai dwy chwaer lai am eu bwydo, heb sôn am daid, a hen fodryb ddibriod.

Yn y fath amgylchiadau, rhyw ychwanegiad amheuthun oedd arlunio a dim arall. Ni fedrai Miss May weld na allai droi ei law at y gwaith yn ystod ei 'oria hamdden', ond wyddai Tom ddim beth oedd 'oria hamdden' gan y câi ei oriau gartref eu llenwi â thorri coed tân, chwynnu, mynd i nôl dŵr a gofalu ar ôl y mochyn. Pan oedd pob tasg wedi'i chyflawni âi i'w wely, a hyd yn oed wedyn roedd yn ddigon anodd codi drannoeth i gyflawni'r un tasgau unwaith yn rhagor. Doedd geiriau fel oriau hamdden erioed wedi croesi ei feddwl. Credai Miss May ei fod yn hel esgusodion. Rŵan ac yn y man, pan gyrhaeddai'r Rheithordy, byddai'n gweld un o'r gweinyddesau yn cario gweddillion y swper o'r ystafell fwyta i'r gegin. Sylweddolai ar adegau felly na wyddai Miss May ddim chwaith am fod ar ei chythlwng, a barnu wrth y bwyd a welai'n cael ei gario'n ôl. Prin y gallai oddef edrych arno a chadw rhag glafoerio; ffesant a sbwng triog, y triog yn goferu i'r sbwng, yn ei droi'n llaith a thywyll tra agerai ar ei blât, a'r cwstard mewn powlen arian yn edrych fel pe na bai neb wedi cyffwrdd ag ef.

Un tro daethai'r cyfan â dagrau i'w lygaid a bu raid iddo fynd allan tan i'r gogyddes orffen ei gorchwylion a rhoi'r lliain felor yn ôl ar y ford foel. Ni fuasai ei swper o'n fwy na thato ac un fodfedd sgwâr o facwn, a bara saim allan yn y meysydd ganol dydd. Dychwelodd y sbwng triongl i'w boenydio drwy'r min nos a phrin y gallai daro'i bensel ar bapur.

'A gofalwch ych bod chi'n berffeth lân, nenwedig dan yr ewinedd 'na.'

Cochodd Tom fel betysen oherwydd Neli. Roedd y gwasgaru tail wedi gorffen erbyn hyn ac roedden nhw'n plygu perthi. Byddai'n fwy tebygol o ddangos pigau drain yn hytrach nag arogli o dail, ond nid agorodd ei ben wrth i Neli wenu.

Gwelodd Miss May hynny, ac mewn llais llymach na'r arferol, meddai, 'Ewch chitha i ymarfer y darn 'na, Neli. Mi fydd eich ewyrth yn gofyn i chi chwara, wyddoch chi, ac ma'r Esgob yn wych ar y piano. Rhaid ichi gadw enw da'r teulu.'

Tynnodd Neli wyneb a chydymdeimlodd Tom â hi. O leia, doedd dim galw arno fo i dynnu lluniau'n gyhoeddus. Gwahanodd Miss May nhw gan yrru Neli at y piano a Tom i'r stydi. Am weddill y min nos bu'n tynnu lluniau a sŵn *Rhosyn Ola'r Haf* yn llenwi ei glustiau. Roedd yr eira wedi dechrau disgyn y tu allan a phrintiodd yntau'r olion traed cyntaf ar y lôn wrth fynd adre, yn dawel ac yn ei gwman wrth gerdded yn erbyn y plu meddal a oedd eisoes yn drifftio rhwng y bylchau yn y coed llwyf. Ni welai beili Mr Pettigrew pam y dylai ychydig blu eira'u cadw rhag plygu perthi. Pur rwgnachlyd oedd ei lais pan gafodd Tom ganiatâd i adael yn gynnar ar ddydd y parti, dridiau cyn y Nadolig, ond mewn gwirionedd nid oedd mor awyddus â hynny i gyfnewid ei waith dyddiol am y tasgau merchetaidd fuasai'n aros amdano yn y Rheithordy. Gallai feddwl am dasgau gwaeth na phlygu perthi yn yr eira, llusgo'r coed gwastraff at ei gilydd i goelcerth a gwthio ambell daten slei a herwgipiwyd i'r marwydos fel y gallen nhw gynhesu eu stumogau â nhw ymhen yr awr.

Am dri o'r gloch dechreuai cysgodion yr hwyr ddisgyn, ac roedd golwg dathlu ar y coelcerthi ar fin y perthi oedd mor ddu â haearn. Roedden nhw i gyd wedi'u trimio, eu plygu a'u plethu'n grefftus i rannu'r erwau. Gwyddai Tom ei fod yn llawn o fwg tân a phigau drain. Dechreuodd ei fam arno yn y cwt golchi efo cymorth brwsh caled a sebon carbolig. Crynai a sgrechiai fel mochyn ar ffo, yn flin o golli'r baw cyfforddus, ond ymosodai'r brwsh ar ei war, hyd yn oed, cyn bwrw am gorneli ei glustiau a bôn ei wallt; y sgriffiadau'n dolurio'n drybeilig. Yna crys wedi'i startsio, mor oer ag amdo, a choler Sul stiff . . . 'Ond gofalu am y ceffyla dw i! Nid gweini wrth y byrdda!' . . . Thymp, bang. 'Aros i fyny'n syth! Yr *Esgob* ! . . .' I gythral â'r Esgob, meddyliodd Tom, yn dal i alaru ar ôl gwres y goelcerth a chalon friw, fyglyd y daten losg honno. Hiraethai hyd yn oed am bothelli'r filwg wedi iddyn nhw gael eu sgrwbio ymaith. 'Rhaid iti fod yn enw da inni.' Tynnu brws caled ar draws ei gorun, cadach hallt ar draws ei ddannedd a hances lân. 'O Mam, rhowch lonydd i fi! Mi fydda i'n hwyr.'

Ond o'r diwedd brysiai i lawr y lôn, gan garlamu pan oedd ei fam yn y golwg. Yna arafodd yn falwodaidd ar ôl troi'r tro, yn fyr ei dymer ac anniddig. Disgynnai'r plu eira eto, heb chwa i'w cipio i unman, y ddaear yn dawel a llonydd, fel pe bai'n farw gorn; y coed noethlymun yn hethlyd, a robin yn dipio i'w gyfeiriad o iorwg rhewllyd y llwyn. Tywydd esgob, meddyliodd, yn erwin a sur, wedi'i fygu mewn gwenwisg, a thameidiau o iâ gwydrog fel ffenestri lliw eglwys. Llewyrchai gweddillion olaf un o goelcerthi'r berth ar y gorwel fel haul yn machlud, ond doedd yno'r un haul.

'Miss May, Miss May, i ddiawl â chi. 'Sdim awydd gweini arna i.'

Ar ôl munud i gyfansoddi, gwaeddodd y cwpled wrth y cangau mud, ei anadl yn ageru o'i gwmpas. Ochneidiodd yn drwm a dramatig, tra'n pwyso a mesur ei dynged wrth ddynesu at y Rheithordy, ei oleuadau'n llewyrchu trwy'r coed, a'r yw hynafol mor ddu ag adenydd y brain, yn drwm dan eira, eu cangau'n crogi dros y lôn ac yn symud yn ysgafn yn erbyn y rheiliau. Ochneidiodd Tom eto a mynd at ei ddyletswyddau.

A dyna ddiwedd ar ei grys glân. Erbyn iddo gyrchu gwair o'r sied ar gyfer ceffylau'r ymwelwyr, taenu gwellt ar chwe stâl a sgubo eira oddi ar y llwybrau ac iard y gegin, nôl coed ar gyfer y bwcedi tanwydd, cynnau deuddeg lamp baraffin, torri'r iâ ar y cafn, mynd ar ddwy neges i'r gogyddes, unwaith i siop y pentre ac unwaith i fenthyca sosban arall gan Miss Tweedie oedd yn byw ger yr ysgol, a glanhau esgidiau gorau'r Ficer, nid oedd fawr glanach nag yr oedd pan ddychwelodd o'i ddiwrnod gwaith.

Am saith o'r gloch dechreuodd yr ymwelwyr gyrraedd gan fynd â'i waith allan o'r tŷ; i gynnau'r lamp ger y glwyd a thywys y cymysgedd od o gerbydau i'r iard, neu eu cynorthwyo i droi os oedden nhw am fynd adre i ddychwelyd eto'n nes ymlaen. Barnai fod yr Esgob yn eu plith, ond ni fedrai ddweud pwy oedd pwy yn yr holl fynd a dod. Datgelai golau'r lampau paraffin nifer o wŷr bonheddig a edrychai fel esgobion, oll yn eu du, yn estyn help llaw i'w gwragedd allan o'u cerbydau, a'r rheiny'n pryderu y byddai hemiau eu sgertiau'n cael eu baeddu yn yr eira.

Daliai afalansiau bychain i ddisgyn o'r cangau a'r bargodion ac o'u oherwydd, deuai galwadau cyson i Tom fynd ag ambarél i'w cysgodi. Roedd rhaid ymgeleddu nifer o geffylau a chyfeirio'r ceffylwyr i gaban yr ostler lle roedd tanllwyth o dân a chyflenwad o gwrw'n aros amdanyn nhw. Erbyn i Tom gael ei draed yn rhydd i fynd i'r tŷ, roedd y cinio wedi hen fynd rhagddo. Hyd y gallai gasglu wrth syllu ar y dysglau o jeli, hufennau caramel a ffrwythau a âi i mewn ar hambyrddau arian enfawr o dan lygaid llym y gogyddes, roedd wedi cyrraedd y melysfwyd. Câi ei ddallu gan oleuni a chynhesrwydd y cyntedd. Hysiodd y ddwy forwyn dros dro fo o'r ffordd gan ei fod yn gadael eira ar y mat, ac i'w gael allan o'r gegin, gorchmynnodd y cogydd o i fynd i oruchwylio'r tanau.

'Ma' angen procio tân y stafell fwyta,' meddai un o'r morynion. 'Efo'r holl noethni 'na, mi fydd 'u mynwesa nhw fel crwyn gwydda.' Chwarddodd y ddwy a bygythiodd y gogyddes gnocio'u pennau ynghyd. Bu raid i Tom fynd yn bur chwimwth i'r ystafell fwyta, ond aeth lwyr ei din, yn teimlo'n llipryn allan o'i fyd. Chymerodd neb y sylw lleiaf ohono.

Siaradai pawb bymtheg y dwsin o gwmpas y ford fawr, wedi'i goleuo â chanhwyllau ar gyfer yr achlysur, ac yn drymlwythog o lestri, digon ar gyfer gwledd ym mhalas Buckingham (a digon o bort, sylwodd Tom). Tywynnai gwisgoedd y gwragedd yn lliwgar rhwng du pruddaidd eu partneriaid, ac er eu bod yn heneiddio ac yn dechrau crebachu at ei gilydd, ni welsai Tom erioed yn ei fywyd byr y fath ysblander, ac eithrio pan borai ym mhapurach ei fam. Serennai'r diemwntau past, y cribau amryliw a'r menig hirion, gwyn. Gwnaeth y darlun a welai gryn argraff arno; yn wir bron na châi ei gyffroi drwyddo wrth daflu cipolygon slei o'i safle ar yr aelwyd tra'n gosod mwy o foncyffion y pren afalau ar y tân.

Dywedai wrtho'i hun nad oedd yn gobeithio cael cip ar Neli ond gwyddai mai smalio'r oedd. Eisteddai'n ei wynebu, wedi'i fframio rhwng cefn Mr Pettigrew a Rheithor Meldon mewn ffordd a barai iddi ymddangos fel portread wedi ei oleuo gan ganhwyllau, yn sobr a llonydd yng nghanol y fath glebran. Am y tro cyntaf, sylwodd Tom nad geneth ifanc oedd hi mwyach; edrychai'n awdurdodol ei gwedd a gwisgai wisg o felfed lliw rhuddem tywyll wedi'i thorri'n isel; ei gwallt yn gorongylch melyn-goch enfawr ac ysblennydd; golygfa a fu bron â pharlysu Tom. Syllodd arni a syllodd hithau'n ôl arno. Gollyngodd y gefeiliau o'i afael i ddisgyn gan glindarddach ar yr aelwyd, a theimlai fel pe bai'r tân wedi neidio allan rhwng y barrau i'w fwytho. Ni feiddiai syllu arni wedi hynny, ond synhwyrai bod ei llygaid o hyd arno, ac aeth y tân yn gwmni iddo yr holl ffordd at y drws wrth iddo ddianc o'r ystafell.

Cwblhaodd weddill ei dasgau mewn breuddwyd. Estynnodd y gogyddes ychydig weddillion iddo yn y gegin ac yfodd lymaid o bort pan nad edrychai neb arno. Erbyn hyn gallai glywed *Rhosyn Ola'r Haf* yn cael ei chwarae'n ddigon deheuig ar biano'r ystafell eistedd a theimlai i'r noson ei blesio. Synhwyrai nad oedd lawn cystal â'r swper cynhaeaf, nad oedd yn gymaint o lyffethair ar rywun a'r hyn a ystyriai o y dylai parti fod; ond doedd ganddo'r un gair cas am y bwyd.

'A phan fyddi di 'di gorffen llyfu dy fysadd,' meddai'r gogyddes yn finiog, gan ysgubo ymaith y platiaid o dreiffl oedd yn ei ymyl, mi alli di fynd i ga'l golwg ar dana'r stafelloedd gwely, erbyn y bydd y ladis yn mynd i nôl 'u clogynna, ac yna mi fyddi di'n rhydd i fynd yn d'ôl i'r stabla.'

Cludodd Tom y boncyffion i fyny'r grisiau ac roedd ar y landin, yn barod i ddod yn ei ôl, pan agorodd drws yr ystafell eistedd islaw gan arllwys llif o glebran a chwerthin i'r cyntedd; a daeth Neli drwyddo ar ei phen ei hun. Caeodd y drws ar ei hôl a cherdded yn groes i'r cyntedd at waelod y grisiau. Doedd dim golwg ffroenuchel arni mwyach. Yn wir, roedd gwrid yn ei bochau ac edrychai'n llawn cyffro, ei llygaid yn danbaid, bron fel llygaid plentyn. Edrychodd i fyny ar Tom, ei hwyneb wedi'i fframio yn aur a rhuddgochni'i gwallt a'i ffrog mewn ffordd a barodd iddo rewi yn ei unfan yn wyneb y fath ogoniant. Nid oedd erioed yn ei fywyd syml, ynghlwm wrth y tir, wedi gweld dim i'w gymharu â Neli fel yr edrychai'r eiliad honno (er y mynnai llais rywle yng nghefn y port a'r treiffl a fflamau'r tân a'r awyrgylch Nadoligaidd ei atgoffa mai, 'Dim ond

Neli Bellinger ydi hi. Hen hoeden fach ydi hi yn y bôn').
Safodd, yn amlwg yn aros amdano, a theimlodd Tom ei hun yn dod i lawr y grisiau, yn boenus o araf, gan lusgo'r fasged danwydd ar ei ôl.

'Chredi di byth, Tom, ond ma' rhwbath lyfli 'di digwydd.'

Gwisgai neclis o berlau mân a befriai yng ngolau'r lampau. Hoeliodd Tom ei lygaid arnyn nhw, gan synhwyro mai fflam o dân fuasai'n ei ddeifio unwaith yn rhagor oedd ei hwyneb.

'Does dim byd o'i le, oes?' gofynnodd Neli'n bryderus braidd.

Ysgydwodd ei ben, ar yr un lefel â hi erbyn hyn. Rhywsut, parai hyn i'r sefyllfa fod yn fwy normal.

'Paid â dianc,' meddai, 'am ga'l gair â chdi.' Di ca'l llond bol ar fod yn jentîl drwy'r nos ac ymdrechu cymint i fod yn boléit, a'r hen ganu piano ych-a-fi 'na. Ond gwrando! Ty'd i ista fan hyn am eiliad; sgin ti'm rhagor i' neud, bosib?'

Roedd wedi fflownsian ei hun i lawr ar y grisiau, gan dynnu ei sgertiau'n glòs ati i wneud lle i Tom yn ei hymyl. 'Ista!' oedd ei gorchymyn iddo fel na fedrai hwnnw wneud dim ond ufuddhau. 'Gwrando ar y newyddion lyfli sy gin i. Ma' Mr Pettigrew yn mynd i roi miliast i fi 'i cherddad. Fe wyddost be ma' hynny'n 'i olygu? I ofalu amdani hi nes y bydd yn ddigon hen i ymuno â'r pac.'

Gwyddai Tom dipyn mwy na hi am hynny, ond nid ymyrrodd â'r llifeiriant geiriau.

'Mermaid 'di 'i henw hi. Ma' Robinson yn 'i cherddad hi, ond ma' fo'n achwyn ne' rwbath a'i amsar o'n brin; ac mi ddeudodd Mr Pettigrew y gallwn i 'i cha'l hi tan yr hydre. Ma' May 'di cytuno gan nad ydi'r trefniade tros byth ac mi alla i fynd i'w nôl fory. Lyfli, yntê? Mi fydd gen i gi i mi fy hun — tan gaea nesa beth bynnag, a hyd yn o'd wedyn, mi alla i fynd i'w gweld hi. A mynd i hela a gweld 'y nghi i yn y pac — lyfli i feddwl amdano fo.'

'Ydi, mae o,' meddai Tom. Swniai'r sylw'n gwbl annigonol, yn dawel ac anobeithiol. Cliriodd ei wddw, 'Lyfli.'

Chwarddodd Neli. O hogan, roedd tinc hytrach yn gras yn y chwerthin hwnnw.

' 'Lly, rodd popeth yn werth y draffarth — yr hen barti diflas 'ma. Mi gei di dynnu llun o Mermaid imi, llun go iawn, fel hwnna dynnest ti o Fferdi. Ti'n dda hefo anifeilied.'

Gallai synhwyro'i llygaid arno, yn agored ac yn hawlio'i sylw. Cododd ei olygon a theimlo'i diddordeb a'i chyffro yn troi ei meddyliau oddi wrth Mermaid ac yn eu hoelio arno fo, bron fel pe bai paladr o oleuni wedi disgyn arno.

'Fe allen ni fynd am sawl tro bach hyfryd a'r ci hela hefo ni,' awgrymodd. 'Oes rhaid i chdi weithio trw'r amsar?'

'Wrth gwrs.'

'Swnio'n ddiflas ar y naw i fi. Mi fydda'n well gin i fynd â'r helgi am dro yn dy gwmni di na neb arall.'

Teimlai Tom ei hun yn llewyrchu'n fewnol a thrywanwyd o gan y paladr o oleuni. Gwyddai'n ddigon da mai Miss May oedd yr unig gwmni a feddai hi, ac nad oedd y gymhariaeth yn cario llawer o bwysau wrth ei dadansoddi'n oeraidd, ond roedd yn hyfryd meddwl felly.

'Ma' dy' Sul,' awgrymodd yn obeithiol.

'O, fydda Wncwl Jim ddim yn barod i fi fwynhau dim ar ddy' Sul,' oedd ei hateb. 'Ond ma' 'na oria mewn wythnos — ar ôl y gwersi a'r gwanwyn ar ddod, mi allen ni . . .'

Chafodd Tom ddim gwybod beth allen nhw wneud o achos yn sydyn daeth clamp o ddyn mewn clos pen-glin du a sanau o'r unlliw i sefyll uwch eu pennau, gan edrych fel cigfran ym meddwl Tom. Daeth gwynt dydd barn oer yn gwmni i'w gysgod. Stryffagliodd Tom i sefyll ar ei draed. Hefo'i fasged danwydd a'r huddygl dros ei ddwylo i gyd, edrychai'n wirioneddol fel gwas, ac ar ôl i'r dyn dremio'n ddirmygus arno, teimlai fel gwas.

'Neli?'

Adnabu Tom syndod, atgasedd a cherydd yn yr un gair hwnnw. Rhaid bod Neli hefyd wedi'i adnabod gan i'w llewyrch hyfryd gael ei ddiffodd, pry tân yn cael ei draflyncu gan frân. Gwelodd Tom hi'n crebachu ac yn gwrido, yn union fel y gwyddai ei fod o'i hun yn ei wneud, a gwyddai fod golwg euog ar eu hwynebau, fel pe bai rhywun wedi'u dal yn cusanu, nid yn siarad am gŵn. Hyn am i un gair o enau'r Esgob eu cyhuddo nhw, ei oslef yn awgrymu rhywbeth aflednais.

Yn ddiweddarach, a phopeth yn deilchion, ac yntau wedi cael ei anfon i'w briod le, i'r stablau, â geiriau a frifai'n waeth nag ergydion yn ei glustiau, daeth i deimlo na ddeuai Neli byth â lwc iddo. Y tro diwethaf, Miss May a ddaeth ar eu gwarthaf, gan greu sefyllfa lle nad oedd yr un; a rŵan, wele neb llai na'r tra pharchedig Esgob ei hun ag amheuon annuwiol ar ei wedd. Am y tro cyntaf yn ei fywyd, wrth harneisio'r ceffylau yn yr iard gefn gyfyng a'r eira'n disgyn yn oer ar ei wyneb, ei fysedd rhynllyd yn trin y byclau'n lletchwith, teimlai ddicter dwfn at ei sefyllfa. Nid tymer ddrwg am i'w well ymhlith yr oedolion ei geryddu, profiad digon cyffredin iddo, ond digofaint dwfn, poenus. Câi ei ddrysu'n llwyr gan y sefyllfa a theimlai'n ddieithr o chwerw, ymron fel cyfogi. Am y tro cyntaf yn ei fywyd, dechreuai boeni ynghylch ei fyd.

Gwyddai ei fod wedi mopio ar Neli ond gallai dderbyn y ffaith honno heb deimlo unrhyw falais, gan wybod na ddeuai dim o hynny ond siomedigaeth; ond am y tro cyntaf erioed, roedd yn llawn dicllonedd am ei fod mewn sefyllfa mor israddol, a'r Esgob wedi tynnu sylw miniog at hynny. Pe bai'r hen gleren dail honno, mab offeiriad Meldon, wedi bod yn cydeistedd â hi, byddai'r Esgob wedi gwenu'n rhadlon wrth eu gweld yn ymgomio a dymuno 'nos da' caredig iddyn nhw. Ond roedd disgwyl iddo fo, hefo'i ddwylo trin tato, a phothelli'r bicwarch dail arnyn nhw, ei sgriffiniau a'i fasged danwydd, gadw yn ei gŵys, cyffwrdd ei gudyn o wallt a gwybod ei le.

Trawodd Tom geffyl yr Esgob ar draws ei ffroenau am bystylad, ac yna'n edifeiriol, gollyngodd y ffrwyn gynnal i lawr dwll neu ddau i esmwytho'i fyd. 'Yr hen gel gwirion!' Roedd y ceffyl yntau mewn harnais, yn gaeth i'w feistri. Wfft i'w 'addysg' yn y Rheithordy a'i luniau di-werth.

Pan oedd y ceffyl olaf wedi ymadael, yr iard wedi'i glanhau, a'r goleuadau ar fin y llwybr wedi'u diffodd, aeth Tom dan rodfa'r yw oedd yn llwythog dan eira i fynd adre. Diffoddodd y golau olaf yn y Rheithordy wrth iddo fynd trwy'r glwyd, a daeth dyfnder yr eira i gyfarfod ag o, yn drwchus ac mor fud ag angau.

Roedd y bwthyn yn oer, ei rieni wedi mynd i glwydo ers meitin, a'r tân yn lludw llwyd, wedi cael ei frysio i'w dranc fel arfer gan drochiad nos da ei dad o ddŵr oer.

Cripiodd Tom i fyny'r grisiau a mynd dan grynu i'w wely, ei dymer dda hefyd yn llwch.

Yn y bore gofynnodd ei fam iddo a welsai'r Esgob.

'Do, mi fuodd yn siarad â fi.'

Taenodd gwên lydan dros wyneb ei fam. 'Dyna ti rŵan! Dyna be ddaw o gysylltiada da! Rwy'i 'di deud a deud! Dyna ddeudis i wrth dy dad.'

Gwenodd Tom, ond ni ddywedodd ddim pellach.

* * * *

Daeth Mermaid i fyw i'r Rheithordy. Gwelai Tom hi'n amlach nag y gwelai Neli. Un tro, mynnodd Miss May iddo wneud llun ohoni mewn gwers, ond roedd yn greadur mor fywiog, mor anniddig, mor winglyd, fel na fedrai wneud fawr ddim ohoni. Y stablau oedd ei chartre, ond cymerai Neli hi am deithiau hir a gwelai Tom nhw rŵan ac yn y man, cysgod o wyn a broc egar drwy'r llwyni ac oren-frown sionc côt pob dydd Neli'n llamu ar ei ôl. Doedd fawr ddim natur ledi yn Neli; ni feddai ar nodweddion May i ffrwyno'i hymddygiad, sylwodd Tom. Clywsai rai o wragedd y pentre'n ei beirniadu oherwydd hyn.

Fel arall, gwelai Neli yn yr eglwys ar y Sul, ond ni châi olwg iawn arni gan ei bod yn y côr blaen hefo Miss May tra'i fod o yn dilyn ei hen arfer o eistedd ymhell yn y cefn i gael bod yn gyntaf allan. Doedd diben yn y byd sefyllian o gwmpas o achos ni feiddiai dorri gair cyhoeddus â hi, er ei bod yn ddigon eofn i chwifio llaw arno'n ddigywilydd pe digwyddai ei weld. Carai Tom hi o bell, yn ddedwydd a di-ofn. Daeth i gasáu'r Esgob, a phan ddychwelai noson y parti Nadolig i'w gof, yr hyn a gofiai oedd y pleser pur o gael bod yn agos at Neli ar y grisiau, a'i ffordd o syllu i'w lygaid. Anghofiodd am yr Esgob am ei bod yn rhan o'i natur i weld y gorau yn ei fyd.

Daliai i fynd i wersi Miss May, gan obeithio o hyd y câi gipolwg ar Neli. Wrth i'r cyfnosau ddechrau ymestyn, gallai rŵan ac yn y man gyrraedd y Rheithordy cyn i lenni'r nos ddechrau disgyn, ac un min nos, wrth iddo ddod heibio i'r llwyni, gwelodd Miss May'n camu'n groes i'r lawnt y tu blaen i ffenestr y stydi. Cariai raw fach.

Ni ddisgwyliai weld arf o'r fath yn ei dwylo hi gan mai Martin a ofalai am yr ardd, ond yr olwg ar ei hwyneb a barodd iddo oedi; mewn gwirionedd, i gamu'n ôl, a chymryd tro i'r gwyll o dan gangau'r yw. Gwyddai y byddai ar goll yn llwyr wrth geisio dod wyneb yn wyneb â'r fath drallod. Roedd y lampau wedi'u goleuo yn y stydi a'r llenni heb eu tynnu ac am eiliad câi wyneb Miss May ei oleuo, neu byddai wedi dyfalu mai dychymyg oedd y cyfan. Doedd byth olwg wirioneddol hapus arni, ond rŵan edrychai ar dorri'i chalon, wedi'i rhwygo gan dristwch.

Synnwyd Tom gan hynny, a theimlai fod rhywun wedi marw. Ceisiai ddyfalu marwolaeth pwy yn ei chymdeithas glòs hi a allai olygu cymaint iddi hi, gan anghofio am ei thad, na châi ei garu gan ei ferch ei hun, ym marn Tom; a Neli, na allai Tom yn eithafion ei ddychymyg ei gweld yn farw. Doedd yno neb arall. Arhosodd nes iddi fynd i mewn a'i dilyn yn nerfus. Am unwaith roedd Neli yno, yn y gegin. Syllodd Tom yn bryderus arni.

'Be sy ar Miss May?' gofynnodd.

'Fferdi,' oedd ateb Neli.

Am eiliad, ni fedrai Tom gofio pwy oedd Fferdi. Yna, ' 'I chath hi. Mermaid 'di'i lladd hi.'

Y gath! Daliodd Tom ei anadl. Y *gath*! Nid oedd o erioed wedi ystyried gwastraffu ei ofid ar greaduriaid. Roedd gofid ar gyfer . . . chwiliodd am eiriau addas. A oedd wedi dychmygu'r cyfan? Dyna sut y byddai wedi teimlo am Neli. Syllodd yn fud ar honno. Na, nid oedd wedi dychmygu'r sefyllfa. Tonnodd difrifoldeb y digwyddiad drosto, ei drueni dros Miss May'n ddigon llym i'w frifo.

Roedd wyneb Neli'n gymysgedd o fraw a chyffro oherwydd y digwyddiad. Doedd hi ddim wedi colli'r un deigryn; gallai Tom weld hynny wrth ei hwyneb, a phenliniai wrth y tân, ei braich am wddw diedifar Mermaid.

'Dim ond un brathiad,' meddai'n chwim. 'Allwn i neud dim. Snap! Fel crocodeil. Allwn . . . allwn i ddim.' Stryffagliodd ar ei thraed, wedi drysu. Gallai Tom synhwyro, wrth iddi ddefnyddio'r gair crocodeil, y gallai hi weld ochr ddigri'r sefyllfa, a'i bod yn falch o Mermaid am iddi daro mor bendant. Fel pe bai'n synhwyro iddi'i bradychu ei hun, aeth rhagddi, 'Mi wn i'n iawn na ddylai cŵn hela ymlid cathod . . . ond allwn i mo'r help. Mi rois i gweir iddi hi. 'I tharo hi'n galad, nid slap fach. Mae'n rhan o'i hyfforddiant hi, ti'n gweld.' Roedd ei llygaid yn llym ar Tom, ac yn disgleirio. Gwyddai Tom y byddai wedi gwenu, neu hyd yn oed wedi chwerthin, pe bai o wedi dangos unrhyw gydymdeimlad. A welsai hi wyneb Miss May? Roedd y ddrama fach hon wedi'i thanio; doedd hi ddim yn meddwl dim am Miss May. Daliai'r ing ar wyneb Miss May i grafangu yng nghalon

Tom ac ni fedrai lai na chasáu Neli am fod mor galon-galed.

'Roedd yn iawn rhoi cweir iddi hi, oedd hi ddim? Roedd yn gas gen i neud hynny.'

Ond allai Tom ddim ochri gyda Neli. Ni fynnai siarad â hi, hyd yn oed. Aeth yn ei flaen, heb dorri gair, ymlaen i'r cyntedd ac i'r stydi lle roedd Miss May'n gosod allan ei waith arlunio. Ni wyddai beth i'w ddweud. Edrychai'n debyg i arfer erbyn hyn, yn ddigon sionc. Ond ni allai Tom anghofio'r hyn a welsai. Fe'i teimlai ei hun yn cael ei dynnu'n ddwfn at Miss May druan a gwnaeth ei orau i'w phlesio, er na allai gael y cip sydyn hwnnw o'i hwyneb a gawsai ar y lawnt o'i feddwl. Roedd fel carreg.

Roedd rhai tasgau'n fwy blinderus na'i gilydd, a'r un oedd fwyaf atgas gan Tom pan ddeuai'r gwanwyn oedd chwynnu erfin, cae deng erw ohonyn nhw. Roedd y cae'n hir a chul, a nant a gâi ei hymylu â helyg yn rhedeg i lawr un ochr iddo. Digwyddai Tom fod yn gweithio ar fin y nant, ac Arnold a dau hogyn arall yn y pennau pellaf, yn rhy bell i ffwrdd i siarad â nhw, gan beri i'r gwaith digysur fod yn fwy o fwrn nag y gallasai fod; diwreiddio'r planhigion sbâr a gadael un tusw o ddail bob deunaw modfedd, ddim mwy, ddim llai, fel y twmpathau tail, o achos roedd Mr Angus yn fathemategydd wrth batrymu ei gnydau.

Teimlai Tom y dydd yn ymestyn o'i flaen, mor ddi-ddigwydd ag awyr ddigwmwl, yn symud fawr ddim, yn cyffroi fawr ddim, pob llathen araf o'i ffordd hyd derfyn ei ddiwrnod gwaith yn hollol undonog. Daethai i gynefino â'r fath deimlad. Fe'i derbyniai'n athronyddol, ond ni rwystrai hynny'r pangfeydd o chwithdod rhag llamu'n achlysurol i'w wythiennau. Prin bymtheg oed oedd o, a chanddo hanner can mlynedd arall o deneuo erfin bob gwanwyn: roedd angen athroniaeth ar rywun, onid oedd yn ddigon o benbwl i fodloni ar ei fyd. Soniai Arnold am ymuno â'r fyddin. Doedd dim i ddenu Tom yn y fyddin. Hanner yr amser, ni wyddai beth a'i denai; ond gwyddai yn ei isymwybod nad oedd unrhyw ddewis ganddo. Dim ond hofio, crafangu, poeri, hofio, camu, palfalu — roedd yn gas ganddo feysydd deng erw o erfin.

Byrlymai'r nant o ddŵr gwanwyn a siffrydai'r helyg glas yn ysgafn, eu cysgodion yn sglefrio a gwibio ar draws llymder y ddaear. Roedd yr aer yn gynnes ac yn gryndod o gân ehedydd. Wrth drin ei hof, gwelodd Tom lygoden-ddŵr yn y gawnen, pâr o ieir dŵr yn llunio nyth, a fflach arian tor gleisiad. Roedd rhaid iddo roi popeth o'i feddwl a syllu ar yr erfin; teirawr wedi mynd a saith arall yn ymestyn o'i flaen.

Cododd yr ieir dŵr yn chwim, ar hanner ehedeg, hanner rhedeg yn drwsgl, gan daro wyneb y dŵr â'u hadenydd wrth wneud hynny. Diflannodd y llygoden a gwibiodd y gleisiad ymaith ag ystum sydyn â'i gynffon. A gwelodd Tom ffurf broc, hegar y fiiliast, Mermaid, yn ffroeni i lawr y banc, yr un fu'n gyfrifol am yr ymadawiadau sydyn. Oedodd ei hof a daliodd ei anadl am foment, yn ymwybodol o'r cynnydd yng nghuriadau ei galon. Gwyliodd hi, heb ddymuno troi i edrych wysg ei gefn. Oedd hi ar ei phen ei hun? Ambell dro, dihangai Mermaid i hela ar ei phen ei hun, gan ymlid unrhyw beth a symudai. Dadwreiddiodd dri phlanhigyn arall, gan geisio'i dawelu ei hun wrth droi.

Safai Neli'r ochr draw i'r ffrwd, yn ei wylio. Cerddai'n araf, gan lusgo darn hir o frigyn helygen ar ei hôl, ei hesgidiau a hem ei ffrog yn lleidiog. Pan drodd, cododd ei llaw arno a brysio fel y deuai'r ochr arall i'r nant, gyferbyn â'r fan lle y safai.

'Tyrd am dro hefo mi,' gwaeddodd. 'Ma' hi lawar yn rhy braf i weithio.'

'Alla i ddim.'

'Pam?' gofynnodd.

Oedodd Tom. Safai yno'n gwenu'n ddeniadol arno, yn ei herio, ei hwyneb yn effro i'r gwynt.

'Ma' 'na friallu yng Nghoed y Grog. Rwy'n mynd i nôl rhai i May. O ty'd yn dy fla'n. Ddaw neb i wbod — mi elli di fod nôl cyn i neb fod ddim callach. O, ma' hi'n braf, Tom . . .'

Chwyrlïodd o gwmpas, ei gwallt hir ar ehedeg, gollyngodd ei gafael ar ei brigyn hir a gadawodd iddo saethu fel dart i gyfeiriad Tom. Gwyddai hwnnw ei fod wedi colli'r dydd, er iddo hofio gwâl tair erfinen ddiniwed mor fygythiol nes turio tri thwll yn y pridd. Dechreuodd Neli gerdded yn ei blaen, gan swingio'i sgertiau'n fwriadol a chwerthin lwyr ei chefn arno. Synhwyrai rŵan ei bod yn ei bryfocio'n agored, a gallai ei weld ei hun, y llabwst o was fferm wyneb-taten yn ei lafurwaith di-nod, heb allu gwneud fel y mynnai. Fyddai hogan garedig erioed wedi gofyn iddo, neu wedi dod yn agos ato, ond gwyddai nad oedd Neli'n garedig. Roedd yn gymysgedd o nifer o bethau da, ond doedd hi ddim yn garedig.

Tywynnodd yr haul yn sydyn a daliai'r ehedyddion i godi o'r glaswellt fel pe baen nhw'n rhy lawn o gân i orffwyso ar y ddaear, a'r foment fer honno, teimlai Tom yn debyg iddyn nhw, cilolygon Neli'n ei symbylu a Mermaid yn llamu ymlaen ar draws y maes, fel pe i ddangos y ffordd iddo. Gwthiodd ei hof i'r tir, neidiodd dros y ffrwd a chlywodd Neli'n chwerthin. Rhedodd, a rhedai Neli'n ogystal, gan blygu i fynd dan y coed, baglu a sgrechian yn fain yn ei gwddw. Aeth Tom heibio iddi ac i lawr i'r llwybr treuliedig trwy'r gwelyau o helyglys, yn rhedeg rŵan am fod rhaid iddo wneud hynny — roedd yn rhan o'i gyfansoddiad, fel cân yr ehedydd. Ciciodd ei sodlau gan fynd i lawr drwy'r llaid lle'r yfai'r gwartheg ac i fyny'r ochr draw drwy'r danadl poethion a'r llwyni ysgaw a'r ysgall, yr holl ddryswch y byddai'n rhaid iddo'i dorri'n ôl a chael trefn arno ymhellach ymlaen yn y tymor, os na fyddai wedi cael ei ddiswyddo cyn hynny. Gwibiai Mermaid o'u blaenau, yn gyflymach na Tom, lawer yn gyflymach na Neli.

Cyrhaeddodd Goed y Grog rai munudau cyn Neli ac eisteddodd ar y gamfa i aros amdani. Teimlai'n ddiofal ac egstatig, fel pe bai Mr Pettigrew ei hun wedi rhoi diwrnod i'r brenin iddo. Teimlai'n wir ddiolchgar i Neli, a gwyliodd hi'n dod ar draws y cae gan ryfeddu at yr ymdeimlad yma o ryddid. Mwyach, ni theimlai'n israddol am ei fod mor rhydd â hi. Gallai aros amdani'n ddigon hapus, gan wenu a'i gweld am y tro cyntaf erioed mewn rhyddid perffaith.

Aethant drwy'r coed, gan gasglu briallu pan ddeuent ar eu traws, ond ddim ond am ei fod yn esgus. Gwyddai Tom nad oedd ym meddwl Neli fynd â rhai'n ôl i May. Fel pe baen nhw'n llygaid y dydd, lluniodd linyn ohonyn nhw, a'u gosod yn gadwyn am ei gwddw, yna o gwmpas gwddw Tom. Siaradodd y ddau am wersi, am rieni Neli yn India, am arlunio Tom ac am May. Roedd Neli'n dawel, ei llais yn addfwyn, ei llygaid yn sbio draw. Synnwyd Tom gan hyn gan y disgwyliai iddi fod yn fwrlwm o asbri ac yn ddeifiol ei thafod, gan ddilyn ei hen arfer. Daeth pryder i'w gnoi am eiliad neu ddau ond diflannodd mor fuan ag y daeth. Cerddasant o gwmpas min y coed a dod allan ar y llwybr meirch hir a arweiniai at y gamfa lle bu Tom yn eistedd.

Ni wyddai hwnnw beth i'w ddisgwyl o'r fath antur; dim, fwy na thebyg, meddyliodd, yn llawn cyffro; roedd y rhyddid yn ddigon. Ond wrth iddyn nhw gerdded yn ôl, estynnodd Neli ei llaw allan a chyffwrdd â'i law ef. Tynnodd yntau ei law ymaith, yn llawn braw, ond dilynodd ei llaw hi, gafael ynddi'n gadarn a'i dal. Daliai i gerdded yn ei blaen, heb ddweud yr un gair, y briallu o gwmpas ei gwddw, a cherddai yntau yn ei hymyl, yn dra gofalus, gan synhwyro fod y dydd wedi ymlonyddu. Ni chadwai eu traed unrhyw sŵn. Teneuai'r coed a threiddiai pelydrau'r haul drwy'r cangau'n belydrau a chlytiau, ac fe'i cafodd Tom ei hun yn meddwl y buasai'n cyrraedd y gamfa heb i ddim arall ddigwydd; y buasai popeth yn aros fel yr oedd y munud hwn, ddim mwy, ddim llai, am fod y cytgord mor berffaith. Roedd yn rhywbeth o fro hud a lledrith, na pherthynai i'w fyd cyffredin o mewn unrhyw ffordd, a gwyddai'n reddfol fod y foment hon mor fregus ag ysgerbwd un o ddail y gaeaf. Byddai Neli ei hun yn fwy tebygol nag unrhyw beth arall o ddinistrio'r cyfan: doedd gan Tom fawr ddim hyder yn ei natur ffel. Ond cerddodd hi yn ei blaen, gan wenu'n ysgafn, a chydgerddodd Tom â hi, gam wrth gam, gan obeithio na ddeuai dim i ddryllio'r eiliadau tragwyddol.

Ond fe'u drylliwyd wrth gwrs. Gwyddai Tom nad oedd bywyd felly a doedd hyn ddim yn syndod iddo. Daeth i wybod yn ddiweddarach y byddai'r siom wedi bod yn llai poenus pe bai lwc wedi bod o'i blaid.

Roedden nhw tua hanner canllath oddi wrth y gamfa pan glywsant sŵn y carnau gyntaf. Roedd o'u blaenau ac yn dynesu, gan ddod ar hyd y llwybr meirch a gerddasant wrth fynd am y tro cyntaf i'r coed. Gobeithiodd Tom am eiliad byr y bydden nhw'n cyrraedd y gamfa cyn i'r gŵr ymddangos ar ei farch, ond ni wenai ffawd arno: dynesai'r ceffyl ar hanner carlam. Gwyddai eu bod ar dir preifat ac mai Mr Pettigrew oedd y perchennog. Dyfalai mai o oedd ar gefn y ceffyl, fwy na thebyg. Pe bai ganddo unrhyw le i guddio, buasai wedi gwneud hynny, gan lusgo Neli i'w ganlyn, ond doedd dim lle yno, ar wahân i ychydig o goed cyll di-werth; ni fynnai'r deri anferth brysgwydd wrth eu traed. Rhegodd dan ei anadl a gollyngasant ddwylo'i gilydd yn gytûn; ond gan gerdded yn eu blaenau'n hyderus. Doedd dim arall y gellid ei wneud.

Daeth y ceffyl yn gyflym rownd y tro ac adnabu Tom y marchog ar unwaith. Rhusiodd y ceffyl pan welodd nhw ond doedd hyn yn ddim i ryfeddu ato; ond ysbardunodd Mr Pettigrew o yn ôl i'r llwybr a throtian yn chwim heibio iddyn nhw. Ymddangosai fel pe bai ar frys a theimlodd Tom am un foment hyderus ei fod yn mynd i ysgubo heibio iddyn nhw — a gwnaeth hynny, mewn gwirionedd, gan godi blaen ei fys at gantel ei het i Neli, ond wedi i'r ceffyl dorri i hanner carlam, ailfeddyliodd Pettigrew a dal wrth afwynau'r ceffyl i'w stopio. Trodd yn ei gyfrwy.

'Hei, ti!'

Arhosodd Tom ddim i glywed rhagor. Roedd gan Neli resymau digonol dros fynd i'r coed am dro, ond disgwylid iddo fo fod yn teneuo erfin yn y cae deng erw a gwyddai

Pettigrew hynny. Neidiodd Tom dros y gamfa a rhedeg, gan adael Neli ble'r oedd i ateb cwestiynau Pettigrew fel y mynnai. Rhedodd yn ôl mor fuan ag y daethai ond ysbardunai brys ei sodlau'r tro hwn. Llosgai wadnau ei esgidiau, a gyrrai ofn i lawr asgwrn ei gefn gan y gwelai ganlyniadau'r pleser o gael bod yn rhydd ag eglurder na wyddai y gallasai ei ddychymyg erioed ymgyrraedd ato. Yn ei feddwl, tafolai ei obeithion. Gwyddai mai Araminta oedd y ceffyl; ceffyl hela dewr, a dyfalai y gallai lamu dros y gamfa heb unrhyw drafferth pe bai galw arno i wneud hynny. Ciledrychodd yn ôl a gweld bod Pettigrew yn dal i siarad â Neli, ond dywedodd cip arall wrtho, eiliadau'n ddiweddarach, am ddisgwyl y gwaethaf. Roedd Araminta wedi clirio'r gamfa a tharanai ei garnau ar y ddaear y tu ôl iddo. Rhedai Tom, ei bryder yn ei wneud yn sâl. Gwelai ei waith yn diflannu, synhwyrai dymer ei dad yn disgyn arno, crasfa, a dagrau ei fam. Gyrrai ei ddychymyg bendithiol ei draed yn gyflymach nag y breuddwydiodd y gallen nhw symud.

Ond daeth Araminta, caseg benchwiban, annibynadwy, i'r adwy i'w gynorthwyo dros dro. Cododd ffesant wrth ei charnau gan roi esgus iddi roncio unwaith yn rhagor, yn fwy anystywallt y tro hwn, gan droi i gyfeiriad y cartre y carlamai ato cyn i hyn oll ddod ar ei gwarthaf. Ni welodd Tom Mr Pettigrew yn syrthio, ond gwelodd Araminta'n troi i ddilyn ei chynffon, heb neb ar ei chefn, ac yn carlamu'n wyllt y ffordd y daethai. Roedd Pettigrew ar ei draed mewn eiliad, yn chwifio'i freichiau a gweiddi. Ond, ar ôl cael rhyddhad, ni theimlai Tom fel dychwelyd at gosb. Rhedodd yn ei flaen, mor fuan ac mor unionsyth â llwynog yn anelu at ei ffau, ac erbyn i Pettigrew ymlid a dal Araminta unwaith yn rhagor, roedd Tom wedi trin ei hof i ddiwreiddio dau ddwsin o erfin ac yn camu i lawr y rhych yn llawn brwdfrydedd.

Ni thorrodd air arall â Neli tan ddydd ei farw.

PENNOD 8

'O'r gora. Dyna fo, 'ta. Mi ddeuda' i da bo ti a rhyngot ti a dy betha.'

Yn hollol foesgar, cododd Tim ges ei fam a cherdded at y drws ffrynt. Rŵan bod yr eiliad fawr wedi cyrraedd, teimlai'n llegach. Ac yntau wedi meddwl y buasai'r fuddugoliaeth wedi meithrin teimladau o falchder ynddo. Mewn ffordd, teimlai'n anniolchgar, fel yr honnai ei dad yn ystod eu dadleuon cyntaf. Ond ni fynnai am y byd fradychu'r teimladau hynny ar stepen ei ddrws.

'Mi roi di ganiad i ddeud wrthon ni sut wyt ti'n dod yn dy flaen? Cofia, mi alli di daro fyny bob penwythnos, neu unrhyw adeg arall os newidi di dy feddwl.'

'Mi wn i. Hwyrach y dof i rywbryd.'

'A phaid â gadael i falchder dy rwystro di, os newidi di dy feddwl. Mwya y byddi di'n aros yma, mwya y byddi di'n 'i golli drwy'r adeg.'

'Ennill,' atebodd Tim.

Bu'r un gair yna'n warant y buasai ei fam yn ymadael rŵan heb deimlo gronyn o sentiment. Oerodd ei llygaid. Teimlai Tim fel lleuen, ond roedd hynny'n well na dechrau simsanu ar yr eiliad olaf. Rhoddodd ges ei fam yn y car; aeth hithau iddo a chau'r drws ar ei hôl.

'Gofala ar d'ôl dy hun. Paid dal annwyd. Paid gneud dim byd stiwpid.'

Gwenodd. Am un foment o bryder gwelodd wyneb ei fam yn cymylu, ond roedd ganddi ddigon o synnwyr cyffredin i gychwyn y car, ei sbarduno'n chwyrn a gadael i'r graean sgrialu o dan y teiars cyn i sefyllfa annifyr ddatblygu. Gydag ochenaid o ryddhad roedd Tim yn rhydd i ddychwelyd i'r tŷ.

Pe bai'n bendant ei feddwl ei fod yn gwneud y peth iawn, buasai wedi dawnsio trwy'r drws, ond ar ôl dal ei dir yn ystod wythnos wir ddychrynllyd o ddadleuon annifyr gan ei brifathro, Dark Horse, y meddyg a seiciatrydd, yn ogystal â'i rieni, ni fedrai rŵan, yn awr ei fuddugoliaeth, lai na dechrau coleddu amheuon. Roedd ei dad wedi datgan, mewn ystyfnigrwydd oedd mor benstiff ag ystyfnigrwydd Tim ei hun, nad oedd i dderbyn hyfforddiant ar gyfer unrhyw beth onid oedd yn mynd i'w ddefnyddio ar gyfer ei ddilyn o yn ffyrm y teulu.

Ni chytunasai ei brifathro a'r meddyg â'r ddadl hon a chynigiasant i Tim ddychwelyd i'r ysgol i barhau ei addysg heb ystyried goblygiadau'r dyfodol. Gwyddai Tim, a'i feddwl mor wantan ac ansicr, y buasai wedi cytuno i hyn, ac ni theimlai'n flin am i'w dad, a'i ddadleuon mulaidd, ei orfodi i weithredu fel y gwnaeth. Mynnai hwnnw y gallai adael yr ysgol ac ennill ei fara'i hun nes iddo weld y golau. Derbyniasai Tim y cynnig, mynd ar ei union at y gof, a chael gwaith ganddo.

'Ac mi gawn ni weld am ba hyd y pari di,' bloeddiodd ei dad.

Wylo a wnaeth ei fam. 'Gwaith labrwr cyffredin! Sut y gallet ti, Tim? A ninna 'di gneud cymint drosot ti.'

' 'I siwtio fo i'r dim. Os ma' dyna fel ma'i fennydd o'n gweithio.'

Er bod rhyddid Tim yn ei blesio am y tro, nid oedd

yn sicr o bell ffordd a fuasai'r arbraw'n llwyddiant yn y pen draw. Daliai amheuaeth i'w gnoi. Ond hefo'i dad yn cymryd fflat yn Llundain, a'i fam rŵan yn ymadael i ymuno ag o, teimlai fod ganddo gyfle teg i ddod i wybod. Roedd cael bod ar ei ben ei hun — ar wahân i ofalwraig surbwch fuasai'n dod i fyny o'r pentre bob dydd i lanhau'r tŷ a pharatoi tamaid o bryd nos iddo — yn rhoi iddo deimlad anghyffredin o ryddid. Nid ei fod am wneud dim byd gwahanol; dim ond mwynhau'r rhyddid yma i feddwl, ymhell o wasgfeydd ei dad. Nid oedd wedi sylweddoli, nes i hwnnw ymadael, pa mor rymus oedd ei ddylanwad arno, yn unig trwy fod yno. Roedd wedi dod i dderbyn gyrru egnïol ei dad, a'i awydd i fod yn deyrn ar bawb, yn y gwaith ac ar yr aelwyd. I Tim, ymddangosai rŵan ac yn y man fel diffyg trugaredd, ond nid oedd wedi sylweddoli'r effaith a gâi arno nes i'w bresenoldeb ddiflannu. Roedd y syniad o ryddid yn llesmeiriol.

Heb ei rieni, disgynnodd hedd sydyn dros y cartre, a throsto fo'i hun. Ond am ba hyd? Nid am hir iawn, meddyliodd. Gwyddai y credai ei dad y buasai'n rhoi'r gorau i'w waith ar ôl wythnos neu ddwy ac y buasai'n eu dilyn i fyny i Lundain; fe'i clywsai'n dweud hynny wrth y meddyg pan awgrymodd hwnnw nad oedd y syniad yn un doeth. Credai pawb fod yr hyn a wnâi'n annoeth, ar wahân i'w dad. A fo'i hun.

'Dw i'n 'i licio fo,' meddai Tim yn uchel a tharo draw i'r gegin i weithio paned o goffi.

Dechreuodd ar ei waith trannoeth. Pedair milltir yno ar gefn ei feic, pedair milltir yn ôl a phum punt yr wythnos. Doedd dim yn y gwaith i danio'i frwdfrydedd, ond o leiaf roedd yn rhywbeth i'w wneud a hoffai drin y metel.

Gwyddai y gallai wneud gwaith o'r fath yn iawn. Ond nid oedd mor siŵr am drin y ceffylau. Buasai Ffred, ceffyl Rebecca, yn ddigon llywaeth — pe baen nhw i gyd fel hwnnw, buasai popeth o'r gorau, ond rywsut, synhwyrai nad felly y buasai hi. Yn y cyfamser gallai beintio am weddill ei amser, heb i neb sylwi'n fachog ar yr hyn a wnâi, fel y gwnâi ei fam bob amser; neb i'w rybuddio i gofio am y carped, ac am beidio nôl y gwpan orau ar gyfer ei olew hadau llin. Fe'i cafodd ei hun yn gwenu'n llydan, fel un o gathod Caer. Gallai'r fath fywyd bylu yn y man, ond dechreuai'n ardderchog. Teimlai mor rhydd o ofalon a chyfrifoldebau fel prin roedd ei draed yn cyffwrdd y ddaear.

Daeth Rebecca i lawr am saith o'r gloch i weld a oedd y cyfan wedi digwydd. Anaml y daethai i'r tŷ cyn hyn gan na fedrai oddef Mrs Ingram.

'Alla i'm aros,' meddai. 'Llond trol o waith cartra gin i. Rown i jest am neud yn siŵr . . .' Oedodd a gwenu.

'Rho lonydd iddi,' atebodd Tim. 'Mi wn i dy farn di amdana i. Roeddat ti'n meddwl y baswn i'n newid 'y meddwl y munud ola ac wedi mynd hefo Mami!'

'Own.' Edrychai Rebecca ychydig yn anghyffyrddus. 'Dyna'r own i'n 'i feddwl.'

'Wel?'

'Go dda chdi. Gwych ac ati.'

'Diolch yn fawr iawn.'

Gwnaeth *o* goffi iddi *hi* am newid. Eisteddai ar y bwrdd yng nghanol y paent, yn ei wylio.

'Dw i'n mynd i weld Neli 'to. Wyt ti isio dŵad?'

'Na, dw i ddim. Pam, beth bynnag? Rown i'n meddwl bod 'i meddwl hi ar wasgar. Be ti'n obeithio dod o hyd iddo?'

'Ella y gwnaiff hi ddeud rhwbath . . . y tro dwytha, mi ddeudodd ma' arni hi'r odd y bai, a "Queen of Violets".'

'Be' di ystyr hynny, sut bynnag; "Queen of Violets"?'

'Dyna enw'r rhosyn 'na sy ar y bedd. Mi ofynnis i Holy Moses, a mi drychis i mewn hen lyfyr yn y llyfrgell ar rosod ac roedd o yno, a llun ohono fo.'

'Rhaid bod rhywun 'di edrach ar 'i ôl o'n dda os ma' May plannodd o.'

'Tom drychodd ar 'i ôl o,' heb arlliw o wên ar ei hwyneb. 'Ma' hi'n ddeunawfed o Chwefror ymhen tair wythnos. Dw i am wybod erbyn hynny.'

'Pam?'

'Ddim am unrhyw reswm arbennig. Ca'l trefen ar betha.'

'Ond be 'di gwerth dod i wbod? Ydi hynny'n bwysig?'

'O, ydi.'

Aeth Tim ddim ar ôl yr ysgyfarnog arbennig honno. Roedd wedi ei hystyried yn yr ysbyty a heb gael ateb iddi. Ni fedrai lai na sylwi bod Rebecca yn eistedd ar y ford mewn osgo da i dynnu llun ohoni. Gallai ei defnyddio a newid y testun yr un pryd.

Yn ddiweddarach, ar ôl iddi hi fynd, a'r llun yn gorwedd ar y ford, teimlodd ei fod yn ei atgoffa o rywbeth. Ystyriodd o a cheisio dyfalu. Roedd wedi cael cryn hwyl arni. Roedd iddo ansawdd fywiog, llawn rhyfeddod a phenderfynodd Tim i'r cyfan fod yn werth y drafferth. Câi ei atgoffa o . . . roedd yr ateb yno, ond yn chwarae mig ag o. Syllodd arno. Syllodd Rebecca'n ôl. Neli oedd o; llun Tom o Neli.

'O, ieics!'

Teimlai Tim fel pe bai rhywun wedi rhoi hergwd iddo. Roedd Tom yn fwy byw iddo nag a feddyliai; yr holl ddigwyddiadau a fynnai gydredeg, y rhai na allai mo'u hosgoi. Rhai digon i godi braw arno wrth iddo roi tipyn o raff i'w ddychymyg . . . 'O, melltith ar y cyfan!' Roedd fel pe bai wedi cael ysgytiad, a'r ysgytiad hwnnw'n cael ei ddwysáu gan ddyfnder ei gyffro. Bu chwant arno rwygo'r llun yn ddarnau, fel pe bai'n gallu cael gwared ar y dylanwad trwy wneud hynny. Ond doedd Rebecca ddim wedi dweud yr un gair am unrhyw debygrwydd — ai yn ei feddwl o'i hun yr oedd? Doedd ganddo mo'r syniad lleiaf.

Beth oedd a wnelo Tom ag *o*? Pe bai'n rhoi mwy o ffrwyn eto i'w ddychymyg buasai'n dechrau coleddu gofidiau ynghylch y deunawfed o Chwefror. Syllodd ar y calendr. Dydd Mercher. Diwrnod tawel, digymeriad, yng nghanol yr wythnos, a'r siopau'n cau'n gynnar. Hwyrach y dylai aros yn ei wely.

Dechreuodd roi ei bethau i gadw; yna cofiodd â naid bleserus o annibyniaeth nad oedd angen gwneud hynny. Gallai eu gadael allan, i fod yn barod erbyn y tro nesaf y dymunai beintio. Golchodd y brwsys a mynd i'r lolfa. Trodd y teledu ymlaen. Gorweddodd ar y soffa, ei liniau at ei ên a sylweddoli, 'Mi alla i gysgu yma os dw i isio, heb hyd yn oed dynnu amdana.' Wnaeth o mo hynny, ond cafodd ei blesio gan y syniad.

Roedd gan Tim gryn amheuaeth ynghylch sut siâp fuasai arno yn ei waith newydd, ac roedd yr un mor ansicr ar ôl treulio rhai dyddiau wrthi. Ni fedrai ddweud ei fod yn mwynhau'r cyfan, mwy nag yr oedd wedi hoffi ei wersi ysgol, ond fe'i gadawai bob nos yn teimlo'n fodlon ar ei fyd; teimlad oedd yn gwbl newydd iddo, rhyw deimlad o ddigonolrwydd, yn ddigon tebyg i'r teimlad ar ôl peintio llun da. Ni fedrai ddeall pam, gan na ddaeth unrhyw lwyddiannau mawr i'w ran yn ystod ei ddyddiau cyntaf, dim ond ambell un digon di-ffrwt wrth dynnu rhai pedolau llac yn rhydd, dod i adnabod golwg a chyffyrddiad ychydig offer dieithr, dysgu'r tric o danio sigarét wrth bedol eiriasboeth ac adnabod enwau cyntaf nifer o ddynion ar dractorau.

Sied fawr oedd yr efail, yn agored i iard leidiog ac yn ddigon oer, hyd yn oed pan ruai'r tân ar ei orau. Fu Tim ddim yn hir cyn cael gwared ar ei ddillad trendi a gwisgo yn eu lle ddilladach mewn gwlân trwchus a thwîd, esgidiau trymion labrwr, cap fflat, ynghyd â ffedog ledr draddodiadol y gof. Deuai hon i lawr ymron at ei figyrnau a daeth i weld yn lled fuan ar ôl dechrau codi traed ceffylau ei fod yn ddilledyn cwbl ymarferol.

'Gwna di nhw'n gyffyrddus, was, a fyddan nhw ddim yn strancio o gwmpas. Mi fydd yn haws i chdi wedyn; synnwyr cyffredin,' oedd cyngor George y gof wrth i Tim ddechrau arbrofi'n garcus gyda choes fawr, flewog. O leiaf meddai ar bâr o ddwylo chwim, hylaw a doedd dim yn anodd yn y tasgau mecanyddol. Cynhyrchodd ei bedol gyntaf ar ei drydydd dydd yn yr efail a gwnaeth argraff ar George.

' 'Di ca'l hogia gwaeth na chdi,' oedd ei sylw. Synhwyrai Tim na fuasai'n barod i gerdded ymhellach na hyn ar lwybrau canmoliaeth. Ni chredai mewn gwastraffu geiriau ond roedd yn ddigon dymunol a throsglwyddai wybodaeth hefo'r reddf o wybod beth oedd yn bwysig neu fel arall. Os gwelai fod Tim yn dod i ben â phethau, rhoddai lonydd iddo. Roedd hyn wrth fodd Tim. Ni châi le i achwyn ar ei fòs.

Ond roedd holl brofiad ei ddydd gwaith mor ddieithr i Tim fel y ceisiai ddyfalu rŵan ac yn y man ai fo'i hun a âi o gwmpas yr holl bethau; y reidio beic anfedrus, paned sydyn o de, yna myllni llaith yr hen sied sinc, ei llawr yn seimlyd gan hyrddiadau'r glaw, ac yn frych o stympiau sigaréts; a llwch y tân yn gwreichioni'n fodrwyog i fyny yn nrafftiau Chwefror.

Wrth ystyried ei fyd, pe bai'n digwydd cofio am eiliad am ystafell ddosbarth ei ysgol breifat neu swyddfeydd ei dad, buasai fel pe bai ei feddwl wedi'i gipio i blaned arall. Nid oedd y mymryn lleiaf o'i waith presennol yn gorgyffwrdd mewn unrhyw ffordd â'r hyn a wnâi gynt. Roedd yn ymwybodol o hyn drwy'r amser, wrth iddo gyflawni tasg newydd, neu deimlo'i fysedd ar ewynnau coes ceffyl, ei ruddiau'n rhwbio yn erbyn cynhesrwydd ei esgeiriau, neu wylio fflamau'r tân â llygaid newydd — nid fel rhywbeth i eistedd o'i flaen, i fod yn gyffyrddus yn ei wres, ond i'w reoli'n fanwl. Hoffai sialens trin yr haearn; fe'i hoffai'n well na phedoli fel y cyfryw, lle nad oedd y ceffyl yn ddim ond rheswm lletchwith, anhydrin ond angenrheidiol dros wneud y gwaith a garai'n fwy.

Wrth ddychwelyd adre i'w gartre moethus, y *'spacious country residence of considerable charm'* (gan ei fod yn awr ar werth ac yn cael ei ddisgrifio felly yn y papur lleol), roedd yn boenus o ymwybodol o'r gwrthgyferbyniad rhwng yr hyn a wnâi bob dydd a phopeth arall a fu'n cyfrannu at gyfansoddiad ei fywyd. Roedd dychwelyd adre, gwthio'r drws ar agor i ddod wyneb yn wyneb â'r llif o aer a'r carpedi meddal, arogl ei ginio yn y popty, a thrawiadau mwynaidd y cloc ormolw yng nghilfach y cyntedd, mor wrthgyferbyniol nes peri iddo deimlo'n afreal yn ei ganol;

fel pe bai'r cyfan yn antur hwyliog y buasai'n deffro ohoni yn y man. Sylweddolodd mai dyma fel y gwelai ei rieni'r sefyllfa a gwelodd hefyd ei fod o'i hun, mewn un ffordd o leiaf, yn twyllo.

Ceisiodd egluro hyn i Rebecca. 'Pe bawn i'n brentis gof go iawn, yn hytrach na chwara â'r syniad, mi faswn i'n mynd adra i ryw focs o stafell mewn tŷ cyngor ym Meldon ac yn ca'l wy a sglodion bob nos. Fasa pum punt yr wythnos ddim yn ddigon i brynu stwff i drwsio twll mewn teiar. Gweithiwr yn ca'l 'y nghadw dw i. Dw i'n dal i ddibynnu ar Mam a Dad.'

'Ond ma fo'n gychwyn,' oedd ateb synhwyrol Rebecca. 'Mi alli di weithio dy hun i fyny i dŷ cyngor ym Meldon, unwaith y byddi di'n teimlo'n fwy sicir ohonot dy hun.'

Doedd Tim ddim wedi ymrwymo i'w waith i'r fath raddau fel na welai ochr ddigri'r fath sylw. Gwyddai fod Rebecca o ddifrif calon. Mae wedi rhoi ei holl fryd ar fod yn weithwraig gymdeithasol, meddyliodd yn drist.

Ond roedd yn rhy flinedig gyda'r nos mwyach i fwydro'i ben ynghylch pethau o'r fath. Hwyrach mai dyna pam y pryderai gymaint yn y gorffennol — gormod o amser ar ei ddwylo. Gallai ddal ei drwyn ar y maen, meddyliodd, hyd yn oed pe bai raid iddo fynd i dŷ cyngor. Yna beth bynnag a wnâi, buasai'n rhydd o unrhyw rwymedigaeth i neb. Buasai Rebecca, a oedd yn gadarn dros iddo rodio'r llwybr cul, yn codi ei galon â'i sylwadau ffraeth.

'Mi ddaru mi fynd i weld Neli ddoe,' meddai. 'Ond dydi hi'm yn dda, medden nhw wrtha i. Colli'r dydd. Allwn i'm siarad â hi.'

Nid atebodd Tim.

'Mi a i eto dydd Mawrth. Ma' gen i dri pnawn rhydd wthnos nesa — rhyw gynadledda athrawon.'

'Ma' dydd Mercher yn rhydd gen i. George yn mynd i rasys ceffyla. Mi ges i gynnig mynd hefo fo, ond rown i'n meddwl y gwnâi diwrnod heb weld ceffyl les i fi. Os bydd hi'n dal i rewi, hwyrach yr af i sglefrio tipyn. Ydi pnawn dydd Mercher yn rhydd gen ti?'

'Ydi.'

'Sgen ti awydd?'

Edrychai'n amheus. 'Sglefrio. Ble?'

'Ar y llyn, ella.'

'Sdim sgidia sglefrio gen i. Ond ma'n siŵr y gallwn i ga'l benthyg rhai. Wrach y dof i.'

'Ma'r bobol tywydd yn addo rhew calad di-dor at ddiwedd yr wythnos. Hwyrach 'u bod nhw'n iawn am unwaith. Mi fydda sglefrio ar y llyn yn grêt.'

'Mae o'n ddwfwn iawn. Yn werth dim os na fydd o 'di rhewi'n gorn.'

'Dw i'm yn dwp.'

'Na?' Gwenodd. Roedd golwg bell arni; fel pe bai wedi'i lapio'i hun yn ei meddyliau, ac roedd ganddi ffordd o sbio'n fyfyriol arno a barai iddo deimlo'n anniddig braidd. Teimlai fel pe bai'n cadw ffeil arno gartref. Ond ni pharai ei fywyd caled unrhyw ofid iddo.

Roedd un bonws nad oedd wedi breuddwydio yn ei gylch yn yr efail: y merched fuasai'n dod â cheffylau'r ysgol farchogaeth a rhai'r *point to point* ato. Criw garw, llawn asbri oedden nhw, a llygadent ddynion fel pe baen nhw'n llygadu un o'u ceffylau. Yn ei farn o, roedd ambell un ohonyn nhw braidd yn rhy arw, ond roedd rhai o'r genod oedd tua'r un oed ag o, genod y cam cynta, yn ddigon addawol. Doedden nhw ddim yn swil, chwaith. Roedd George â'i dafod swta wedi tynnu'i sylw at hynny.

'Gwylia di dy gamra, lanc. Mi fydd 'na fwy o bedola ar goll gan y lot yna nag o sguthanod mewn cae llafur os rhoddi di dipyn o raff iddyn nhw. Prindar dynion ffordd hyn, dyna'r drwg.'

Ac eto sylweddolodd Tim y buasai'n teimlo'n chwith heb Rebecca pe na bai hi o gwmpas. Hwyrach y gwelai hi ei golli o, er yr amheuai hynny.

Erbyn dydd Mercher y rasys, cawsai ddigon o amser i'w waith golli'r sglein newydd-deb a magu mwy o normalrwydd; gallai ei dafoli mewn gwaed mwy oer, o blaid ac yn erbyn. Gorweddodd yn ei wely am y rhan fwyaf o'r bore, yn myfyrio; yna aeth i lawr y grisiau a cheisio gweithio ar gynllun oedd wedi bod yn ei ben, llun haniaethol bron o'r efail, wedi'i seilio ar ffurfiau ac ansoddau'r sied ei hun a'r iard hefo'i phatrymau o rychau a phyllau gloyw. Roedd ganddo rai brasluniau i weithio arnyn nhw, rhai y bu wrthyn nhw yn ystod ei oriau cinio.

Aeth hyn ag o tan ddau o'r gloch; yna aeth i nôl ei sgidiau sglefrio o'r garej a phenderfynu cerdded draw at y llyn i weld a oedd yr iâ'n ddigon cadarn. Roedd yn bur siŵr y buasai, am ei bod yn dal i rewi'n galed. Roedd y rasys wedi cael eu canslo ond penderfynodd George gael diwrnod i'r brenin sut bynnag. Ceisiodd Tim ddyfalu a ddeuai Rebecca. Doedd dim llawer o ots ganddo, y naill ffordd na'r llall.

Cerddodd i lawr y lôn at y Rheithordy gan dorri trwy'r fynwent. Doedd yr un enaid byw o gwmpas. Roedd yn berffaith lonydd, heb hyd yn oed we pry cop yn symud, fel pe bai'r iâ wedi fferru'r aer ei hun yn stond. Crogai anadl Tim yn gymylau a gallai deimlo'r dafnau o wlybaniaeth ar ei aeliau ac yn disgyn oddi ar ei wallt. Os na ddeuai Rebecca, nid oedd yn ddiwrnod i sefyllian o gwmpas. Yn wir, daeth i ddechrau teimlo mai diwrnod i aros gartref a pheintio oedd o.

Aeth i lawr trwy'r fynwent cyn belled â'r wal, gan fynd heibio i fedd Tom hefo'r un teimlad od a gâi bob tro y trawai lygaid arno, rhyw fath o ymddiheuriad, rhyw deimlad o chwithdod personol, dwfn. Safai'r hen rosyn mewn dryswch o farrug gwyn, ei fôn mor drwchus â braich Tim. Dangosai'r engrafiad ar y garreg ei hun mewn ffordd ddigon hynod oherwydd y tywydd, a denodd y dyddiad y cawsai drafferth i'w ddehongli'r tro cyntaf hwnnw ei lygaid yn ddigon clir, 18 Chwefror 1910. Yna trawodd ar ei feddwl, fel pe bai'r neges yno yn y barrug, yn arbennig iddo fo'i gweld, mai heddiw oedd y pen blwydd, y dydd Mercher, y deunawfed o Chwefror.

Rhoes yr wybodaeth yma gryn sioc iddo, gan yrru rhyw ysgryd i lawr ei asgwrn cefn, er i'w synnwyr cyffredin ddweud wrtho nad oedd unrhyw reswm yn y byd dros hynny. Hwn oedd y dydd y tybiodd y buasai'n well iddo'i dreulio yn ei wely. A dyma fo'n mynd i sglefrio. Ar lyn dwfn, ychwanegodd ei ymennydd. 'Gwylia na fydd yn digwydd i ti,' oedd neges Tom iddo. Ond wn i ddim beth ddigwyddodd i Tom, meddyliodd. Wn i'm a gafodd 'i ladd tra'n sglefrio. Go brin, mewn gwirionedd. Gwyddai hogiau'r wlad yn well na neb a oedd hi'n ddiogel i sglefrio neu beidio. Teimlai'n edifar iddo ddod trwy'r fynwent yn hytrach na mynd ar hyd y ffordd. Buasai ei lygaid wedi osgoi'r dyddiad wedyn. Chwaraeai'r hen beth ar ei nerfau er gwaetha'r ffaith y gallai restru llond trol o resymau yn erbyn hynny.

'Tom, Tom,' sibrydodd, 'gad lonydd imi.' Ond roedd

Tom yn agos iawn ato erbyn hyn, yn ei ddilyn i lawr trwy'r rhedyn crin, 'Dychymyg,' meddyliodd Tim. 'I gythral â Tom.' A chan gasglu ynghyd ei holl gynheddfau arwrol, esgymunodd Tom o'i feddwl. Meddyliodd am bethau solet, real, fel ei dad a'i fyd hysbysebu, a'r car yr hoffai ei gael ond na fedrai ei fforddio mwyach ar gyflog gof. Daliai'r cwestiwn, 'Be dw i'n mynd i neud?' i gorddi trwy ei ben, ond rywsut, yn hytrach na meddwl beth wnâi â'i fywyd ei hun, roedd a wnelo popeth â Tom. Trwy ei ddilyn, roedd hwnnw wedi difetha'i awydd i fynd i sglefrio. Ond gan ei bod mor hurt i beidio â gwneud hynny aeth yn ei flaen i lawr y llethr gwyllt, y barrug yn orchudd fel eira ar ei ddillad, a'i esgidiau'n crensian a chlecian trwy'r tandwf.

Gorweddai'r llyn mor galed â charreg, wedi'i ymylu â choed gwyn a chawn fel picelli a graciai wrth iddo gyffwrdd â nhw. Doedd dim modd gweld o dan yr wyneb gwydrog yr un arlliw o'r bywyd cyfrinachol oedd wedi'i gaethiwo yn y dyfnderoedd pell. Amheuai Tim a oedd yn solet, ond gallai ddychmygu holl breswylwyr y llyn yn cael eu gwthio'n nes ac yn nes at y gwaelod, y pysgod a'r ymlusgiaid, yr *amoeba* a'r llyffantod marw, y dail soeglyd a'r coed pwdr. Safodd a syllu, fel pe bai mewn swyngwsg. Roedd Tom yn agos iawn, yn pwyso yn erbyn y goeden, synhwyrai Tim, er na fedrai ei weld mewn gwirionedd, dim ond teimlo'r hwyl a gâi. Fu Tom erioed yn ysbryd piwis, ddim hyd yn oed yn un a godai fraw arno; bob amser yn bresenoldeb dymunol, yn dân ar ei nerfau rŵan oherwydd y dyddiad a'r dychmygion a gorddai yn ei feddwl.

'Ti 'di dod yma i sglefrio. Be sy'n dy gadw di?' Teimlai

Tim y cwestiwn yn hofran yn yr aer, ond ni wyddai ai Tom ynteu o a'i gofynnai.

'Mynd yn y munud.'

Gollyngodd ei sgidiau sglefrio wrth draed Tom a sefyll â'i ddwylo yn ei bocedi, ei ysgwyddau wedi'u codi yn erbyn yr oerfel. Edrychodd yn groes i'r llyn. Galwodd sgrech y coed yn arw a sgrechlyd; ond ar wahân i hynny, roedd y tawelwch yn ddwfn. Doedd yr un brychyn ar yr iâ. Ymestynnai draw at y llethr bellaf, fel haearn wedi'i sgleinio o dan awyr oedd ei hun bron mor ddu â haearn.

Doedd dim esgus gan Tim. Eisteddodd ar foncyff pwdr a dechrau datod careiau ei esgidiau'n araf. Gwisgai ei esgidiau gwaith trymion, trwchus. Doedd hi ddim yn edrych fel pe bai Rebecca am ddod, a buasai'n teimlo'n rêl ffŵl, hyd yn oed yn ei feddwl ei hun, heb sôn am addef hynny wrth Rebecca, pe na buasai'n mynd i sglefrio, ac yntau wedi dod i lawr at y llyn. Ddylai'r dyddiad ar y beddfaen ddim fod wedi codi braw arno. Ond a bod yn onest, gwyddai y byddai Rebecca'n gwerthfawrogi ei deimladau'n fwy nag o. Yn amlwg, nid oedd am ddangos bod ofn arno mewn gwirionedd.

'Ddaw neb byth i wybod,' meddyliodd wrth dynnu'r esgidiau ato. 'Ma' hi mor stiwpid i rywun geisio profi iddo fo'i hunan nad ydi o'n gachgi.' Neu oedd hi? Problem na ellid mo'i datrys. Doedd hi ddim yn ffasiynol dangos eich bod yn ddewr mwyach. Roedd croeso digon cynnes i'r un a ddangosai'r bluen wen mewn cymdeithas. Ond buasai'n rhaid i rywun fyw hefo fo'i hun.

Dechreuodd Tim ddolennu careiau hirion yr esgidiau sglefrio. Od fel y newidiai'r ffasiwn, o ran agwedd yn ogystal â dillad. Cyn iddo ddod i nofio'n bur ddeheuig cawsai ei boenydio gan olygfa ddychmygol ohono'i hun yn sefyll ar fin pwll dwfn (hwyrach mai'r llyn hwn oedd o) lle roedd plentyn yn boddi, ac yn ceisio penderfynu a ddylai ymdrechu i'w gynorthwyo neu sefyll yn synhwyrol ar fin y dŵr heb roi cynnig arni gan mai boddi fuasai ei dynged o hefyd. Hyn oedd wedi'i yrru i ddysgu nofio a dysgu sut i achub bywyd, er nad oedd ganddo ddiddordeb yn hynny. Ond chafodd dim byd ei brofi'r naill ffordd na'r llall gan na frigodd y cyfle erioed.

Cododd ar ei draed a cherdded rhai camau at yr iâ. Roedd dipyn yn well sglefriwr na nofiwr ac ni fedrai lai na theimlo bod yr iâ'n ddeniadol iawn wrth daro llygad proffesiynol arno. Doedd dim o'i le mewn cymryd gwaith fel prentis y gof; peth arall hollol oedd gwisgo mantell idiot y pentre . . . Ar ôl amrantiad byr arall o oedi fe'i lansiodd ei hun yn esmwyth o'r gefnen a thorrwyd ar y tawelwch gan hisian ei sgetiau o dan ei draed.

Synhwyrai hyrddiadau o gyffro cwbl afresymol yn gyrru trwyddo a dechreuodd sglefrio â theimlad rhagorol o esmwythyd a rhyddid, gan wrando ar rigoli'r dur dros yr iâ mewn pleser pur. 'Ac i gythral â chdi, Tom Inskip!' meddai'n uchel. Ffurfiodd ei eiriau gymylau oerion yn erbyn ei fochau.

Pe buasai wedi oedi'n hwy ar y gefnen, buasai wedi clywed Rebecca'n dod dipyn cyn hynny. Clywodd ei llais yn galw a chredodd mai'r sgrech y coed oedd yno unwaith yn rhagor — roedd yn ddigon cras ac wedi'i dorri gan ofn, ond ni lwyddodd i'w adnabod. Rhedai i lawr y llethr o Curlews, gan lamu a bracsan drwy'r tandwf rhewllyd fel un o'i cho. Gwelodd Tim hi cyn iddo'i chlywed; a sythu mewn syndod. Teimlodd ei bod ar fin drysu.

'Tim, stopia! Paid!'

Dyna'n union ei feddyliau o'i hun ychydig cyn hynny

ond pam Rebecca? Gwisgai ei dillad ysgol, ei choesau hirion yn grafiadau i gyd, yn rubanau hedegog o neilon. Sglefriodd at y fan lle buasai'n cyrraedd y gefnen a thaflodd hithau ei hun arno gan gladdu ei hwyneb yn ei fynwes nes i'w gwallt, oedd yn llaith gan farrug, ei ddallu. Yn reddfol, clymodd ei freichiau amdani i'w atal rhag syrthio, ac yna'u cadw yno, yn llawn cydymdeimlad â hi yn ei thrallod.

'Be sy'n dy gorddi di? Be sy'n bod?'

'Ti — a'r dyddiad — o Tim, rown i'n meddwl, yn meddwl . . .' A dechreuodd wylo.

'Rebecca, rho'r gora iddi hi. Ma' popeth yn iawn rŵan, beth bynnag oedd yn bod. Sdim 'di digwydd.'

'Y llyn *oedd* o! Dod i wbod y pnawn 'ma — mi gafodd 'i foddi yn y llyn, drw'r iâ; ac yna mi wyddwn i dy fod ti'n . . .'

'O Rebecca, dyna ddigon!' Ni allai hi siarad oherwydd ei dagrau a bu raid iddo'i chysuro a'i gwasgu ato. Buasai ei reddf yn iawn felly. Gwyddai ysbryd Tom y cyfan! Wrth gwrs hynny. 'Gwylia na fydd yn digwydd i ti,' oedd rhai o'r geiriau cyntaf bron a dorrodd ag o.

'Mi ddalis i'r bws, ac roedd o mor ara! Rown i'n mynd i haint! Fe ddisgynnes i ger Curlews — meddwl y basa hynny'n gynt. Fe redis i ar draws y lawnt a dy weld ti'n — dy weld ti'n — ac mi feddylies i y basat ti'n mynd trwodd, fel Tom — ofan y baswn i'n rhy hwyr . . .'

Crynai, mor oer â gwe pry cop er gwaetha'i rhedeg. 'Ma'r iâ'n droedfeddi o drwch, Rebecca,' meddai Tim, ond yn syth wedi i'r geiriau ddisgyn oddi ar ei dafod, gwyddai na ddenai na neb na dim o'n ôl ar y llyn; na — ni wnâi holl synnwyr cyffredin y byd hynny.

'Ond y dyddiad, Tim! Popeth . . .'

'Ia, mi wn i.' A phresenoldeb Tom, yn taro'r rhedyn rhewllyd â'i ffon, yn ei ddilyn i lawr y llethr. Ni ddywedodd ddim am hynny wrth Rebecca. Wyddai hi ddim fod popeth ar ben mwyach; popeth yn llithro i diriogaeth hanes ac ebargofiant, i'w anghofio.

'Sut gest ti wbod?'

'Mi es i weld Neli. Ma' hi'n wirioneddol wael. Mi ges fynd i'w gweld hi am chydig funuda ac fe sonis i am y ddamwen ac fe ddwedodd hi, "Rodd y cyfan yn y papura." Dyna i gyd. Llawer iawn o fwmian, ond dyna oedd y darn pwysig. Ddaru o ddim taro deuddag ar y pryd, chwaith. Ro'n i mor stiwpid. Dim ond heddiw, amsar cinio, y sylweddoles i ma' yn y papura *lleol* y basa'r hanas 'di bod. A minna 'di bod yn meddwl am y *Times* rywsut ac yn treio dyfalu sut y gallwn i fynd i Lunden ne' rwla i sbio ar hen rifynna — ac yna dyma fi'n sylweddoli y basa'r cyfan ym mhapura Meldon, ac yn y llyfrgell, efo lwc. A dyma fi'n picio draw yn f'awr ginio. Ma'r cyfan ar feicroffilm — ti'n 'i ddarllan o trw rwbath sy'n peri iddo fo ymddangos dipyn yn fwy ac wrth gwrs mi wyddwn i'r dyddiad. Mi ddes i o hyd iddo fo mewn pum munud ac mi roddodd y llyfrgellydd o yn y peiriant, a dyna lle'r oedd hi, y stori i gyd. Yna mi fu raid imi arwyddo ffurflen, a phan lanwis i'r dyddiad miwn — — down i ddim 'di sylweddoli. O, Tim, fe gredes y baswn i'n marw! Rhaid 'i fod o'n fwy na chyd-ddigwyddiad! Mi ges i lond bol o ofan. Fe ffonis i'r tŷ a methu mynd trwodd, y llinella'n brysur, medden nhw, ne'r tywydd garw 'di gneud rhwbath i'r gwifra. Felly dyma fi'n rhedag fel cath i gythral am y bws a'i ddal o jest pan oedd o'n gadal y stesion, a thrw'r amsar rown i'n meddwl . . .'

Dechreuodd grynu unwaith eto. Roedd wedi tynnu oddi wrtho ac edrychai ei hwyneb yn fychan a gwyn er gwaetha'r brychni haul, yn llygaid a gwefusau gleision i gyd. Te twym, melys, meddyliodd Tim, ar gyfer sioc; edrychai mor ddiamddiffyn, ac yntau wedi penderfynu na allai hi byth fod felly. Edrychai arno mewn ffordd ddieithr.

'O Tim, pe bait ti 'di . . .'

'Cau dy ben, Rebecca,' atebodd yn addfwyn. Estynnodd ei freichiau i'w thynnu'n gysurlawn ato unwaith yn rhagor. 'Ty'd hefo mi i nôl fy sgidia, ac mi gei di ddeud y cyfan wrtha i. Deud beth ddigwyddodd. Yna mi allwn ni anghofio popeth amdano fo. Ty'd 'ma. Dal fi lan.'

Ni fynnai ddweud wrthi iddo deimlo'r cyfan ei hun, heb gymorth yr un papur newyddion. Daethai i wybod fod a wnelo'r llyn rywbeth â Tom. Roedd wedi synhwyro'i angharedigrwydd y diwrnod cyntaf iddo daro llygad arno. Bustachodd yn ei flaen ar ei sgetiau, ei fraich am ganol Rebecca o hyd, gan fynd yn ôl at y boncyff lle roedd ei esgidiau. Doedd Tom ddim yno mwyach. Ni ddeuai'n ôl byth mwy; gwyddai Tim hynny. Am eiliad, teimlodd don o ryddhad, yna aeth i deimlo fel pe bai rhan ohono wedi mynd i golli. Tom *oedd* o. Fuodd Tom erioed yn ysbryd, neu'n ddim mwy na rhan o'i ddychymyg. Doedd dim ateb i rai cwestiynau. Oedd Rebecca wedi'i gweld ei hun yn Neli erioed? Hwyrach y deuai cyfle i ofyn iddi rywbryd.

Yn sydyn iawn, roedd ei deimladau ati wedi newid yn ddirfawr, wrth iddo'i gwasgu'n glòs yn ei erbyn, a bustachu dros y ddaear galed. Pe buasai Tom yno o hyd, buasai'n chwerthin o wybod hyn. Ond roedd Tom wedi mynd.

PENNOD 9

Cafodd Tom ei hel o'i waith y noson honno. Aeth adref, a chael cweir gan ei dad nes ei fod bron yn anymwybodol, a bu ymron cael ei foddi gan lifeiriant dagrau ei fam.

'Beth *ddigwyddodd*? Beth *ddigwyddodd*?' sgrechiodd ei fam arno, ond ni allai o ddechrau dweud. Roedd yr hanes yn dew ac ar led yn barod, ond nid ei stori *o* oedd hi ond parodi o'r ffeithiau wedi'u brodio gan bob tafod a'i trosglwyddai. Roedd hyn yn fêl ar fysedd trigolion y pentre gan fod hanesion gwir mor brin. Roedd Tom wedi llamu o ganol yr helyg, disgyn ar Neli a'i chario ymaith i Goed y Grog. Oni bai i Mr Pettigrew, drwy ryw drugaredd, daro heibio, buasai wedi . . . *Wir*? Tom Inskip! Pwy fasa'n meddwl?

'Wnes i ddim byd! Wir, yr!' wylodd Tom wrth ei fam, ond roedd gwragedd y pentref wedi dweud wrthi eisoes.

'Miss Neli fach, y graduras! A Miss May 'di dy gymryd ti miwn fel y gnath hi. A dy dad 'di bod yn gweithio i Mr Pettigrew am ddeugain mlynadd bron, a chditha'n . . .'

Doedd dim digon o eiriau ar gael i gyhuddo, i labyddio, i amddiffyn, i ddegymu'r gwirionedd oddi wrth y fath ormodiaith.

'Tom Inskip! Yr un tawal 'na. Pwy fasa 'di meddwl . . .!'

'Wnes i ddim! Wnes i ddim!'

Roedd gan Mr Pettigrew archoll ar draws ei ael; wedi syrthio ar ôl i Tom ymosod arno. Roedd Tom yn gleisiau i gyd oherwydd y grasfa a gawsai gan ei dad. Nid oedd am fynd allan, dim ond cyrlio i fyny yn ei wely a dwyn i gof mewn rhyfeddod yr hyn a ddigwyddasai o ddifrif, ond ni allai ddweud wrth neb am hynny. Yna, daeth Miss May i ganol ei drallod, yn biler o gadernid na fedrai ei fam a'i dad wneud mwy na simsanu yn ei ymyl.

'Dw i am 'i weld o,' meddai a daeth Tom i lawr i'w chanfod yn eistedd wrth y ford oedd wedi'i sgrwbio'n wyn. Gwisgai ei dillad gorau, yn sidan du o'i chorun i'w sawdl; yn ddi-ildio yn wyneb llifeiriant ymddiheuriadau ei fam, yn fflint yn erbyn natur anfoddog ei dad.

'Tom!' Goleuodd ei llygaid pan welodd ef; adnabu yntau'r olwg ynddyn nhw a daeth yn ymwybodol o'u tosturi er na ddywedodd yr un gair arall. Ac am y tro cyntaf teimlai ei fod yn dyst i'r llygedyn lleiaf o oleuni. Y graig y gosodai'r holl bentref eu gofidiau wrth ei thraed oedd Miss May, ond roedd wedi dod ato fo heb anogaeth neb. Teimlai'r adeg honno'i bod hi'n ei drystio'n fwy na'i rieni ei hun; hwyrach ei bod yn ei adnabod yn well, hyd yn oed yn ei garu'n fwy. Doedd dim na neb ganddi hi ei hun.

'Tom, sgin ti ddim byd i gywilyddio'n 'i gylch. Dw i 'di clywad stori Neli. Rŵan, dw i am glywad dy stori di. Rwy'n credu y caf i'r gwir gen ti.'

'Dydi petha ddim fel y ma'n nhw'n ddeud.'

'Wn i ddim be ma'n nhw'n ddeud.'

Oedd y Rheithordy'n gymaint o dŵr ifori â hynny? Prin y gallai Tom siarad ar ôl yr holl hysteria, yr edliw a'r ceryddu. Dechreuodd ei fam a'i dad ddweud rhywbeth ond rhoes un olwg gan Miss May daw arnyn nhw.

'Dw i am glywad Tom.'

Tawelwch.

'Tom.'

Nid oedd am ddweud yr un gair, nid hyd yn oed i'w amddiffyn ei hun. Ni fedrai addef wrthyn nhw pa mor berffaith fu'r cyfan cyn i Mr Pettigrew ddod.

'Mi es i hefo Neli.'

'Be ti'n feddwl — mi *es* i hefo?' hisiodd ei fam.

'Cerddad efo hi. Rhedag. Aros amdani hi . . .'

'Mi ofynnodd iti fynd, a thitha'n gweithio?' gofynnodd Miss May.

'Do. Ddylwn i ddim fod wedi mynd, ond mi es i. I'r coed. Dyna i gyd.'

'Mynd i'r coed?'

'Ia.'

'Dim ond cerddad hefo'r ci?'

'Ia.'

'Ddaru chi stopio? Ista lawr?'

'Na. Mi ddaru ni hel briallu, a cherddad yn ôl.'

'Oeddach chi'n cerddad pan ddaeth Mr Pettigrew?'

'Oeddan.'

'Pam y rhedist ti ffwrdd?'

Dyna fu ei wendid. Gwyddai Tom hynny. Peidio ag aros i Mr Pettigrew chwalu'r cyfan yn deilchion yn y fan a'r lle. Gohirio'r dynged a pheri iddi fod yn waeth.

'Mi wyddwn i y basa Mr Pettigrew mewn tymer. Mi ddaru o'n nabod i.'

'Mewn tymer am y dylet ti fod yn gweithio?'

'Ia. Ac am 'y mod i hefo Miss Neli,' ei lais ymron yn sibrwd.

'Doedd dim drwg yn hynny,' meddai Miss May'n dyner.

'Mae o'n ddigon hen i wbod yn well,' atebodd ei fam. 'Llanc o labrwr fel fo! Wn i'm sut . . .'

'Dim ond cig a gwaed ydi o,' meddai Miss May yn chwyrn. 'Mi ddyla Neli fod wedi gwybod yn well na gofyn iddo fo fynd ac arni hi'r oedd y rhan fwya o'r bai. Mi af fi i weld Mr Pettigrew a gofyn iddo fo roi'i waith yn ôl i Tom.'

'O, Miss May!'

Roedd hi fel duwies, yn gwneud penderfyniadau.

Synhwyrai Tom y byddai tasg anodd yn ei hwynebu, o gofio am Mr Pettigrew yn syrthio'n drwm a'r drafferth a gafodd i ymlid Araminta a'i dal hi, ond pan ddaeth y cynhaeaf gwair, doedd dim digon o ddwylo ar gyfer popeth a chafodd ei waith yn ôl. Dywedodd Mr Angus wrth dad Tom y gallai ailgychwyn. Ni ddywedwyd yr un gair arall. Yn y cyfamser roedd Tom wedi gorfod dioddef plagian didrugaredd ei ffrindiau ac ni welodd lawer o wahaniaeth mewn dim ar ôl dychwelyd, dim ond yn ei brofiadau o'i hun, ei ymwybyddiaeth *o* o'r ffaith ei fod wedi tyfu gymaint â hynny'n hŷn, gymaint â hynny'n ddoethach; yn llai parod i drystio pawb. Doedd bywyd ddim o reidrwydd yn gyforiog o garedigrwydd. Yr unig beth nad oedd wedi newid dim oedd ei deimladau at Neli, er gwaetha'r picil y rhoes hi fo ynddo. Hi oedd yr unig seren a befriai yn ei ffurfafen lwyd a rhoddai'r ffaith iddi afael yn ei law fwy o bleser iddo wrth dremio'n ôl ar y digwyddiad nag unrhyw beth arall a ddigwyddasai iddo erioed. Gwyddai'n well nag i obeithio y byddai unrhyw beth o'r fath yn digwydd eto, ond ni theimlai'n drist oherwydd hynny.

Ychydig iawn a welai ohoni, a bu hi i ffwrdd am y rhan fwyaf o'r haf, ond roedd yn gwbl ymarferol ei feddwl ynghylch y sefyllfa. Gallai freuddwydio, a'r breuddwydion hynny'n ddiniwed ddigon. Y cyfan y dymunai ei wneud oedd tynnu lluniau o Neli. Erbyn hyn, gallai drin ei liwiau'n fwy deheuig, ond tipyn o hwyl ar ei ran o oedd y cyfan ac nid rhyw fath o berthynas ysbrydol rhyngddyn nhw. Llosgai'r rhan fwyaf o'r lluniau gan gadw'n unig y rhai a ddangosai unrhyw debygrwydd iddi, mewn bocs tun i fyny'r simdde. Fedrai ei dad ddim godde'i luniau.

Roedd yn rhy brysur trwy gydol y cynhaeaf i fynd am wersi. Wedi iddo orffen gofynnodd Miss May iddo ddod unwaith yn rhagor. Aeth, ond pur anaml y gwelai Neli.

'Tom!'

Trodd Tom oddi wrth y das wair lle'r oedd o ac Arnold yn torri gwair ar gyfer y porthi nesaf.

'Ma' gin i waith iti, was. Ty'd i lawr yma'n reit sydyn. Mi gaiff Arnold orffen hwnna ar 'i ben 'i hun.'

Ebychodd Tom dan ei anadl gan yr amheuai'n fawr a fyddai'r dasg honno'n rhagori ar y torri gwair. Yn rhyfedd iawn, yr oedd.

'Y parsal 'ma 'di dod i Mr Pettigrew. Hada 'dyn nhw, a ma'n nhw 'di 'u hanfon nhw fyny i'r fferm mewn camgymeriad. Mi wn 'i fod o'n aros amdanyn nhw, ar gyfar 'i dŷ gwydr, felly fyny â thi, was, a'u rhoi nhw i Mr Ford y garddwr. 'Sneb arall yn mynd y ffordd 'na heddiw. Mi fydd Mr Pettigrew allan yn hela, ond mi fydd wrth 'i fodd pan ddaw o adra.'

Gwthiodd Tom y parsel bychan i boced ei siaced gan fynd i ffwrdd heb ddweud yr un gair. Roedd dwy filltir o'r fferm i Curlews, a dwy filltir yn ôl, ac roedd hanner gobaith y câi baned bach o de yn y gegin hefo lwc, heb sôn am ennill ceiniog neu ddwy pe bai'n digwydd bod wrth law i agor clwyd pan fyddai'r helgwn yn tynnu arni. Roedd y rhagolygon dipyn yn well na thorri gwair.

Roedd yn oer wedi cyfnod hir o rew, ond yn finiog yn hytrach na llym, yr holl frigau moelion yn diferu uwch ei ben, a'r lôn yn ddwfn o laid ar fin meirioli. Disgynnai eirlaw ysgafn. Gallai Tom deimlo'r lleithder yn ei sanau ac ar draws ei ysgwyddau drwy'r siaced garpiog. Tynnodd ei gap yn isel a dechrau'r daith gan fesur ei gamau'n ofalus, nid yn rhy fuan i gwblhau'r dasg yn rhy gynnar, ac nid yn rhy araf iddo oddef bonclust am fod yn rhy hir. Ni theimlai'n dda iawn am ryw reswm — efallai am iddo dreulio gormod o amser pnawn ddoe dan wal yr eglwys yn gwneud llun o Curlews. Roedd yr haul wedi tywynnu am awr ac yntau wedi llechu mewn man cysgodol rhag i'r rhai a ymwelai â'r fynwent ei weld. Gwnaeth lun o'r hen dŷ ar y grib, yr olygfa o'i gwmpas, a choed y gaeaf yn eglur yn erbyn myllni'r awyr yng ngolau'r haul gwelw. Cafodd gryn hwyl arni, ac anghofiodd pa mor oer oedd hi nes iddo sefyll ar ei draed â'r gwynt yn dod ar ei warthaf dros y wal. Chwythodd yn filain trwy frethyn sgleiniog ei siwt dydd Sul fel pe na bai honno'n fwy na sach dato. Brysiodd yn ôl trwy'r fynwent. Rhuddai machlud haul fflamgoch ond byrhoedlog y gorwel, wedi'i bardduo gan rwydwaith o hen goed llwyf, llwyni o ddrain duon a'r cigfrain a ymdroellai uwchben. Daeth ar draws Miss May yn dod yn ôl o'r ysgol Sul, ei hwyneb wedi'i grimpio gan yr oerfel, ac ni lwyddodd i'w hosgoi. Sbiodd ar ei lun, a'i hwyneb yn gloywi mewn edmygedd oherwydd ei ymdrechion.

'Da *iawn,* Tom! Ti 'di llwyddo i ddal y syniad o bellter . . .'

Buasai'n mynnu drwy'r amser ei fod yn tynnu lluniau yn ei amser sbâr dychmygol; a ddywedodd hi'r un gair am ei fod wedi cadw draw o'r eglwys i wneud y llun hwn. Allai hi mo'i chael hi bob ffordd. Aeth adref â'i chlodydd yn fyw yn ei glustiau o hyd, ei chanmoliaeth wedi'i gynhesu. Roedd Miss May wedi dangos drwy'r flwyddyn ei bod yn ffrind triw iddo; un o'r rhesymau, efallai, pam y daliai ati i wneud ei luniau, am na ddymunai ei siomi.

I fynd i Curlews, aeth ar lwybr cwta trwy'r fynwent, i lawr trwy'r gornel wag o dan y coed llwyf a thros y wal lle buasai'n gwneud y llun y diwrnod cynt. Cymerodd gainc grin o'r tandwf a tharo'n chwyrn yn erbyn coesau rhewllyd, stiff y rhedyn brown yn ei ymdrech i ennill ei wres. Câi ryw deimlad od nad oedd ar ei ben ei hun, fel pe bai rhywun yn cydgerdded y llwybr i lawr at y llyn. Trodd unwaith neu ddwy i edrych; oedodd i wrando, a phenderfynu yn y diwedd mai ei stumog wag a barai iddo hel dychmygion, y stumog oedd yn fwy cyfarwydd â gwacter nag â llawnder. Roedd yn fyr o gorff am ei oedran ('Ddim byd ond croen ac esgyrn,' oedd sylw'i nain un tro, ond 'ci main ar gyfar ffordd galad,' oedd dywediad ei dad), ond yn ddiweddar roedd wedi dechrau tyfu allan o'i ddillad. Plesiai hyn o'n fawr er na theimlai ei fam felly. Wrth droi'n ôl rŵan, a chymryd cam hir ymlaen yr un pryd, clywodd glec hollti coesyn arall oedd wedi ildio — yn cael ei ddilyn ymron yn syth gan sŵn y gwyddai nad yn ei ddychymyg yr oedd: adlais pell o'r coed tu ôl iddo o gorn hela Mr Pettigrew. Stopiodd i resymu a dyfalu, yn awyddus i beidio â cholli dim. Gwyddai lle roedd yr helgwn wedi cyfarfod a gwyddai am ffyrdd llwynogod; os gallai glywed y corn unwaith eto, neu fiwsig y pac, hwyrach y gallai ddyfalu ble roedden nhw'n debyg o ymddangos. Neu efallai y dôi Mr Pettigrew â nhw i lawr i dynnu ar loches ar ei dir o'i hun.

Aeth yn ei flaen i lawr y bryn, ond yn ofalus, gan oedi hwnt ac yma. Gorweddai'r llyn islaw, wedi rhewi, ond â dŵr yn disgleirio ar yr iâ. Ebilliai cnocell y coed yn rhywle, ac ymdroellai ffrydlif i lawr drwy'r fawnog, ei sŵn yn wag a byrlymus wrth iddi roi achles i lain o fwsogl a rhedyn yr hydd. Wrth sylwi arnyn nhw, ceisiodd Tom ddyfalu a welai arwyddion haf ynddyn nhw. Ni fedrai hyn lai na'i gyffroi bob tymor, yr addewid oesol, yr unig un na fuasai byth yn ei siomi. Stopiodd eto. Tawelwch. Diferion glaw'n disgyn. Ei anadl o'i hun. Ac yna'n sydyn, yn agos ato, siffrwd yn y rhedyn.

Safodd Tom, fel delw o lonydd.

Daeth y gadnawes heibio, ymron o hyd braich, gan nadreddu'n isel at y ddaear dros y mwsogl cyn llamu i lawr drwy'r rhedyn â chamau hirion, esmwyth. Doedd pethau ddim yn galed arni. Ni phryderai wrth dynnu ar ei chyfrwystra. Gwelodd Tom hyn, a glaswenu. Collodd olwg arni ond gwyddai ble i edrych, i lawr at fin y llyn. Daeth ato ac oedi; yna trotiodd yn ddarbodus dros yr iâ.

'Y gnawas fach gyfrwys.'

Arafodd Tom ei gamau, gan ymestyn yr amser. Pe gwelai ble'r oedd yn mynd oddi ar y llyn yr ochr draw a dweud hynny wrth arweinydd yr helwyr, mae'n bur debyg y câi rywbeth am ei drafferth; bid siŵr, buasai'n plesio Mr Pettigrew. Roedd hynny'n rhywbeth gwerth ei wneud, i bwyso'r dafol ychydig o'i blaid gan y gwyddai y buasai'n fwy tebygol yn y dyfodol o ennyn ei wg na'i wên. Yn anffodus, roedd plesio Mr Pettigrew yn bwysig. Ar y llaw arall, roedd ei galon gyda'r gadnawes. Gallai glywed yr helgwn y munud hwnnw, yn hyrddio ac yn cyfarth drwy'r coed y tu ôl i'r Rheithordy. Oedodd a disgwyl. Roedd Mermaid yn y pac erbyn hyn, a phe bai'r meirch yn digwydd carlamu'n agos atyn nhw, buasai Neli yno, ar ferlen a gawsai ar fenthyg gan Mr Pettigrew, yn cymell ei hanwylyd arbennig hi ei hun ymlaen heb feddwl dim am foes ac arfer. Teimlai Tom y deuai lwc o'i blaid o fwy nag un cyfeiriad. Ond ni welodd beth oedd ar fin digwydd nes ei bod yn rhy hwyr iddo wneud dim i'w atal.

Llifodd yr helgwn dros fur y fynwent gan fynd i lawr y bryn y tu ôl iddo. Safodd yntau'n llonydd nes iddyn nhw fynd heibio, yn lleidiog ac effro, gan lamu a hyrddio i lawr ochr y bryn rhuddgoch fel afalans o symud chwim. Dyfalai eu bod yn gallu gweld rhywbeth ond gan iddo dynnu ei lygaid oddi ar y gadnawes am ychydig, collodd olwg arni, er y credai ei bod wedi cyrraedd pen draw'r llyn erbyn hyn.

Cyrhaeddodd yr helgi blaen fin y llyn ac oedi'n betrus, ond llamodd y pâr a'i dilynai i ben yr iâ, gan redeg yn gryf yn eu blaenau. Wrth i'r pac ymgasglu ar fin y dŵr, aeth rhai i ben yr iâ ar ôl y ddau gyntaf, ond cadwodd y lleill yn ôl, gan ruthro o gwmpas mewn amheuaeth. Cuchiodd Tom, yn bryder sydyn dros y rhai mwyaf gwyllt ond doedd yr un heliwr yn y golwg hyd yn hyn i'w galw'n ôl. Synhwyrai'r helgwn hŷn y perygl, ond roedd y rhai iau'n rhy orlawn o frwdfrydedd i ildio. Gwelodd Tom ddau gwpwl arall yn sglefrio ymaith, yn rhedeg a llithro, gan fwrw'u tafodau allan mewn egstasi o gyffro, yn syth at ganol y llyn.

'Dduw mawr!' Gallai weld y cyfan yn digwydd erbyn hyn. Rhedodd i lawr drwy'r rhedyn, yn gweiddi arnyn nhw i ddod yn eu holau; yn ceisio chwilio yn ei gof am yr holl arwyddion hynod y clywsai'r helwyr yn eu harfer wrth alw arnyn nhw; un i'w ceryddu, un arall i'w galw'n ôl. Roedd y meirioli wedi mynd rhagddo'n rhy bell i dderbyn pwysau'r helgwn; dim ond y gadnawes ysgafn-droed a allai droedio'r iâ. Roedd dau arweinydd yr helgwn eisoes wedi torri trwodd, a'r ddau a'u dilynai'n llithro at aros gan gwyno'n sydyn mewn ofn — yn rhy hwyr. Erbyn i Tom gyrraedd min y dŵr, roedd twll eang, du o ddŵr llawn cyffro yno a deg helgi'n dyrnu ac yn udo ynddo'n ceisio cyrraedd glan. Ond roedden nhw gryn dipyn o'r tir, tua thrigain troedfedd, a doedd dim y gallai ei wneud i'w cynorthwyo.

Erbyn hyn, er mawr ryddhad iddo, daethai'r arweinydd i'r golwg dros y grib, gan lamu allan o goedlan y Rheithordy. Pentyrrodd gweddill yr helwyr ar ei ôl gan chwilio am fannau teneuaf y perthi. Cafodd hwnnw ddarlun clir o'r hyn oedd yn digwydd wrth iddo garlamu i lawr y bryn a sefyll yn ymyl Tom gan regi'n afradlon ar bawb a phopeth.

'Allat ti'm bod 'di'u hatal nhw, hogyn?' gwaeddodd. 'Hwda, dal 'y ngheffyl i! Dduw mawr, am lwc y bora 'ma! Picture! Ty'd, ast fach! Ty'd 'ma. Diamond! Mermaid!'

Lluchiodd fwndel o afwynau chwyslyd at Tom a chafodd hwnnw'i hun yng ngofal caseg fyr ei thymer a bystylai'n ffyrnig o'i chwmpas mewn awydd gorwyllt i barhau i garlamu. Yr un funud clywodd yr alwad, 'Mermaid!' a suddodd ei galon. Hyd yma doedd a wnelo'r digwyddiad ddim ag o. Rŵan, roedd yn rhan o'r cyfan. Stampiodd Harri'r heliwr, gŵr na faliai ddim am neb, hyd yn oed Mr Pettigrew ei hun, i'r iâ gan glecian ei chwip a bloeddio i'r gwynt eirlawog. O'r tu ôl iddo, i lawr y bryn, daeth llifeiriant o wŷr ar feirch agerog i ymgasglu uwch yr olygfa ddramatig, gan rwygo trwy'r mieri, llithro a rhegi wrth stopio, a gweiddi cynghorion cyn i'r meirch lonyddu.

'Gwylia dy hun, Harri. Paid mentro!'

'Dos i nôl briga!'

'Rhywun i fynd i Curlews am raff!'

Roedd Mr Pettigrew yno, yn camu ymlaen i gymryd yr afwynau. Crwydrai'r helgwn doethaf i fyny ac i lawr y llethr, gan grintach a chwyno, yn ymwybodol fod rhywbeth wedi mynd o'i le. Llwyddodd Tom i dawelu caseg Harri fel y gallai gael cyfle i ddadansoddi'r sefyllfa. Roedd tuag ugain ar y llethr, y rhai mwyaf ymwthiol yn eu plith eisoes wedi disgyn a mentro allan ar yr iâ at Harri. Ymdrechai'r gwragedd bonheddig, yn eu hetiau sidan a'u feliau, i grafangu wrth geffylau'r dynion a chadw'u hunanfeddiant yr un pryd; yn ogystal ag edrych ar yr hyn oedd yn digwydd.

'Byddwch yn ofalus er mwyn popeth,' medden nhw.

'Gwylia dy hun, hogyn. Rho le i mi fynd trwodd.' Camodd Pettigrew a ffermwr arall wysg eu cefnau yn erbyn Tom gan lusgo cangen oedd wedi syrthio at fin y llyn. Trodd Tom y gaseg o gwmpas a mynd o'u ffordd.

'Rhowch rwbath iddyn nhw ga'l gafal ynddo fo.'

'Gwthia hwn o dy fla'n di, John. Cym ofal.'

'Iawn. Ma fo'n torri ym mhobman.'

Bu raid i'r dynion oedd ar yr iâ ildio ar ôl mynd tua chwarter y ffordd at y milgwn gan fod yr iâ'n plygu yn y ffordd fwyaf annifyr gan beri i'r dŵr lifo drosto fel pe bai'n llanw. Daeth dwy hollt i'r golwg gan grensian yn fygythiol ac ymlithrodd y dynion yn ôl yn ofnus. Dechreuodd Pettigrew golli ei dymer.

'Gwthiwch y canga 'ma allan. Allwn i'm gadal iddyn nhw foddi, y cŵn gora sy gynnon ni. Galw nhw allan, Harri. Rho dipyn o hyder iddyn nhw!'

'Ma'r oerfal yn deud arnyn nhw.'

'Ty'd yn dy fla'n, Mermaid! Stately, Rivulet! Lan â chi, gŵn bach. Ty'd Diamond!'

Gan nofio'n ddewr, daliai'r milgwn i daro min yr iâ, ond ni allent gael gafael a syrthient yn ôl bob tro. Neu byddai'r iâ'n rhoi odanyn nhw, y twll yn ymledu, a'r dŵr du'n byseddu allan, gan ffrydio drwy'r craciau. Gallai Tom weld pa mor anobeithiol oedd y sefyllfa — y blino, yr hyrddio, pawennau'n crafangu'n ofer, bob tro'n syrthio'n ôl, yn fwy ac yn fwy lluddedig.

'Ty'd yn dy flaen, ddyn. Brysia.'

'Allan nhw ddim gneud hynna am lawar mwy o amsar.'

'Mermaid! Mermaid!'

Safai Neli ar y gefnen, yn sgrechian ar ei miliast hi ei hun. Gwelodd Tom hi, yn dal ei sgert i fyny cyn neidio i lawr ar yr iâ.'

'Cadw'n ôl, 'y ngenath i!'

Rhegodd Harri arni gan geisio ymaflyd yn ei braich, ond rhedodd allan. Sglefriodd Pettigrew ar ei hôl gan wthio'r gangen hir o'i flaen.

'Ty'd yma'r hen ffolen wirion. Ty'd yn d'ôl. Mi gawn ni hi, dim ond i ti gadw dy ben.'

'Mermadi! *Mermaid*! Gwna dy ora!'

Tynnodd un o'r dynion hi'n ôl yn ei dagrau. Roedd llaid dros ei sgert i gyd ond golchai'r dagrau y llaid oddi ar ei hwyneb. Teimlai Tom ei hun yn crynu.

Gwthiwyd y cangau allan dros yr iâ'n araf, mor bell ag y gallai'r dynion fentro.

'Chi'n rhy drwm, Mr Pettigrew!' gwaeddodd Harri. 'Gwell ichi ga'l rhywun sgafnach i fynd ymhellach! Cymerwch ofal, syr!'

'Gadewch i fi fynd,' gwaeddodd Neli gan neidio ymlaen. 'Gadewch i fi. Fi 'di'r sgafna.'

'Na, ferch! Ble ma' dy synnwyr di? Dim gwaith i hogan 'di hwn.' Sythodd Harri ac edrych o gwmpas cylch y gwylwyr. Daeth ei lygaid o hyd i'w gaseg ei hun cyn disgyn ar Tom.

'Ti, lanc. Be amdanat ti?'

'Mae o'n ddigon ysgafn.' Gan ddychwelyd, amneidiodd Pettigrew, ei gyflogydd, arno â'i fys.

'O, Tom.' Trodd Neli i'w wynebu fel fflam ddifaol, ei llygaid yn loyw a chyffrous gan ddagrau, 'Ma Mermaid yn dy *nabod* ti — dos i'w nôl hi, Tom *plîs,* Tom, er 'y mwyn i!'

Gwyddai Tom ei fod wedi cael ei yrru i gornel. Cymerodd rhywun afwynau'r gaseg o'i ddwylo. Nid oedd am fynd o gwbl. Nid oedd dewrder yn rhan o'i gyfansoddiad. Gwyddai na fyddai Pettigrew yn ei orfodi i fynd, ond Neli . . .

'Tom, *plîs*!'

Brychni haul euraid yn ddisglair gan ddagrau, ei hwyneb yn ymbil, mor agos fel y gallai weld ei adlewyrchiad o'i hun yn y llygaid glas tywyll hudolus . . . teimlai ei du mewn yn troi'n ddŵr, mewn ofn neu serch, ni ddôi byth i wybod. Doedd ei dasg ddim yn fawr wedi'r cyfan, dim ond gwthio'r gangen ychydig ymhellach allan. Aeth ymlaen a thros yr iâ gyda Pettigrew, lle roedd yn drwchus, a chlywed Neli'n gweiddi'r tu ôl iddo, yn glir a llawen, 'Mermaid! Mermaid, ma' Tom yn dod i dy nôl di. Dal d'afel!' Taenai ffwr meirioli dros wyneb y llyn, yn hagr, yn felyn — a thwyllodrus. Teimlodd Tom ei draed yn llithro a chlywodd hefyd y sŵn ysigo o dan Pettigrew. Aeth y dŵr trwy wadnau tenau ei esgidiau ac i fyllni cynnes ei sanau. Cnodd yr eirlaw ei wyneb a galwodd yr helgwn arno, gan ymystwyrian yn y pwll tywyll, berw.

'Gwthia'r un mawr ychydig ymhellach — gwasgaru'r pwysa. Dal wrtho fo! Ma' Manley 'di mynd i nôl rhaff. Fydd o ddim yn hir — ac ysgol . . . fe'i gwnawn ni hi wedyn. Os gallan nhw ga'l rhwbath i'w cynnal nhw — allan nhw ddim dal llawar mwy. Mi fydd yr oerfel yn ddigon amdanyn nhw.'

Gyda'i gilydd, gwthiasant y gangen fawr yn llafurus. O'i flaen, ar lawr ar yr iâ, gorweddai glasbren. Aeth Tom heibio i'r gangen fawr ac estyn amdano, gan obeithio defnyddio'r ychydig nerth a feddai i'w wthio oddi wrtho. Doedd ganddo fawr o galon at y gwaith a phenderfynodd na allai ei hyder fynd ag o lawer ymhellach. Nid oedd erioed wedi esgus ei fod yn hogyn dewr. Yng nghreisis diweddaraf ei fywyd roedd wedi dianc oddi wrth Pettigrew. Ond rŵan roedd hwnnw'n dweud, 'Da was. Dyna ti!' a gallai synhwyro'r gorfoledd yn llais Neli'r tu ôl iddo, 'Tom, da iawn, Tom!'

Llifai'r dŵr dros ei figyrnau, a suddai'r iâ oddi tano. 'Dduw mawr,' meddyliodd, 'gad imi fynd yn ôl!' Gwthiodd â'i holl nerth yn erbyn y glasbren di-fudd, gan ei symud yn grwbanaidd ymlaen. Yr un pryd teimlodd yr iâ'n gwegian o dan ei draed. Nid cracio a wnaeth ond diflannu! Aeth ymaith oddi wrtho, a'i draed gydag o, ei adael ar ei gefn, yn llithro, a thameidiau trwchus yr hen iâ'n gratio o dan grafangu ei ddwylo. Yna parodd y dyfroedd iddyn nhw arnofio, a'i gymryd yntau'r un pryd mewn coflaid oedd mor oer nes peri i'w holl synhwyrau ffrwydro mewn sioc. Nid oedd wedi breuddwydio am fod yn arwr! Llanwodd y dŵr du, rhuol, seriol, trwm ei geg, ei glustiau, ei drwyn a'i lygaid — Dduw mawr, roedd anadlu'n amhosibl! Troellai o gwmpas yn un â'r iâ yn y pwll du. Dyrnodd allan, gan daro yn erbyn yr iâ a'r helgwn a gipialai'n wyllt. Ymladdai a sgrechiai, ond ni fedrai'r un sgrech ddisgyn yn llafar oddi ar ei dafod yn yr aer rhewllyd; doedden nhw ddim mwy nag ebychiadau a thagiadau ymhlith ei holl synau ingol eraill wrth iddo chwilio am aer; ond fe'u clywodd yn ei ben ei hun, yn hollti ei benglog. Fe'i gyrrwyd gan ei orffwylledd, yn ei herio i ymdrechu, ond ni fynnai ei ysgyfaint, oedd yn friw gan boen, ymateb i'w alwadau. Crafangodd ei fysedd a ffustiai wrth rywbeth caled; ymaflodd, cripiodd, daliodd. A chafodd gip sydyn ar yr awyr, yn llwyd gan blu eira, y plu eira oedd yn dywyllach na'r goleuni, y plu meddal a thywyll a gwlanog dros yr awyr, yn toddi'n llwyd i'r dŵr du. Daeth o hyd i'w lasbren ei hun a phlygu ei benelin amdano, ond ni allai anadlu ac ni fedrai'r sgrechiadau ddianc o'i wefusau. Tywyllodd yr awyr eto.

'Dduw mawr!'

'Pwy aeth i nôl ysgol? Rhaff? Ydi o . . .?'

'Brysiwch, brysiwch, ma' 'na ysgol yn . . .'

'Ffwrdd â thi, 'ta. Rhaid bod Manley 'di colli'r ffordd.'

'O Dduw, brysiwch . . .'

'Rho gynnig ar y gangen 'ma.'

'Peidiwch peryglu neb arall!'

Pystylai'r meirch agerog mewn diflastod, gan dynnu ar yr afwynau. Cyffyrddai'r eira, yn blu mawr, llaith â nhw a diflannu; wylai'r gwragedd bonheddig a ddaliai'r ffrwynau. Sgrechiai Neli a safai ar yr iâ, hem ei sgert o dan y dŵr, 'Tom! Tom! Dal d'afal! *Plîs*! Tom! Mermaid! O, Mermaid!'

'Am ddiwrnod! Am ddiwrnod!'

Daliai'r dynion a stampiai i fyny ac i lawr i gadw llygad am y dyn a'r ysgol, ac yna ar Tom a'r milgwn, gan regi a bygwth rhwng eu dannedd. Allen nhw ddim mynd ymhellach na'r gangen fawr heb i'r iâ ddechrau dipio a chracio'n fygythiol ond roedd Tom yn dal i lynu ag un fraich wrth y glasbren, ac un fraich yn estyn yn wastad, y bysedd yn grafangau, ar ddarn o iâ nad oedd eto wedi cracio o dan ei bwysau. Ni chadwai unrhyw sŵn, ac roedd ei ben wedi'i droi ymaith fel na wyddai neb sut yr edrychai yn ei eiliadau argyfyngus. Ni allent weld mwy na'i law ymbiliol yn crafangu.

Roedd y milgwn wedi dal i hyrddio ato, gan ei daro ymhellach i ffwrdd i'r iâ a holltai o'i gwmpas. Aethai o dan y dŵr nifer o weithiau, ond erbyn hyn roedd y milgwn yn rhy luddedig i'w boeni. Roedd tair miliast wedi diflannu'n barod ac arnofiai dwy arall yn gelain o gwmpas.

'Damia'r gadnawas 'na! Damia hi!' Wylai Harry, neu o leiaf parai'r oerfel i'w lygaid ddyfrio.

'Ahâ, mi allwn ni fod yn lwcus!' rhochiodd Pettigrew. 'Dydi o ddim 'di rhoi'r gora iddi eto.'

'Y llipryn bach — dydi o ddim yn ca'l hannar digon o fwyd, ac ma' fo 'di ca'l bronceitis ddwywaith y gaea 'ma,' meddai'r meddyg. 'Mi fydd hyn yn ddigon iddo fo.'

'Ma'n nhw'n wydn, yr hogia 'ma . . .'

'Sdim dewis ganddyn nhw, y ffordd rych chi'n 'u trin nhw,' atebodd y meddyg.

'Dyma'ch ysgol chi'n dod. Mi cawn ni o rŵan!'

Daethai rhagor o gymorth o'r pentre gan ymddangos ar y grib. Roedd ysgolion ganddyn nhw, clwydi a rhaffau. Daethant ar garlam i lawr y llethr, yn chwilfrydig a chyffrous. Arweiniwyd y ceffylau o'r neilltu i roi lle iddyn nhw. Cliriwyd y gefnen oedd wedi'i chorddi'n llaid a llithrwyd y clwydi a'r ysgolion dros yr iâ, yr hogiau a gyflawnai'r dasg â rhaffau diogelwch am eu canol. Closiodd y gwylwyr unwaith yn rhagor, yn dawel mwyach, eu hwynebau'n finiog ac oer.

'Ma' hi'n rhy hir . . .'

'Fe gân nhw fo, sti! Ah! Gwylia dy hun, Arthur was!'

'Mi aiff yr iâ 'na unrhyw funud.'

Gan fustachu i lawr y bryn, ei hambarél yn dynn yn ei llaw, daeth Miss May at y llyn heb i neb sylwi arni. Gwthiodd ei ffordd i'r iâ, gan ysgwyddo llwybr iddi'i hun a thynnu'r Neli ddagreuol o gwmpas i'w hwynebu.

'Ydi'r hun glywis i'n wir? Tom ydi o . . .?'

'Tom a Mermaid,' meddai Neli'n ddagreuol.

'O'r nefoedd!' Ymddangosai May fel pe bai'n crebachu, yn gwywo, a'r eira'n cyffwrdd â hi, ei wynder yn amlwg ar welwedd ei hwyneb. Yn ei hymyl safai Neli, yn loyw gan ddagrau, yn boeth ac euraid ac aflêr gan gyffro a gofid.

'Tom! Fi ddeudodd wrtho fo . . .! Fi ofynnodd iddo fo!'

''Y nghariad i.'

Ni symudodd May. Dim ond gwylio. Roedd gwe o glwydi ar wasgar o gwmpas y twll, a'r iâ'n swaeo ac yn griddfan. Ni fedrai neb weld yn hollol beth oedd yn digwydd gan fod y dynion oedd ar wasgar yn estyn ac yn siarad dan eu dannedd. Cordeddai'r rhaffau'n ôl at y gefnen. Myngialai a chraciai'r iâ. Ebychodd rhywun yn frawychus; rhuthrodd dŵr y pwll ymlaen ac yn ôl . . . dryswch a choesau'n cicio . . .

'*Daliwch* o!'

'Na — dal d'afal! Sadiwch! Mae o gin i! Tynna — tynna fi . . .'

'Dduw mawr, aros eiliad! Alla i'm . . .'

'Brysia. Alla i'm dal llawar mwy!'

'Tynna! Tynna!'

Tynhaodd y rhaffau ar y clwydi, dan straen. Dechreuodd yr iâ gracio eto, gan serennu fel drych teilchion, a dŵr yn ffrydio yma ac acw, yn codi ac yn disgyn. Crafangai'r dynion oedd allan yn bur bell yn wyllt wrth i'r iâ oddi tanyn nhw wegian, gan chwydu tonnau o ddŵr du, a'r twll yn ymagor. Llusgwyd y clwydi'n ôl a thorrodd corff Tom yr iâ dro ar ôl tro trwy gael ei godi a'i lusgo, a'r dyn a'i daliai ymron colli ei afael, ac mewn perygl o lithro i'r twll. Yn ôl coel gwlad, roedd y dŵr odanyn nhw'n hanner can troedfedd o ddyfnder a gwyddent hynny, y panig yn glir ar eu hwynebau wrth i bob ystryw fethu, er gwaethaf ymdrechion, rhegfeydd ac ebychu.

'Rŵan, *tynnwch*!'

'Dduw mawr, alla i ddim!'

'Rŵan!'

Daeth corff Tom i dir yn sydyn, ar daen ar y glwyd. Syrthiodd ei ddwylo i'r iâ, yn dal i grafangu, y bysedd tuag i fyny. Ymystwyriodd y dynion yn eu holau, yn grotésg ac ar wasgar, yn griddfan dan bwysau soeglyd yr oedd rhaid iddyn nhw'i lusgo fesul modfedd. Aeth y dynion oedd ar y gefnen allan i gyfarfod â nhw — yn rhy fyrbwyll — o achos craciodd yr iâ unwaith yn rhagor, gan eu gyrru'n ôl. Aeth Pettigrew allan ar ei ben ei hun a phan allai'r dynion sefyll, cododd Tom o'r glwyd a'i gario yn ei freichiau i dir. Daeth pob un i'r gefnen gyda'i gilydd a symudodd y dyrfa'n ôl.

Gwelodd Tom Neli. Daeth y teimlad iddo ei bod yn ei gynhesu unwaith yn rhagor fel pe bai hi'n dân, mor agos fel bod cwrl o'i gwallt rhuddgoch yn cyffwrdd â'i wyneb. Roedd Miss May yno hefyd, ond ddim mor agos. Roedd rhyw olwg ar ei hwyneb a'i hatgoffai o rywbeth a welsai o'r blaen rywbryd. Ceisiodd ddyfalu beth oedd, ond daliai Neli i ddweud rhywbeth; gallai weld ei gwefusau'n symud. Roedd am ofyn iddi beth oedd ei dymuniad, ond roedd fel pe bai ei gorff wedi colli'r gynneddf i dorri geiriau; nac i wneud dim arall. Roedd yn brofiad mor hynod . . . wyneb Miss May — cofiodd o'r diwedd. Y cyfnos hwnnw ar y lawnt pan fu farw'i chath. Fferdi! Dyna od! Pam y dylai hi fod yn edrych felly rŵan? Doedd dim byd o'i le. Dim byd. Ond ni fedrai ddweud dim, er i'w wefusau ffurfio'r gair, 'Fferdi.'

'*Beth* ddeudodd o?'

'Mi ddeudodd "Fferdi",' meddai Neli.

'Fferdi?' Ni fedrai May, a oedd ar y pryd yn cynnal Neli yn ei thymestl o ofid huawdl, ddeall sut y gallai Tom fod wedi golygu Fferdi, er iddo olygu cymaint iddi.

'Neli, siŵr i ti,' sibrydodd.

'Dyna'r diwedd,' meddai'r meddyg gan ymsythu. 'Cystal inni 'i gario fo ar glwydi i Curlews a mynd â fo adra mewn trol.'

Hyd yma bu May, a gynhaliai Neli o hyd, o'r farn

na fu iddi hi garu neb erioed, ar wahân i'w mam; ond rŵan gwyddai'n well. Roedd yn fud. Er ei bod yn meirioli, daliai i fod yn drybeilig o oer. Gwelodd flagur cynffon oen bach caled yn tyfu ar frigyn helygen uwch y gefnen leidiog. Dyma rywbeth y gallai fod wedi'i dorri ymaith i fynd ag o adra fel y gallai Tom dynnu llun ohono yn ystod y min nos. Ond fyddai Tom byth eto'n tynnu lluniau.

'Ty'd. Mi a i â thi adra,' meddai'n dawel wrth Neli.

Cymerodd law Neli i'w harwain ymaith. Safodd y dynion yn ôl i roi llwybr iddi, yn dawel a pharchus. Wedi iddyn nhw fynd, pwysasant ymlaen unwaith yn rhagor, am weld pob dim, a syllu ar y corff gwlyb diferol wedi'i osod i orwedd ar y glwyd, yr amrannau wedi'u pwyso i lawr, a'r breichiau wedi'u dwyn ynghyd yn gymen. Cododd y dynion o, a dechreuodd y ceffylau symud ymaith. Galwodd Harri ar weddillion y pac. Rhegodd Pettigrew.

Yn y coed y tu draw i'r llyn gorweddai'r gadnawes ger ei ffau, yn llyfu'r llaid oddi ar ei phawennau.

PENNOD 10

Eisteddodd Tim yng nghanol llanast y symud tŷ gan deimlo nad oedd a wnelo fo ddim â'r peth. Ei unig chwithdod oedd gorfod bod heb yr ystafell grwca y bu'n cysgu ynddi. Dymunodd yn dda iddi hefo'i pherchenogion newydd.

Roedd eisoes wedi symud i dŷ George. Yno, cysgai ar ddifán â'i phen ôl wedi rhoi mewn ystafell oedd yn llawn o jam cartre ac afalau cadw. Cymerai George ddwy bunt o'i gyflog am ei fwyd a'i gadw a bodolai mwyach ar y swm tywysogaidd o deirpunt yr wythnos; ond pan glywodd ei dad am y drefn newydd, cynigiodd ei anfon i goleg celf.

'Mi gei di fyw gartra a mynd a dod fel y mynni di. Dwyt ti ddim 'di bod yn ddigon cwrtais hyd yma i ddod i ga'l golwg ar dy gartra newydd. Ma' dy fam 'di bod yn disgwyl amdanat ti bob penwythnos.'

Roedd y cartref newydd yn Esher, swydd Surrey a gallai Tim ddychmygu sut le fyddai. Nid oedd am wybod. Gwrthododd gynnig ei dad. Daethai'n rhy hwyr, sut bynnag. Ac yntau wedi hogi ei ddannedd ar waith labrwr ac wedi mynd trwy adeg fwyaf echrydus y flwyddyn, câi gryn fwynhad erbyn hyn yn morthwylio pedolau newydd a hel clecs o dan y goeden gnau yn yr iard hefo Jos a

Len o'r fferm, Biddy o'r ysgol farchogaeth, ac Arthur a'i geffylau *point to point*. Âi George i'r rasys bob dydd Mercher a dydd Sadwrn gan roi dau ddiwrnod rhydd i Tim ar gyfer ei beintio. Ni chredai George mewn gorweithio.

'Be 'di diben bod yn fishtir arnat ti dy hun os na elli di gymryd diwrnod i ffwrdd pan fynni di?' Roedd Tim wedi penderfynu fod George yn hapus iawn ei fyd. Ni allai ddweud hynny am ei dad.

'Ti'n gneud camgymeriad dybryd,' oedd geiriau ei fam wrtho drwodd a thro. Dyna oedd barn pawb, ar wahân i Rebecca. Doedd Tim ddim yn siŵr, chwaith. Câi'r teimlad y gallai popeth ddatblygu o chwith yn y diwedd, pe na bai lwc o'i blaid. Ar y llaw arall, daliai i fwynhau'r teimlad o ryddid a ddaeth iddo yn ystod y dyddiau cyntaf hynny. Roedd wedi cyfarfod â nifer o bobl newydd ac er nad oedden nhw ymhlith y byddigions, roedden nhw'n gwbl ddiffuant a chredai fod yn well ganddo'u safbwyntiau hwy na rhai cyfeillion ei rieni. Credai'r rhai oedd agosaf ato ymhlith ei gyfeillion ysgol fod y cam a gymerasai'n 'grêt' ond synhwyrai y teimlent yr un pryd mai grêt mewn ffordd gymysglyd oedd yng nghefn eu meddyliau, ac ni chredai y byddai'r un ohonyn nhw'n debyg o ddilyn ôl ei droed.

'Sut elli di ddisgwyl dod yn dy flaen?' oedd cwestiwn ei fam iddo un tro. 'Be fydd yn digwydd pan fyddi di am briodi, prynu tŷ a chael pedwar o blant? Ar deirpunt yr wythnos?'

'Dau o blant,' oedd ateb greddfol Tim. Roedd ei addysg ddrudfawr wedi rhoi sail, ymhlith pethau eraill, i'w syniadau ynghylch y problemau yr oedd disgwyl i'w genhedlaeth o'u hwynebu. Doedden nhw fymryn llai wedi iddo ddewis mynd yn of.

'Mae o'n waith mwy defnyddiol na gwaith Dad,' oedd ei ateb.

A bu ei fam ymron ffrwydro.

'Mae'n fwy na charna ceffyla. Mae'n dipyn o bopeth.' Ond ni fynnai ei fam wrando, er y gallai fod wedi ymhelaethu cryn dipyn ar ei eglurhad. Llunio echelau, cefnau lleoedd tân, bolltiau, rhannau i beiriannau, barrau towio a bracedi goleuadau ffug-Duduraidd. Gwyddai ei fod yn dda yn ei waith. Roedd bob amser wedi mwynhau'r ochr fecanyddol a'r pleser a ddeuai yn sgil y fath waith, y meddyliol a'r corfforol hanner yn hanner. Gallai golli pob golwg ar amser wrth ddwyn tasg i dalar.

'Sbia ar dy ddwylo di.'

Cododd Tim ei ysgwyddau.

Roedd wedi cyrraedd safon y tŷ cyngor ym Meldon erbyn hyn; codasai i uchafion y tlodi a'r angen oedd mor agos at galon Rebecca. Trawai draw i'r Rheithordy bob cyfle a gâi a gwnâi Rebecca ffa ar dost iddo. Rhoddai yntau help llaw iddi hithau gyda'i thasgau ar lygredd. Ni fedrai fforddio mynd â hi allan.

Aeth ei fam i wthio bys i botes y dynion symud tai a dychwelyd i ddweud wrtho fod ganddi lythyr iddo. 'Rown i 'di anghofio popeth amdano fo. Roedd o yma ar y mat pan ddois i draw ddydd Gwener.'

Cymerodd Tim o. Dinbych oedd y marc post. Ar ôl i Rebecca ymbil yn daer, ysgrifenasai i gyfeiriad yn Ninbych y Chwefror blaenorol, gan anghofio popeth am hynny. Fe'i hagorodd yn chwilfrydig, heb wybod beth i'w ddisgwyl, yn y gobaith na ddeuai unrhyw broblemau yn ei sgil. Roedd ysbryd Tom wedi'i droi heibio mwyach ac ni fynnai ymyrryd ag o. Gwelodd lawysgrifen fregus a sigledig, ond yn gain ei ffurf.

'Annwyl Tim. Ysgrifenasoch ataf rai wythnosau'n ôl ar adeg marw fy nghyfnither, Neli, yn gofyn am yr hogyn Tom Inskip sydd o ddiddordeb i chwi. Yr wyf yn ofni fy mod yn rhy fusgrell erbyn hyn i deithio ymhell o gartref neu byddwn wedi dod i gynhebrwng Neli druan, a byddwn wedi mwynhau cael cyfarfod â chwi a'ch ffrind Rebecca. Sut bynnag, gwnaf fy ngorau i ateb eich cwestiynau yn y llythyr hwn.

'Ydwyf, rwyf yn dal i gofio Tom, er bod blynyddoedd wedi mynd heibio er ei farw. Roedd y ddamwain yn drist iawn, a chymerodd Neli'r bai amdani'n ddiweddarach. Rhoddodd gryn ysgytiad i bob un ohonom ond newidiodd Neli'n llwyr. Yr oedd fel pe bai wedi datblygu'n fuan wedi hynny i fod yn berson llawer mwy seriws a chyfrifol. Pan gychwynnodd y rhyfel, aeth yn nyrs V.A.D. gan fynd i Ffrainc. Dyna a wneuthum innau hefyd ar ôl marw fy nhad. Mewn sawl ffordd, bu'r rhyfel yn fodd i'n rhyddhau ni'r gwragedd, er na all rhywun ddweud yr un peth am y dynion, gan i'r rhai a ddaeth adref yn groeniach orfod dioddef amgylchiadau gwaeth na'r rhai y bu'n rhaid iddyn nhw'u dioddef cyn hynny. Yr wyf wedi meddwl am hyn fwy nag unwaith mewn perthynas â Tom. Yr oedd ganddo natur mor ddymunol fel y buasai wedi dioddef mwy mewn nifer o wahanol ffyrdd nag a wnaeth trwy farw yn y modd a ddewiswyd iddo gan Dduw. Yr oedd ei fywyd yn fyr, ond yn hapus iawn gan na ofynnai am lawer; a derbyniodd yr hyn a gafodd hefo gras ysbrydol perffaith. Ni fyddwn yn disgwyl i chwi, fel gŵr ifanc yn yr oes bresennol, ddeall hynny, ac ni fyddwn yn dymuno dweud a yw hyn i'w ganmol neu beidio. Y cyfan a wnaf yw datgan yr hyn a wn sy'n wir. A derbyn mai llanc o'r pentref oedd, yr oedd ei luniau'n rhyfeddol o dda, ond ni wn a fyddai rhywbeth wedi dod ohonyn nhw pe bai wedi cael byw. Am Neli a mi, cerddasom ein ffyrdd ein hunain ac ychydig a welsom ar ein gilydd yn ein blynyddoedd olaf. Aeth hi i India ar ôl y rhyfel a theithiodd dros y byd i gyd. Er bod ganddi nifer o ffrindiau, ni phriododd. Mae hyn yn destun syndod i mi, ac ni wn paham. Priodais i yn 1920 a bûm yn ddigon ffodus i gael fy mendithio â gŵr annwyl a thri phlentyn nobl, ac rŵan, dau ŵyr ac wyres yn ogystal. Yr wyf yn dioddef o'r gwynegon ac ni allaf fynd o gwmpas lawer erbyn hyn, ond mae fy nheulu gennyf, ynghyd â bendithion Duw. Byddaf yn fythol ddiolchgar am hynny.

Yr eiddoch yn serchus
May Parsons

O.N. Yr wyf yn credu fod Tom fwy nag ychydig mewn cariad â Neli, ond nid oedd neb yn caru Tom yn fwy na mi.

M.P.'

Darllenodd Tim y llythyr hwn deirgwaith. Roedd Rebecca wedi cael enw a chyfeiriad perthynas agosaf Neli yn yr ysbyty lle y bu farw ac wedi ei berswadio i anfon llythyr ati ar ôl i gyfnod rhesymol o amser fynd heibio. Yr unig beth i weithio arno oedd yr enw bedydd, May. Cawsai ei disgrifio fel cyfnither. 'Rhaid ma'r un person ydi hi, May Bellinger,' mynnai Rebecca'n bendant. 'Yr enw ar y taflenni cerddoriaeth ar y piano — a minna'n meddwl ma' chwaer Neli oedd hi. Rhaid ma'r Miss May yma fu'n dysgu Tom i arlunio!'

O'i anfodd braidd, lluniasai Tim ryw bwt o lythyr yn disgrifio'r lluniau y daethai o hyd iddyn nhw, a'r stori a ddaethai i olau dydd o'r hen bapurau newyddion. Ni ddywedodd air am ei berthynas â Tom Inskip, ei fod yn ei adnabod yn well na thrwy'r arysgrif ar y garreg fedd yn unig; yn adnabod ei bryd a'i wedd, ei ffordd o gerdded a gwisgo a'i ffordd o wybod am bethau. Yna roedd wedi anghofio'r cyfan am y peth, er bod Rebecca wedi holi o dro i dro. Ac rŵan —

'Be ydi o?' oedd cwestiwn ei fam.

'Dim.'

Roedd popeth ar ddarfod. Cyn hir byddai May'n dilyn Neli a byddai'r cyfnod a ddaeth i ben mor gynnar yn ei fywyd i Tom yn dod i dalar yn ei dymor ac yn suddo i ddim mwy nag atgofion, llyfrau a choelion gwlad. Ni fyddai neb yn dwyn Tom Inskip i gof ar ei ôl o. Blwyddyn neu ddwy eto, a fyddai neb yn gallu dehongli'r arysgrif ar y garreg fedd. Plygodd y llythyr a'i roi yn ei boced. Byddai'n ei ddangos i Rebecca — gallai ei gadw pe mynnai.

Ond er ei fod wedi penderfynu peidio â meddwl mwy am y peth, yn rhyfedd iawn mynnai un frawddeg yn llythyr May frigo yn ei ymennydd o hyd ac o hyd. 'Yr oedd ei fywyd yn fyr, ond yn hapus iawn gan na ofynnai am lawer; a derbyniodd yr hyn a gafodd hefo gras ysbrydol perffaith.' Roedd ei harddull yn hynafol, hyd yn oed yn corni, un â blas 'Munud i Feddwl 'arno; eto mynnodd lynu fel gelen hefo Tim. Roedd yn berthnasol mewn sawl ffordd. '. . . gan na ofynnai am lawer' — ei wely, ei fwrdd a theirpunt yr wythnos, 'a derbyniodd yr hyn a gafodd,' ei wely, ei fwrdd a theirpunt yr wythnos — 'hefo gras ysbrydol perffaith'. Ystyr 'gras ysbrydol perffaith' oedd meddwl bodlon, esmwyth, fwy na thebyg. Os na wnâi ei feddwl i fyny rŵan, ddeuai'r un cyfle arall iddo. Ymdriniodd â'r sefyllfa hefo Rebecca a daethant i'w alw'n 'GYP' wrth ei lythrennau.

'Be fynni di, felly, os nad ydi o gen ti rŵan?' oedd cwestiwn diamynedd Rebecca iddo un tro.

'Car mawr sy'n gallu mynd fel cath i gythral,' oedd ateb Tim.

'Yna rhaid iti wrando ar ddymuniada Mami a Dadi, ac fe bryniff Dadi un iti.'

Myfyriodd Tim. 'Dw i am GYP yn ogystal, a ddaw hwnnw ddim felly.'

'Na. Wel, ti pia'r penderfynu.'

'Dw i wedi penderfynu. Fe wyddost hynny o'r gora.'

Taenodd un o'r gwenau adferol, prin hynny dros wyneb Rebecca. Ni allai guddio'i chynheddfau cenhadol ar eiliadau felly a pharodd hyn i Tim chwerthin yn uchel.

'Does dim rhaid iti fod yn gi bach i George am deirpunt yr wythnos am byth,' mynnodd Rebecca. 'Mi elli di weithio dy hunan fyny i gar er na fydd o ella'n debyg i gar dy dad. Ma' car gan George.'

'Hefo lwc,' atebodd Tim yn araf gan ei fod wedi ystyried ei sefyllfa'n bur ddifrifol yn ystod yr wythnosau a aethai heibio. 'Wrach y galla i sefydlu 'musnas fy hun, ochor y cartra'n fwy na'r ceffyla. Dw' i'm yn ddyn ceffyla, a deud y gwir. Mi wn i pa mor bell y galla i fynd. Neu hyd yn oed ochor yr eglwys — ma' peth wmbrath o alw am ddeunydd eglwys da, sy wedi'i ddylunio a'i siapio'n grefftus — canllawia allor, croesa, canwyllbrenni, petha felly. Ma' 'na lu o bosibiliada. A dosbarthiada nos a phetha felly — pobol erill i roi gwersi i fi pan fydda i'n barod. Ma'r hyn alla i neud yn ddi-ben-draw, er na all Mam a Dad weld hynny; os dw i'n ddigon da, wrth gwrs.'

Ystyriodd. 'Ma rhaid bod 'na goriada ac uchelgeisiada,

hyd yn oed yn y gwaith yma. Fel arall, rydan ni'n ôl hefo Tom unwaith eto. Doedd 'na ddim iddo *fo*. A dw i ddim yn credu bod Tom — rhai o'r lleill, ella, ond nid Tom — mor dwp fel y bydda fo 'di bod yn berffeth hapus yn gneud gwaith labrwr i Mr Pettigrew hyd 'i fedd. Rwy'n credu y byddai 'i GYP o 'di treulio cryn dipyn. Wn i'm pam 'y mod i'n mynnu dod yn ôl at Tom. Mae o 'di mynd mwyach.'

'Rwy'n credu iddo fo ddod â bywyd iti,' meddai Rebecca.

Syllodd Tim arni i gael gwybod a gilwenai neu beidio. Na. Rŵan ac yn y man ni wyddai ble i edrych oherwydd y sylwadau hynod a phwysfawr a wnâi. Roedd wedi dechrau mynd i gredu bod yr hyn a ddywedai'n dal dŵr yn amlach na pheidio. Buasai'n teimlo'n chwith iawn hebddi, sylweddolodd, pe caent eu gwahanu.

'Ella.'

Wedi'r cyfan, pwy ddeuai byth i wybod beth oedd rhan Tom mewn bywyd, heb sôn am ei ran wedi iddo farw.